LETTRES LATINO-AMÉRICAINES

LE RESTE EST SILENCE

DU MÊME AUTEUR

MA FEMME DE TA VIE, Actes Sud, 2007 ; Babel, 2009.

Titre original :
El resto es silencio
Editeur original :
Editorial Planeta Chilena S. A., Santiago

Illustrations de Carolina Schutte
représentée par Piergiorgio Nicolazzini Literary Agency

ISBN 978-2-7427-8807-1

CARLA GUELFENBEIN

Le reste est silence

roman traduit de l'espagnol (Chili)
par Claude Bleton

ACTES SUD

pour Micaela et Sebastián

Dis-le-lui, avec les événements importants et minimes qui nous ont menés...
Le reste est silence.

WILLIAM SHAKESPEARE

Première partie

SILENCE BLANC, SILENCE NOIR

♋

1. ♐

Parfois, les mots sont comme des flèches. Ils vont et viennent, blessent et tuent, comme à la guerre. Voilà pourquoi j'aime bien enregistrer les adultes. Surtout quand ils parlent de leurs affaires et que soudain, comme par magie, ils éclatent tous de rire en même temps.

Au niveau du sol, ça ne manque pas de jambes qui s'agitent dans tous les sens. On en voit de toutes sortes : des jambes de chameaux, de lapins, de flamants, de singes, et même d'animaux dont je n'ai pas encore appris le nom. A ma table sont assises trois dames aux chevilles aussi grosses que les pattes d'un éléphant, un homme chaussé comme un golfeur, et une girafe qui finit par enlever ses sandales dorées. Ils ont beau tous parler en même temps, je n'aurai pas de mal à obtenir un enregistrement qui en vaille la peine, je branche mon Mp3 et j'enregistre :

— *Teré et son mari sont arrivés chacun dans une voiture différente, tu as remarqué ?*

— *Non, mais ça ne m'étonne pas.*

Dans le parc, les jeunes mariés posent devant un photographe, avec la volière du grand-père en toile de fond. Mon cousin Miguel sourit comme s'il avait un bout de bois en travers de la bouche. Au milieu des robes colorées, je repère Alma. Elle agite les mains et dessine des figures quand elle parle. Ses cheveux sont roux et elle a le même nom que le plus grand radiotélescope du monde. La principale mission d'ALMA est d'étudier la formation des étoiles. Avec Kájef, mon meilleur ami, nous avons découvert qu'il peut analyser des particules organiques comme le carbone, ce qui résoudrait la Grande Enigme de l'apparition de la vie. C'est incroyable, la quantité de choses qu'ALMA peut voir. Par contre, Alma, la femme de papa, est plutôt distraite. Mais je m'en fiche, parce que ça ne la gêne pas que je sois un peu lent et maladroit. On fait parfois des choses que papa désapprouve. Aujourd'hui, par exemple, c'est elle qui l'a persuadé que mes cousins se moqueraient du costume d'enfant vieux que je porte dans les grandes occasions. Pourtant, nous savons tous les deux que ma façon de m'habiller est sans importance. On ne peut pas dire que mes cousins soient méchants, mais ils ont toujours l'air pressé des gens qui vont chercher un trésor dans une contrée lointaine, mais sans vous inviter.

— *Je t'assure que non, elles ne se connaissent même pas.*

La voix de la femme est aussi rauque que celle d'un crapaud. Je lève un peu mon Mp3.

— *Je croyais qu'elles étaient amies. Tiens, elle est là, avec les jeunes mariés, devant la volière.*

De tous les oiseaux qu'il y a dans la cage de mon grand-père, mes préférés sont les faisans dorés.

— *Tu es folle, jamais de la vie, tu connais Marisol !*

La brise marine soulève la nappe. Des chaussures d'homme s'arrêtent devant la table sous laquelle je suis caché.

— *Carmen, comme je suis content de te voir !*

C'est papa, avec cette voix de docteur qu'il ne laisse jamais à la maison. S'il me surprend à enregistrer les adultes, il va piquer une belle colère. Il appelle ça “une atteinte à la vie privée des gens”. Mais je me demande un peu ce que c’est, la “vie privée”. Si je comprends bien, c’est ce qu’on fait et ce qu’on ressent quand on est seul. Dans ces conditions, ces conversations n’ont rien de privé.

Une dame agite son pied dans tous les sens, on dirait qu’elle a un caillou dans sa chaussure.

— *Je vous en prie, restez assise*, insiste papa.

Je retiens mon souffle sans lâcher mon Mp3.

— *Il y a des années qu’on ne s’est pas vus*, dit la femme.

— *Cinq, six ?*

— *Au moins.*

— *Tu es en pleine forme, Carmen. Comme je suis content que tu sois venue. Et Jorge ?* – Papa parle sur un ton détendu et joyeux, celui qu’il utilise quand on lui demande un conseil.

— *Il est parti avec une fille il y a deux ans. Sa secrétaire !* explique la femme en partant d’un grand éclat de rire. *Ne t’inquiète pas, je suis ravie, elle m’en a débarrassé. C’était un bon à rien.*

— *Si tu le dis !* répond papa.

— *Nous le disons toutes*, intervient vivement une autre femme. – A croire qu’on l’a piquée avec une aiguille.

Peu après, les chaussures de papa s’éloignent. J’ai de la chance qu’il ne m’ait pas vu. Papa et Alma restent ici et moi je dois rentrer à Santiago avec un oncle. “Nous avons besoin de nous reposer de vous”, m’a dit Alma de sa voix douce, avec un grand sourire. N’empêche, j’ai trouvé que ce n’était pas juste.

— *Juan s’est remarié, n’est-ce pas ?*

— *Oui, avec une femme beaucoup plus jeune que lui.*

— *Un peu maigrichonne et pâlotte pour mon goût*, déclarent les chaussures de golf.

Les adultes ont des étiquettes sur le front, où sont écrites des choses du genre : “Tu es la personne la plus rasoir que je connaisse”, ou bien “tu sens mauvais”, ou bien “je serais ravie de t'embrasser”. Bien sûr, d'ici, sous la table, je ne les vois pas. J'en ai assez d'être dans cette position, recroquevillé comme un œuf, mais dans ce contexte on trouverait bizarre de me voir sortir de là-dessous d'un air détaché.

Les commentaires reprennent :

— *Ah, la jeune mariée, elle est vraiment divine !*

— *Tu parles de Julia ? Oui, c'est une petite brunette. Sa famille est du Sud. Personne ne les connaît*, glose la girafe, triturant ses mots comme si elle mâchait un furet.

— *En tout cas, heureusement que Juan s'est remarié ; la maladie de Soledad a été tellement triste et foudroyante !*

— *La maladie ? C'est incroyable la quantité de mensonges qu'on peut nous faire avaler !* dit Mme l'éléphante.

— *Des mensonges, quels mensonges ?*

— *Ah, mon Dieu, j'aurais dû me taire ! Désolée. De grâce, ne me posez plus de questions.*

Comme je suis sous la table, je ne peux pas voir l'étiquette de l'éléphante, mais j'ai bien l'impression qu'elle a envie de parler.

— *Tu ne peux pas nous laisser comme ça.*

Après quelques secondes de silence, l'éléphante reprend :

— *Soledad n'est pas morte de maladie. Elle s'est suicidée.*

— *Quoi ? Elle n'est pas morte d'une rupture d'anévrisme ?*

— *C'est ce qu'on a raconté pour éviter le scandale, mais Soledad s'est suicidée, je peux te le signer des deux mains.*

Je sens une douleur dans la poitrine. Le Mp3 m'échappe des mains et heurte le sol avec un bruit sec. Maman est tombée malade quand j'avais trois ans. On m'a dit qu'elle était tombée malade subitement. Et qu'elle était partie.

— *C'est un des secrets les mieux gardés de la famille Montes.*

— *Mais Soledad était en pleine forme, toujours si gaie, si enjouée.*

— *Oh, les apparences sont trompeuses. Ce n'est pas parce que Soledad avait l'air heureuse qu'elle l'était. En réalité, avant de se suicider, elle a passé plusieurs mois dans une clinique. Celle d'Aguas Claras.*

— *J'ai du mal à te croire. J'y ai travaillé une fois comme volontaire. Pas pour Soledad. Il y avait un joli parc, mais le reste faisait de la peine.*

Au début, je pensais tout le temps à maman. Mais un jour j'ai compris que j'aurais beau me donner du mal, je ne pourrais m'empêcher de grandir et d'oublier. Les deux vont de pair, impossible de les dissocier.

— *Ils ne voulaient pas qu'on le sache. Si on l'avait mise à la clinique La Europea, ils auraient sûrement rencontré quelqu'un de connaissance. Tiens, c'est à cette époque-là qu'on avait interné le fils de María Elena, mais à La Europea, bien sûr.*

Mes souvenirs d'elle ressemblent à des films. Il y a une image qui revient toujours. Nous sommes étendus par terre dans une pièce vide, maman et moi. Elle me prend dans ses bras. Au plafond, il y a une fenêtre par où on voit le ciel. De temps en temps je ferme les yeux et je m'imagine à cet endroit. Mais je finis toujours par souhaiter que ce soit pour de vrai.

— *Pauvre Juan.*

— *Il doit bien y être pour quelque chose, non ? On a beau dire, c'était sa femme.*

— *Ne dis pas de bêtises. Juan est un ange.*

— *A propos, vous êtes au courant, pour l'ex-mari de Toti ?*

Si maman s'est ôté la vie, ça signifie qu'elle ne m'aimait pas. Je retiens ma respiration et je compte : dix, neuf, huit, sept, je suis sûr que je peux remonter le temps, me retrouver avant d'être sous cette table, six, cinq, la mammouth est capable de dire n'importe quoi pour impressionner ses copines, quatre, trois, deux... J'ai la tête qui tourne et je sens mille pincements dans l'estomac, comme si une hélice tournait dans mes tripes. Je n'en peux plus. Je prends mes jambes à mon cou. Je glisse et je tombe. Je me fais mal aux genoux et aux mains.

Je suis arrivé tout au bout, à l'à-pic où le jardin surplombe la mer. La lumière du ciel est blanche. Mes cousins jouent au ballon dans le haut du parc. Je m'assieds dans l'herbe. Je prends mes jambes dans les bras et j'y enfouis la tête. Je sens très mauvais. Je ne sais pas à quel moment mes tripes ont capitulé. Maintenant, je suis vraiment perdu.

Parfois, je sais ce que c'est de se sentir malheureux, d'attendre la nuit pour me cacher sous les draps, fermer les yeux et fuir pour toujours dans la vedette de Kájef. Je me demande si maman ressentait la même chose ?

2. ♒

Sur la piste, les jeunes se sont mis à danser. J'enlève mes chaussures à talons et je m'engage dans le jardin, sur le gravier du sentier. Quand j'atteins le bois de *peumos*, je m'étends dans l'herbe. C'est un après-midi chaud, et les vagues retombent avec prudence sur la barrière d'algues. Derrière la maison, sur l'immensité verte du club de golf, on distingue les silhouettes d'un groupe de joueurs. Je me rappelle la première fois que j'ai mis les pieds ici, dans la résidence d'été de la famille Montes. Maintenant, sept ans après, la sensation de ravissement et de crainte qu'elle me produisait s'est envolée.

Je revois nettement le père de Juan, assis dans un fauteuil Louis XV, front haut et nez effilé d'aristocrate caustique, avec sa façon indolente de relever la tête et de me regarder. Il avait une expression qui, sans cesser d'être affable, soulignait la distance de celui qui n'a jamais complètement reconnu les personnes qui l'entourent. Il avait dû être choqué par le bébé de quelques mois que j'amenais dans une poussette et qui de toute évidence n'était pas le fruit de l'union récente avec son fils. Cependant, son humeur ne varia pas d'un pouce. Cette attitude, à la fois détendue et froide, était une pantomime parfaitement assortie à la toile de fond de la maison et à son mobilier. Dans ce lieu figé dans le temps, je voyais mal où j'aurais pu me sentir à l'aise ; et pourtant, mon seul désir dès le premier instant fut de le rencontrer.

Après le repas, nous allâmes nous promener dans le parc. Juan avait pris la poussette de Lola, et nous parcourûmes avec son père les chemins qui serpentaient entre les buissons de buis et les fontaines reflétant les couleurs changeantes du ciel. De temps en temps, Juan me souriait, évaluant mes réactions du regard. Mille détails nous séparaient et nous distinguaient, mais à l'époque je n'étais pas prête à les admettre.

Après la promenade, don Fernando voulut me montrer sa bibliothèque. Juan devait passer quelques coups de fil et s'excusa de ne pas nous accompagner. Je suivis don Fernando le long du vaste couloir couvert de céramique qui nous amena – tout au bout – à la bibliothèque : une pièce haute de plafond, avec de grosses poutres et des murs en pierre. Don Fernando me montra sa collection de pipes, puis il monta sur un escabeau et prit un album de photographies posé sur une étagère du haut. En me le tendant, sa voix prit un accent pompeux et péremptoire :

— Ouvre-le.

Je vis des dizaines de photographies de Juan, des années d'adolescence à la maturité. Ses voyages, ses amis, les sports qu'il avait pratiqués, sa métamorphose. Toutefois, ce ne seraient pas les images qui resteraient gravées dans ma mémoire, mais les espaces vides entre elles, les dizaines de photographies qui avaient été supprimées dans ces pages.

— Ce sont les photos de Soledad, expliqua don Fernando. Ils se sont connus tout petits.

Je frémis en constatant avec quelle méticulosité Juan avait supprimé les images de sa femme. Je tournai les pages de l'album une par une, sous le regard attentif de don Fernando. Ce jour-là, je me posai une question qui reviendrait par la suite : Qu'y avait-il sous son apparence d'homme juste et serein ? De la même façon qu'il avait enlevé les photographies de sa femme décédée, il devait y avoir d'autres aspects de sa vie que je ne connaîtrais jamais : désirs cachés, peurs, obsessions. Je serais peut-être aussi un jour un espace vide dans un album de photographies.

Ce jour-là, don Fernando me posa une seule question, qui me frappa : il voulait savoir si j'avais une ascendance juive. Je répondis par la négative. Avec un sourire, il souligna qu'il trouvait cela très bien. J'ajoutai que, en fouillant un peu, je découvrirais peut-être un ancêtre juif, comme dans beaucoup de familles. Don Fernando fit tournoyer sa canne à pommeau d'argent et dit que la terre était ronde avant Christophe Colomb, mais que jusqu'alors les hommes avaient très bien vécu en pensant qu'elle était carrée. Je trouvai son commentaire ambigu. Laissait-il entendre que si j'ignorais une éventuelle ascendance juive, je pouvais vivre comme si je ne l'avais pas ?

Quand nous rejoignîmes Juan, je ne lui dis pas que j'avais vu son album. Je ne lui en ai jamais parlé. Peut-être par crainte de découvrir une chose qui me blesse ou qui nous sépare. Pourtant, des années plus tard, à la suite d'un incident que j'ai oublié, je lui ai répété la question étrange de don Fernando. Sur un ton tranchant, il m'a répondu que son père était vieux et que c'était sa façon d'attirer l'attention. Je n'étais pas très convaincue, mais je préférai ne pas creuser plus avant. Quant à Soledad, la seule photographie que je connais d'elle, Juan la garde jalousement dans un tiroir de son bureau.

Avant de rentrer à Santiago, don Fernando ouvrit une bouteille de champagne et porta un toast en notre honneur. Notre relation n'aurait pu se maintenir sans son consentement. Il m'est arrivé d'en parler avec Juan, et chaque fois il a été catégorique, affirmant que cela n'aurait rien changé, l'avis de son père était loin de l'affecter, seul comptait le sentiment que nous avions l'un pour l'autre. Cependant, avec le temps j'ai pu constater que les opinions de sa famille sont déterminantes pour lui. J'ai aussi fini par comprendre que la cordialité de don Fernando à mon égard, et donc celle du noyau familial, n'a pas été le fruit du hasard. Mon physique slave et le vernis de culture acquis en Europe ont joué en ma faveur. Si j'avais été brune, petite et provinciale, ils auraient eu beaucoup plus de mal à m'accepter. L'époque aussi a influé. Aujourd'hui, ignorer les différences est, pour les esprits qui se croient éclairés, un comportement raffiné. Même si en privé ils les trouvent déplorables. Don Fernando a sans doute compris le bénéfice qu'il pouvait tirer de notre liaison. M'accueillir, c'était apparaître face à ses contemporains comme un homme moderne, sans courir de grands risques. Dès le premier instant, j'ai montré que j'étais une femme assez docile pour m'adapter à ses habitudes et à sa vie.

Sur la grande terrasse, les adultes déambulent en couples et se saluent d'un hochement de tête. Les hommes se donnent l'accolade en distillant quelques rires, se rappelant peut-être qu'ils ont grandi ensemble, qu'ils étaient dans les mêmes écoles et qu'ils ont abordé la vie par la même voie. Certaines tables sont encore occupées par des gens qui sirotent un digestif ou mangent des petits fours, le visage en sueur et l'air de vouloir à tout prix passer un bon moment. Juan, attablé avec trois de ses frères, glisse de quelques centimètres sur sa chaise pour étendre les jambes. Soudain, il sort son portable et le porte à l'oreille, se lève et s'éloigne de quelques mètres. Il acquiesce à plusieurs reprises. Peu après, il s'approche du sentier qui s'engage dans le jardin et lance un coup d'œil circulaire ; il doit me chercher. Je l'observe un moment avant de me montrer. S'il m'aperçoit, c'est que la connexion existe encore. Avec Tommy, on s'amuse beaucoup à se chercher par télépathie. Il ne sait pas qu'il a une odeur très caractéristique, une odeur d'enfant, comme ma fille Lola, mais plus forte. Juan ne m'a pas découverte. Je ne vais pas l'aider. Il s'approche de son père. Assis en solitaire, attentif aux mouvements erratiques des invités, don Fernando tient sa canne bien droite et surveille la décence d'autrui avec une sévérité devant laquelle il est impossible de ne pas se sentir intimidé. Juan pose la main sur son épaule et l'embrasse sur la joue. Prend-il congé ? Impossible. Nous avions décidé de passer la nuit à Los Peumos. Nous avons besoin d'être seuls. Surtout de changer – ne serait-ce qu'un tout petit peu – la routine quotidienne, d'ouvrir un interstice par où ramener le désir. Chaque jour, ce geste qui déclenche le mécanisme de la passion devient de plus en plus difficile. J'ai mis tous mes espoirs dans cette nuit. Si nous échouons, nous ne pourrons plus accuser les enfants, les soucis de la journée, la fatigue. Juan a repris son portable et il marche en faisant de grands gestes. Je me lève pour aller à sa rencontre et j'aperçois la silhouette menue de Tommy à l'autre bout du jardin. Il est seul, comme toujours, et il bataille dans le vide avec une branche. Je descends la petite éminence et repars en direction de la terrasse sur le gravier du sentier. Quand j'ai rejoint Juan, celui-ci prend congé d'un de ses frères avec une expression soucieuse. Je remets mes chaussures et je lui demande ce qu'il se passe.

— Pour l'enfant, on a trouvé un cœur. Il est en route, dit-il en regardant l'heure.

— Mais, Juan, tu m'as dit que dans ce cas tu laisserais Sergio s'occuper de tout.

— Désolé, Alma.

Dans son expression sévère, je cherche en vain un sentiment authentique de regret.

— Tu crois qu'il suffit de dire "désolé" ? lui dis-je sournoisement. Tu m'avais promis. On l'avait prévu depuis des semaines.

— Il faut que j'y aille, vraiment. C'est mon devoir.

— Il y a deux ans que Sergio attend que tu lui donnes enfin sa chance.

— Pas cette fois.

— Alors, ça n'arrivera jamais. C'est cela qui te fait jouir, hein ? Ouvrir les portes de la salle d'opération et voir ces visages qui t'observent comme si tu étais Dieu. Je serre les lèvres pour étouffer ma colère. Excuse-moi, ce n'est pas ce que je voulais dire.

— Ça ne fait rien, tranche-t-il avec mesure et froideur.

Il se passe la main dans les cheveux et dégage son front large. Une mèche rebelle retombe sur ses sourcils. Il respire à fond et déclare sur un ton où perce l'émotion :

— C'est un garçon de douze ans, comme Tommy.

— Et alors ? Sergio est aussi compétent que toi pour cette opération ; sinon, il ne te proposerait pas de la faire. Je veux que tu restes, c'est important pour nous.

Je lui parle tout bas, il préfère ça quand nous sommes en présence de tierces personnes. Juan lève les yeux au ciel avec un air agacé.

— Alma, je t'en prie, n'insiste pas. Ne me complique pas les choses.

Une grimace d'inquiétude et de colère se dessine sur son visage.

— Mais c'est mon intention, tu ne l'as pas compris ? De te compliquer les choses. Au moins, ça t'oblige à réagir un peu.

— Je dois y aller. Tu as vu Tommy ?

— Il est là-bas, lui dis-je en le montrant du doigt. Va lui dire que tu t'en vas.

— J'ai demandé à mon frère Rodrigo de vous ramener à Santiago. Ça te va ?

— Très bien.

Il m'embrasse et de la main me caresse la joue, en homme bon et sensé qu'il est. Je le regarde s'éloigner et je vois la silhouette maigrelette de Tommy se découper sur le pré, bataillant comme toujours contre un ennemi imaginaire.

3. ♐

Les forces ennemies ont envoyé un émissaire qui a pris l'apparence de mon père. Je dois résister, prendre les armes, mais surtout croire fermement que le Bien l'emporte toujours sur le Mal.

Je l'entends m'interpeller de loin :

— Salut, champion !

Du beau travail. On lui a même appris notre langage commun. Heureusement, mes pouvoirs pour détecter le danger sont extrêmement efficaces. Avec mon arme, je me mets en garde.

— Il faut que j'aille à Santiago, la clinique m'a appelé. Toi, tu rentres à la maison avec Alma et ton oncle Rodrigo. Viens me dire au revoir, Tommy.

Il ne m'aura pas. Plus jamais. Bien sûr que je veux l'embrasser. J'aimerais l'entendre dire que maman ne s'est pas ôté la vie, qu'il s'agit encore d'une de ces histoires de grandes personnes qui, en passant de bouche en bouche, se remplissent de monstres et de malheurs. L'homme qui a pris l'apparence de mon père ramasse une arme et se met en garde.

— Très bien. Si tu veux régler ça au corps à corps, allons-y, dit-il.

Je lève mon bâton et l'abats sur le sien. Jusque-là, je n'avais jamais attaqué quelqu'un qui ne soit pas dans ma tête. Je pousse encore deux ou trois fois mon attaque. Un coup de chance, j'avais mis un jeans dans mon sac à dos, au cas où mes cousins décideraient par miracle de m'associer à une de leurs aventures. J'ai donc changé de pantalon, mais quand même j'ai peur que papa ne me reconnaisse à ma mauvaise odeur. Il ne cherche pas à se défendre.

— Ça suffit, Tommy. – Il m'arrête avec un sourire qui n'en est pas vraiment un. – Je te rappelle que tu ne dois pas t'agiter.

Sur son front, l'étiquette dit : "Tu sais que tu es fragile et que tu ne pourras jamais me battre." Je lui porte un nouveau coup. J'ai désobéi. L'homme pare mon attaque. Nos armes s'immobilisent, l'une contre l'autre. On est face à face. J'ai un peu de mal à respirer. Je regarde son menton carré, son front sillonné de longues lignes, et en même temps j'essaie de toutes mes forces de dissimuler ma respiration irrégulière. Je pourrais dessiner son visage les yeux fermés, millimètre par millimètre. Le plus souvent, j'imagine que c'est celui d'un guerrier sage et habile. Le guerrier que je deviendrai moi-même, avec le temps et l'aide de mon ami Kájef. Mais je ne sais plus ce que je vois. Papa m'a menti. J'ai les yeux qui piquent, je bats des paupières ardemment. Je dois continuer le combat.

— On reprendra un autre jour, Tommy. Il faut que je parte.

Il jette son bâton et s'approche pour me dire au revoir.

— Et qui tu dois opérer, maintenant ?

— Un enfant, il s'appelle Cristóbal Waisbluth. On attendait un cœur pour lui et on l'a trouvé. On le livre à la clinique en ce moment même.

— Ça veut dire que quelqu'un est tombé dans le coma, n'est-ce pas ? Un enfant aussi ?

— Je ne le sais pas encore. Ça pourrait être le cœur d'un adulte. Je te le dirai demain. Prends soin d'Alma pour moi. Tu me le promets ?

Il me tient par la barbichette, m'embrasse sur le front et s'en va d'un pas rapide, la veste sur l'épaule.

Quand vous avez besoin d'un cœur, vous espérez pour de vrai que quelqu'un meure pour que vous puissiez vivre. Je ne trouve pas ça bizarre. Ma vie serait beaucoup mieux si Lola, ma demi-sœur, disparaissait. Moi aussi, quand j'ai commencé d'aimer Alma, j'ai dû laisser mourir un peu maman. Je ne pouvais pas avoir un cœur qui se dispersait dans tous les sens.

Je récupère mon bâton et je m'acharne dessus. Je n'ai pas fini de le mettre en pièces quand je m'aperçois que le soleil va sombrer dans la mer. Alors qu'il descend à toute vitesse, je pense que c'est le seul moment où les êtres humains peuvent voir le mouvement de la terre. Ça me plaît pour ça, et pour le rayon vert. Alma a beau soutenir qu'il s'agit d'un phénomène optique, je n'en suis pas si sûr. On est convaincu de l'avoir sous les yeux, parce qu'on aime bien le voir. Je suis bon dans ce domaine, je m'invente des hommes, et même des souvenirs. Sinon, comment expliquer que je me rappelle la mort de maman ?

Grandir, c'est comme monter sur une montagne avec une grande pancarte autour du cou sur laquelle est écrit : OUBLIE. Parfois, je retiens ma respiration pour arrêter le temps, ou bien je fais des pas en avant ou en arrière, ou bien je compte de un à cent et ensuite de cent à un. Alors, je ne comprends pas pourquoi le temps ne peut pas remonter avant, à l'époque où maman était encore vivante.

4. ⌛

Dans le hublot, les têtes sont de plus en plus petites. Je sais que c'est impossible, mais je cherche quand même les cheveux roux d'Alma. Je n'avais pas l'intention de me disputer avec elle. Mon départ n'était pas prémédité, c'est simplement comme ça que les choses se sont présentées. Vu de haut, tout devient insignifiant : les reproches d'Alma, le comportement si spécial de Tommy, mon père et ses coups de sang, mes frères et leurs soucis. L'altitude – comme le temps – permet de distinguer ce qui nous est le plus agréable. Je repense à ma bagarre avec Tommy. Je ne l'avais encore jamais vu déployer l'énergie propre aux enfants de son âge. Il grandit enfin.

Je suis obligé de penser qu'un lien particulier me rattache à Cristóbal Waisbluth. Lui et Tommy sont nés avec la même anomalie, une maladie cardiaque assez rare : l'hypoplasie du ventricule gauche. La différence, c'est que, aux trois opérations selon le procédé Norwood, le cœur de Cristóbal n'a pas réagi aussi bien que celui de mon fils.

Emma, sa mère, me rappelle Soledad. Pas par son physique. Soledad avait presque un corps d'enfant ; en revanche, la mère de Cristóbal, sans être grosse, a une complexion robuste, faite pour affronter l'adversité. Ces deux femmes ont connu l'épreuve de donner naissance à un enfant dont le ventricule gauche, plus petit que la normale, ne pouvait assurer la circulation nécessaire pour irriguer tout le corps. A un enfant qui pouvait mourir d'une minute à l'autre.

Ni Soledad ni moi n'étions préparés à ce que nous allions vivre. Mais, contrairement à Soledad, j'avais une solution de rechange : quand nous avons découvert la maladie de Tommy, j'ai décidé de me spécialiser en chirurgie cardiaque. Il y avait toujours un dilemme à résoudre, un traitement à suivre, une information à glaner. D'une certaine façon, mon activité et mon sens pratique m'épargnaient d'avoir à fouiller dans mes émotions. Quant à Soledad, elle a vécu intensément toutes ces étapes, et elle a sans doute compris combien ses efforts pour les surmonter étaient stériles. Les premiers mois de vie de Tommy, Soledad les a passés presque tout le temps à côté de son berceau, à l'hôpital. Une fois, elle a réussi à rester trois jours et trois nuits sans quitter son chevet, sans même aller prendre une douche. Sa mère a dû venir à la clinique et exiger qu'elle se ménage. "Tu veux mourir, toi aussi ?" lui a-t-elle crié. "Mon fils ne va pas mourir, maman. Je veux que tu t'enfonces bien ça dans la tête. Pas tant que je serai vivante." Les éclats féroces de ses regards nous faisaient peur. Elle semblait capable de tout obtenir de n'importe qui pour sauver la vie de son fils. Que n'avons-nous soupçonné à ce moment-là toute la part d'ombre cachée dans ses paroles.

⌛

L'intervention est prévue dans une heure. Je sens l'inquiétude me gagner. Un état où se conjuguent des tendances aussi contraires que la maîtrise de soi et l'incertitude. Je ne peux ignorer qu'à tout moment la situation peut prendre un tour imprévu, cet élément que les croyants comme moi appellent la force divine ; pour les fatalistes, c'est le destin, et pour d'autres encore, le hasard.

J'approche de la capitale. Les premiers éclairages des rues dessinent des droites et des courbes sur la surface obscure de la terre. Santiago, qui a l'air plutôt chaotique pendant la journée, a la délicatesse d'un dessin quand la nuit tombe. Et il y a moins de deux heures, sur une de ces lignes géométriques, quelque part dans cette ville, la jeune fille qui donne son cœur a péri dans un accident.

5. ♒

L'avion de Juan franchit des filaments de nuages, devient un point dans l'espace et disparaît. Au milieu de la piste de danse, Miguel et Julia valsent en tourbillonnant, entourés de leurs amis qui les applaudissent. Un jeune homme, très pâle, le visage tout en long, décrit des cercles autour d'eux. Il claque des doigts au rythme de la musique, fronce les lèvres en forme de trompe. L'air désespéré, il prend le couple dans ses bras et pose la tête sur l'épaule de Julia. Miguel joue des coudes, essaie de se dégager, mais le garçon serre les poings, semble les étreindre avec encore plus d'énergie. Coincée entre les deux hommes, la tête de Julia émerge, à la recherche d'un peu d'air. La force aveugle des applaudissements persiste autour d'eux. Un chœur de voix féminines répète : "Le baiser, le baiser !" Soudain, un homme surgit, saisit le garçon par le bras et l'écarte du couple. Pendant une seconde, j'ai l'impression que mon imagination m'a joué un tour. Ce n'est pas la première fois que je crois reconnaître Leo. Le jeune homme pousse un cri et s'éloigne en zigzaguant, le poing en l'air. Leo le suit. Il a gardé la même démarche qu'autrefois : il balance légèrement les épaules, avec une souplesse qui associe étrangement l'aplomb et le déséquilibre. Il porte un costume sombre, flottant. Tous les deux s'arrêtent devant le bar. Leo parle en se prenant la tête à deux mains ; on dirait que toute communication avec son interlocuteur est impossible. Vu de loin, il n'a pas beaucoup changé. Il a gardé cette constitution fine, ses cheveux courts et frisés. Je n'arrive pas à voir s'il a conservé cette expression de dédain sur les lèvres, ce visage bruni et austère, ces yeux grisâtres et ces coquillages noirs dessinés au fond de ses pupilles. Leo et le garçon disparaissent de mon champ de vision. Je me tourne vers la plage. Une luminosité argentée émerge des rochers proches, comme si un réflecteur interne traversait leur surface.

Les souvenirs se bousculent. Tout ce qui est arrivé après le dernier moment que nous avons passé ensemble. La fin abrupte de mon adolescence.

♒

Vers dix-sept ans, ma perception du monde était celle d'une maison inhabitée remplie d'eau. Dressée au milieu d'une terre en friche, elle avait un étage, les volets fermés et l'air mélancolique. Un poisson habitait une de ses pièces, à l'abri de la lumière et des regards. Et ce poisson, c'était moi.

Je vivais alors avec ma mère dans un appartement minuscule et misérable, dans une rue du centre. Papa avait entrepris sa première exploration dans le Sud, à la recherche d'un endroit où déménager, et avec Maná – le surnom qu'un gourou avait donné à ma mère – on se débrouillait comme on pouvait. Nos maigres rentrées provenaient des cours de méditation que Maná donnait aux dames riches, et de ce que je gagnais le week-end en faisant les paquets dans un supermarché. Cela n'empêchait pas Maná de ramener de nouveaux amis dans notre appartement tous les après-midi et de jouer de la guitare, d'écouter de la musique et de fumer des joints avec eux jusqu'à une heure avancée de la nuit. Je m'enfermais dans ma chambre, entrais dans ma maison d'eau et m'endormais. Sans difficulté. Là-dedans, je ne percevais ni la fumée ni les amants de Maná. J'étais parfois tellement submergée dans les pièces de ma maison d'eau que je n'entendais pas ce qu'on essayait de me dire.

Au collège, les choses n'étaient pas très différentes. Je voyais mes copines se regarder dans les glaces, aux fenêtres des salles et des couloirs, leurs jupes devenaient de plus en plus courtes, leurs lèvres plus rouges, leurs yeux plus profonds. Je comprenais assez bien à quoi correspondaient leurs regards lourds d'intentions, je les avais repérés mille fois dans les yeux de ma mère. Mais je vivais dans une maison d'eau et ma peau était immunisée contre ces effluves nouveaux qui leur traversaient le corps.

C'est une camarade de classe qui m'invita. En échange, je m'engageai à lui faire ses devoirs pendant deux semaines. La fête battait son plein et la fille disparut de mon champ de vision peu après notre arrivée. Notre arrangement ne prévoyait pas qu'elle me prenne en charge. C'était une maison moderne qui s'étirait le long d'un couloir vitré. Dans chaque pièce, il y avait des jeunes qui discutaient à voix basse, assis dans les fauteuils et fumant comme les grandes personnes. Dans le grand salon, les couples dansaient joue contre joue. Je choisis la pièce où il y avait une bibliothèque. La conversation était animée et personne ne remarquerait ma présence. Je trouvai un livre sur les papillons et je m'installai dans un coin pour le feuilleter. Leo était assis dans un fauteuil en velours grenat, un verre de Coca-Cola à la main. Il avait un air romantique, un regard discret, vaguement ironique, et en dépit de sa petite taille il apparaissait clairement qu'il était plus âgé que les autres. Les jeunes autour de lui parlaient avec conviction, mais il ne semblait pas les écouter. De temps en temps, il faisait un signe d'assentiment. Il dut me remarquer au cours d'une de ses douces descentes vers la réalité. J'avais les yeux fixés sur lui. Quand nos regards se croisèrent, je souris, devinant qu'il avait pris avec le monde les mêmes distances que moi. Je revois son petit temps de retard, ses yeux perdus une fraction de seconde, et enfin son fabuleux sourire. Il porta les mains à son cou et fit mine de s'étrangler, en laissant affleurer une grimace sur son visage encore souriant. J'éclatai de rire et les autres se tournèrent vers moi, déconcertés. Leo quitta son fauteuil d'un bond.

— Tu aimes les papillons ? me demanda-t-il en montrant le livre que je tenais dans mes mains.

— J'avoue que oui.

— Moi, je les déteste, dit-il en riant.

De nouveau son sourire, qui avait le don d'effacer son expression taciturne et fatiguée, et de redonner vivacité et énergie à son visage, sur lequel semblaient cohabiter un adulte et un enfant. Ce passage soudain de l'un à l'autre était aussi déconcertant qu'attirant, au point qu'on avait du mal à ne pas le regarder.

— Celui-ci, par exemple, me plaît beaucoup, déclara-t-il, en prenant un livre dans un rayon audessus de ma tête. – C'était *L'Amant de lady Chatterley.*

— Ma mère l'adore ! m'exclamai-je avec un enthousiasme puéril. – A peine avais-je prononcé ces mots que je détournai le regard, toute rougissante. – Moi aussi, en réalité, ajoutai-je sans relever les yeux. – Mue par je ne sais quelle intuition, je citai une phrase : "Nous vivons dans un âge essentiellement tragique ; aussi refusons-nous de le prendre au tragique."

Il tournait les pages en prenant un air sérieux et attentif.

— En effet, tu l'as lu, observa-t-il en haussant les sourcils. Voilà pourquoi je t'ai remarquée.

— Je suis tellement évidente ?

— Il n'est pas si courant qu'une jolie fille comme toi se réfugie dans un coin avec un livre ennuyeux sur les papillons, alors qu'elle pourrait danser avec qui elle voudrait.

De nouveau, j'éclatai de rire.

— Comment tu t'appelles ?

— Alma.

— Comme l'âme ! Je n'en reviens pas. C'est un signe.

C'était une réaction courante, quand je donnais mon prénom. Je détournai le regard.

— Allons, ne le prends pas mal, je suis très sérieux. – Il me prit la tête et m'obligea à le regarder. – Tu vois ? Je suis très sérieux. Ce n'est pas tous les jours que je trouve quelqu'un qui s'appelle Alma et qui connaît par cœur *L'Amant de lady Chatterley*. Je t'en supplie, ne le prends pas mal.

Le contact de ses doigts mit mes joues en feu. Sa main glissa, emprisonna mon bras, et son pouce frôla le côté de ma poitrine à travers ma blouse. Je ressentis une forte pression dans le bas-ventre. Il fallait que je bouge. Un fourmillement me parcourait le dos. C'était si violent que je pouvais à peine respirer.

— Tu n'as rien à boire, tu veux quelque chose ? me demanda-t-il en esquissant un sourire.

Nous allâmes ensemble à la cuisine. Il prit une bière pour moi et remplit son verre de Coca-Cola. Je lui tendis ma canette.

— Merci, je ne peux pas boire d'alcool. Je sors d'un centre de désintoxication.

Ses mots m'impressionnèrent, ils révélaient ses malheurs et nous rapprochaient ; dehors, il y avait les autres et leurs vies heureuses. Nous restâmes quelques minutes à la cuisine à écouter les bavardages et à échanger des regards complices. Nos sourires lourds de sarcasme proclamaient de façon implicite que nous étions les seuls dans cette pièce à pouvoir détecter la stupidité humaine.

Peu après, on alla s'asseoir dans l'herbe du jardin pour fuir l'agitation régnant sur la terrasse. Leo alluma une cigarette. Il n'y avait pas la moindre brise et la fumée s'élevait à la verticale et se dissipait dans l'obscurité. Il me parla du centre de désintoxication, de sa chambre ornée d'une reproduction de Jérôme Bosch, d'un ami qui avait succombé à l'alcoolisme. Il me parla du puits qu'il avait creusé au fond du jardin. Tous les jours un peu plus profondément, jusqu'à ce que le trou soit assez large et profond pour qu'on y tienne assis. Il y retourna tous les soirs, mais un jour il retrouva le trou rempli de terre.

— Alors, pourquoi tu l'avais creusé ?

— Pour avoir un endroit à moi, déclara-t-il sur un ton grave.

Sa voix reflétait l'épuisement, la soif qui l'avaient amené jusque-là. C'était tellement évident que je regrettai d'avoir formulé ma question. Il me lança un regard en coin, un peu timide, et j'eus l'impression que ses paroles traduisaient un sentiment plus vaste. Il aspira une bouffée de sa cigarette et l'écrasa dans l'herbe, sous sa semelle. Puis il me demanda de parler de moi. Je lui racontai que mon père cherchait une terre au sud où nous pourrions vivre tranquilles.

— Tranquilles. Je ne vois pas très bien ce qu'il a voulu dire par là. Ça ressemble un peu à s'enterrer vivant, dis-je sur un ton léger qui laissait néanmoins transparaître l'anxiété que me produisait la précarité de notre situation familiale.

Rire de Leo. Difficile d'imaginer qu'un garçon avec un tel rire puisse être soûl dès le matin. Nous continuâmes notre conversation. Surtout lui. Sous l'emprise de sa voix, tout devenait plus simple, plus radieux, y compris les choses dépourvues de forme, comme la peur. Et pourtant j'avais encore du mal à sortir de ma maison d'eau. Peu à peu, cependant, l'enthousiasme me saisit. Soudain, nous parlions tous les deux avec animation, échangions des opinions, des questions, découvrant sans doute que les mots étaient le seul outil à notre disposition pour sortir notre enthousiasme de sa tanière.

— Il faut que je m'en aille, dit-il. Rentrer avant une heure du matin fait partie de l'accord avec mes parents.

On sentait poindre un zeste d'insolence.

Il voulait me raccompagner, mais je lui dis que ce n'était pas nécessaire. L'endroit où nous vivions avec ma mère me faisait honte. Nous nous séparâmes chaleureusement.

Quand je fus certaine que Leo était parti, je marchai pendant des heures dans les rues. Mon sens de l'orientation et mon instinct m'aidèrent à retrouver le chemin de la maison. J'étais sans crainte, l'émotion qui m'étouffait était plus puissante que la peur. Quand j'arrivai, Maná dormait. Un homme ronflait à côté d'elle. Je refermai doucement sa porte et entrai dans ma maison d'eau.

6. ♐

Alma vient à ma rencontre. Elle tient une assiette avec deux portions de tarte dans une main et une bouteille de Coca-Cola dans l'autre.

— J'ai faim, pas toi ? J'ai volé ça à la cuisine, dit-elle.

On s'assied l'un en face de l'autre, avec l'assiette et la bouteille entre nous. Un couple danse sans chaussures dans le jardin. Sur la piste, mes cousins conduisent la danse de la chenille.

— J'ai oublié les fourchettes.

Elle hausse les sourcils et porte la main à la bouche. On sourit tous les deux, parce qu'on sait que ce n'est pas un oubli.

On regarde la mer. Des nuages rouge et jaune se détachent de l'eau comme des soldats aquatiques prêts à conquérir le ciel. On mange avec les doigts. Alma se les lèche et moi aussi.

— Papa est encore parti.

— Il avait une opération très importante.

Je hoche la tête sans la regarder. Je ne veux pas qu'elle voie mes yeux, sinon elle verra que je ne suis pas content. Alma voit toujours les choses.

— C'est son travail, Tommy. Viens.

Elle tend le bras et m'attire contre elle. Je m'allonge sur le dos. Nous gardons le silence, un de ces silences qui remplissent l'espace au lieu de le vider. Les guerriers se diluent dans le bleu foncé du ciel. La bataille est perdue, la nuit avance et un bout de lune presque invisible se détache des nuages. Je sais que la lune est pleine, devant nous, mais que nous ne pouvons pas la voir. C'est le cas avec la plupart des choses. Nous n'en voyons qu'une partie. Par exemple, ni papa ni Alma n'ont remarqué que Yerfa – la bonne – sort une petite bouteille de sa poche et en boit une gorgée quand elle croit que personne ne la regarde.

— Tu savais que l'œil humain peut voir à peine trois mille étoiles ? Et pourtant rien que dans notre galaxie il y en a plus de trois milliards.

— Pour de vrai ? s'étonne Alma.

— Je t'assure. Il existe plus d'étoiles dans l'univers que de grains de sable sur toutes les plages du monde.

— C'est difficile à imaginer.

Elle tend le cou et regarde en l'air, comme si elle pouvait distinguer une étoile. Elle me coiffe avec les doigts, glisse mes mèches les plus longues derrière les oreilles et me dégage le front. Kájef va être surpris quand je vais lui raconter que je me suis battu avec papa. Je vais aussi lui raconter que nous regardons la mer, avec Alma. Ça va lui plaire. Je ne lui dirai pas qu'elle m'a caressé comme on le fait avec les petits enfants.

— Tu as les cheveux encore plus doux que ceux de Lola.

J'aurais préféré qu'elle ne cite pas son nom. Lola a sept ans, elle est grande et forte, elle aime bien jouer au foot et quand elle a la balle tout le monde regarde ses pirouettes. Heureusement, elle est restée à Santiago avec sa grand-mère – la maman d'Alma –, et je ne vais pas laisser son évocation tout démolir. Surtout maintenant qu'Alma me dit avec les mains :

Ça veut dire JE T'AIME dans le langage des sourds-muets.

Alma l'a appris quand elle vivait en Espagne. Nous ne sommes pas très bons, mais assez pour nous transmettre des messages secrets sans que papa s'en aperçoive. C'est dommage qu'Alma l'ait aussi enseigné à Lola.

J'entends soudain la voix d'un homme dans mon dos :

— C'est donc ici que tu te caches !

Je relève la tête pour voir qui nous a interrompus. C'est un type qui a ses chaussures à la main.

— Salut. – Il s'incline devant moi. – Je peux m'asseoir avec vous ?

Alma lui dit que oui. Moi, je l'aurais bien envoyé de l'autre côté de l'océan, avec ses chaussures et son sourire. Le corps d'Alma se raidit, comme si elle avait reçu un ballon sur la tête. Le type la regarde et l'embrasse en lui prenant le bras. Je me lève et m'éloigne, mon Mp3 dans la poche.

— *Comme tu as changé, Alma ! Tu es vraiment ravissante.*

Alma tourne la tête à la manière des poules. Les adultes perdent toutes leurs défenses quand on leur dit de belles paroles !

— *Lui, c'est Tommy.*

— *Salut, Tommy, moi je suis Leo, un vieil ami de ta mère.*

Personne ne parle d'Alma en disant que c'est ma mère, parce que tout le monde sait qu'elle ne l'est pas.

— *Je savais que tu serais là. Matías m'a prévenu*, dit le bonhomme.

— *Ah ! Tu le connais ?*

— *Matías, le père de la jeune mariée et moi, nous étions tous les trois dans la même école.*

— *Ah, c'est vrai, il m'a dit qu'il était invité, mais il déteste les mariages.*

— *Il m'a confié que tu étais une formidable réalisatrice et sa meilleure amie.*

— *Et il t'a dit autre chose ?*

— *Oh oui, presque tout ce que je désirais savoir.*

— *Alors, j'ai un handicap très net, parce que, tout ce que je sais de toi, je l'ai appris par ce que la presse publie de temps en temps.*

— *En effet, pas grand-chose.*

— *En tout cas rien sur ta vie personnelle. J'ai lu quelque part que tu vivais à Bogotá et que tu enseignais à l'université.*

Alma a un sourire qui lui colle au visage, comme la fois où on avait vu la queue d'une comète.

— *J'y suis toujours.*

Maintenant, elle ouvre la bouche ; on dirait qu'elle va intervenir, mais, au lieu de cela, elle frotte sa tresse contre sa joue.

— *Et toi, Tommy, tu es en quelle classe ?* demande le type.

— *En CM2.*

— *Et tu es du genre à t'asseoir devant ou derrière ?*

— *C'est très relatif.*

— *Comment cela, relatif ?*

Je hausse les sourcils pour lui faire comprendre que sa question est tellement bête qu'elle ne mérite pas de réponse.

— *Je comprends, je ferais mieux de me taire.*

J'approuve d'un mouvement de tête. Le type, sans cesser de sourire, se tourne vers Alma.

— *Matías m'a parlé du film que vous êtes en train de faire. Vous avez écrit le scénario ensemble, n'est-ce pas ? Je me rappelle que tu aimais beaucoup lire, tu dois donc être très bonne pour les histoires.*

— *Excellente, bien meilleure que toi*, répond Alma avec énergie, sans le quitter des yeux, comme si elle le mettait au défi de jouer à la guerre.

Ils sourient tous les deux. On dirait qu'ils s'entendent bien. Cela signifie qu'il va rester avec nous plus longtemps que je ne le voudrais. J'ai au moins la consolation de les enregistrer. D'un geste, Alma m'attire auprès d'elle. J'obéis. Elle passe et repasse la main sur ma poitrine, comme si elle faisait des signes à mes poumons.

— *Qu'est-ce qu'il avait, le jeune homme avec qui tu parlais ?* demande Alma.

— *Ah, tu m'avais donc vu ? Pourquoi tu ne t'es pas manifestée ?*

— *Je ne sais pas. Qu'est-ce qu'il avait ?*

— *C'est le fils de mon frère aîné. Il y a un an, il était le fiancé de Julia. Je pensais qu'il le prendrait mieux que cela, mais le pauvre est effondré.*

J'interviens, histoire de dire quelque chose :

— *Il a le cœur brisé, ça doit faire plutôt mal.*

— *Tu as déjà ressenti cela ?* m'interroge le type.

Je réponds en prenant un ton d'expert :

— *Un tas de fois.*

— *Et qu'est-ce que tu fais pour tenir le coup ?*

— *Je joue à la guerre.*

— *Tu aimes la guerre ?*

— *Oui, parce que j'ai la tête pleine de guerre quand je joue.*

— *Tu savais que les pays fonctionnent de la même façon ?*

Je lui réponds que je ne le sais pas.

— *C'est très simple. Quand les conflits internes d'un pays sont très graves, et que les gouvernants ne savent plus comment les résoudre, les présidents inventent une guerre avec un autre pays ; ça oblige les gens à oublier leurs propres problèmes.*

— *Ça, je l'ai compris il y a un bout de temps, quand j'avais au moins trois ans.*

— *Qu'est-ce que tu fais, dans ces cas-là ?* demande le type à Alma.

Elle le regarde sans répondre, avec une expression qui n'a pas l'air très aimable. Je les interroge en pensant à maman :

— *Qu'est-ce que vous préférez, souffrir ou mourir ?*

— *Souffrir*, répondent-ils tous les deux en même temps.

Ils me regardent. Alma reprend sa tresse, plisse les yeux et baisse la tête. Je sais que ce sont des détails, mais ils vous permettent de découvrir et de comprendre les choses importantes. Vous n'avez qu'à demander à Sherlock Holmes. J'aimerais avoir des pouvoirs et transformer Alma en marmotte ou en scarabée, pour que ce type soit dégoûté de la regarder. Je lève la main, à la manière des magiciens. Ils me regardent tous les deux. Je la baisse et je dis :

— *Pas moi. A la guerre il vaut mieux mourir. La souffrance rend les guerriers poltrons.*

Maman a choisi de mourir. Sa tombe est au cimetière de Los Peumos, pas très loin d'ici. Avec une croix dorée, mais pas en or, comme toutes celles de la famille Montes.

— *Ou les rend plus forts*, réplique Alma en m'ébouriffant les cheveux.

— *Tu veux danser ?* propose le type en se tournant vers Alma.

Elle me regarde. Elle pense peut-être que je peux résoudre ce problème, mais à vrai dire je commence à m'ennuyer. Alors je dis :

— *Je veux aller voir mon grand-père.*

— *Tu en es sûr ?* me demande-t-elle.

— *J'en suis sûr.*

En chemin, j'éteins mon Mp3. Non que je sois jaloux. Pourquoi le serais-je ? Mais, en me dirigeant vers la terrasse, je me dis que je n'aurais pas dû les laisser seuls.

7. ♒

Nous approchons de la piste de danse. Les lumières syncopées qui lancent des éclairs et les silhouettes qui se découpent sur le fond nocturne donnent à la scène un air théâtral.

— J'ai bien aimé ton fils. Je ne sais pas, il a un regard adulte, et il dit des choses incroyables ; ça doit être génial de vivre avec lui.

— Ça l'est.

— Tu es mariée depuis longtemps ?

— Huit ans. Et Tommy est le fils de Juan, mon mari.

J'ai répondu un peu sèchement. Nous allons au bar et je lui offre un verre de vin blanc.

— Je ne bois plus. Je force sur le Coca-Cola, dit-il.

Nous nous frayons un passage entre les couples qui évoluent en rythme, hanche contre hanche. Nous laissons nos verres dans un coin de la piste et nous dansons. Leo me suit avec maladresse. Il m'observe avec une expression concentrée et pleine de curiosité.

— Et ton mari ?

— Il a été obligé de partir. Une opération urgente.

Un peu plus tard, je demande :

— Et toi, tu es marié ?

— Ah, non ! Jusqu'à présent, aucune femme n'a eu assez de patience pour me supporter ; et puis…

Sa voix est descendue d'un ton, radoucie. Il secoue la tête, comme s'il avait franchi les limites du possible.

— Et puis quoi ?

J'ai réagi avec véhémence. Un bref instant, nos regards se mesurent. Le temps a rendu ses traits plus forts et en même temps plus profonds. Sur ses tempes on voit ses premiers cheveux blancs.

— Et puis je ne suis pas fait pour ça, les longues périodes de monogamie me lessivent complètement, ajoute-t-il, reprenant son ton badin.

Son bras m'encercle. Sa main ouverte est plaquée sur mon dos nu. Nous dansons. Je l'entends souffler à mon oreille :

— Alma…

Je relève la tête et croise son regard incisif.

— Cette nuit-là, sur la colline, je me suis vraiment mal comporté, n'est-ce pas ?

Les lumières clignotantes de la piste ne me permettent pas de voir son expression, ni d'évaluer le degré de sincérité de ses paroles. Je suis quand même étonnée qu'il s'en souvienne. Je prends un ton faussement insouciant pour répondre :

— Rien d'irréparable.

— Si c'est le cas, je te présente mes excuses. Je sais que c'est un peu tard, mais mieux vaut tard que jamais. Je… A l'époque, je ne savais pas ce que je faisais.

Les souvenirs se construisent avec délicatesse avant de se déposer dans la mémoire ; mais ils ne se figent pas, ils se transforment au rythme des sentiments qui les accompagnent, jusqu'au jour où il devient malaisé de distinguer la part de vérité qu'ils contiennent. A la sortie du lycée, j'aperçois Leo, appuyé sur le capot d'une voiture. Je le vois porter une cigarette aux lèvres et l'écraser avec insistance, comme s'il y avait un enjeu important. On échange un bonjour et je reste tout près de lui, attendant qu'il m'adresse la parole. Dans mon souvenir, Leo a le regard fixe et les sourcils froncés.

— On dirait que ce connard a décidé de ne pas sortir. On pensait aller à la Pyramide. Tu veux venir avec moi ?

On est montés dans sa voiture et on a pris la route qui mène à la colline enclavée dans la ville. Arrivé en haut, Leo s'est arrêté. Il a sorti de sa poche un papier replié plusieurs fois, il l'a défroissé et posé sur sa cuisse.

— Tu en veux ?

J'ai accepté, bien que je déteste les drogues que consommaient mes parents. Je détestais ces odeurs de marihuana ou d'alcool. Je redoutais tout ce qui pouvait diluer leur notion de la réalité et les éloigner de moi. J'ai inhalé la poudre blanche deux fois, une dans chaque narine. Lui aussi. Les derniers éclats du soleil disparaissaient dans l'obscurité quand j'ai pris sa main, l'ai passée sous ma chemise et l'ai posée sur un sein. Je me rappelle la surface collante du siège dans mon dos, le poids de son corps sur le mien, ses assauts, la douleur que j'ai dissimulée derrière mon rire, mon contrôle bref et furtif du filet de sang qui par chance n'a jamais coulé. Ensuite, la fumée de sa cigarette m'envahissant l'estomac, me produisant une légère nausée que j'ai étouffée en sniffant encore une fois, notre mutisme, ses yeux fixés sur le toit de l'automobile, comme si ses sens s'étaient refermés. Leo ne s'est pas aperçu que c'était ma première fois, et j'ai été incapable de le lui dire. La peur m'a retenue, mais aussi la certitude que ce qui venait d'arriver était sans importance pour lui. Peu après, nous sommes allés nous asseoir sur le bord de la route pour regarder la ville plongée dans l'obscurité.

— Tu aimes la lecture, n'est-ce pas ?

— C'est mon passe-temps préféré.

— C'est aussi le mien.

— Pourquoi ?

Leo a réfléchi une seconde.

— Sans doute parce qu'en lisant je m'infiltre dans un monde qui s'écoule parallèlement au mien. C'est aussi pour cette raison que j'aime écrire.

Je l'écoutais avec attention, attendant qu'il continue. Soudain, il m'a regardée et il a baissé la tête. Sans la relever, il a poussé un profond soupir et a dit :

— S'il te plaît, ne te berce pas d'illusions sur moi, Alma. Tu es une gamine et moi un type plutôt torturé.

— Mais j'ai dix-sept ans, ai-je protesté. Et crois-moi, j'en ai vu plus que tu ne peux imaginer.

— Moi, j'en ai vingt-trois ans, et j'ai une liaison avec une autre femme.

Il a haussé les épaules et allumé une cigarette. J'avais mal au cœur. Quand j'ai repris mes esprits, tout avait changé. Je suis retournée dans ma maison d'eau et sa voix résonnait de l'autre côté. J'ai pris un ton catégorique pour affirmer :

— Tu vas être un excellent écrivain.

— Pourquoi en es-tu si sûre ?

Il avait une expression incrédule et en même temps pleine d'espoir.

— Parce que tu sais mentir.

Pendant que mon corps suit le rythme cadencé de la musique, j'entends Leo murmurer :

— Sur la colline. C'est sans doute là que tout s'est mis à aller de travers. Tu étais peut-être l'élue, et je ne m'en suis pas rendu compte.

— Ne te fais pas un film, Leo, lui dis-je avec légèreté. Je suis mariée avec un homme formidable et j'ai deux enfants que j'aime profondément.

— Tu es heureuse ? demande-t-il, retrouvant sa forme.

— Tu y crois, toi ?

— Je ne sais pas. Heureux, ce qu'on peut appeler heureux, je ne l'ai jamais été, mais j'imagine que d'autres auront eu plus de chance que moi.

— Eh bien moi, je le suis !

Et je garde un regard ferme, sans ciller, pour qu'il ne puisse douter que je dis la vérité.

— J'en suis ravi pour toi, vraiment. Néanmoins, je souhaite que ce bonheur ne soit pas trop complet.

— Tu es un pervers.

— Non, pas du tout, au contraire. Tu sais, comme le disait très bien notre ami Tolstoï, les bonheurs sont tous pareils et ennuyeux ; en revanche, il y a mille espèces d'infortunes.

— Il n'a jamais dit qu'ils étaient ennuyeux, il a dit qu'ils étaient pareils.

— Ça revient au même. Rien n'est plus ennuyeux que l'uniformité.

— Tu veux que je te dise quelque chose ?

Je lui ai lancé un défi. Leo l'accepte.

— Je me contente de ressentir le moins souvent possible que je suis seule, comme tout le reste, et que je n'y peux rien. Ça n'a rien de grandiose, je sais. Mais je me demande si en dernier recours même les personnes très exceptionnelles ne sont pas mues par ce genre de sensation.

Pris d'une sorte d'impulsion, Leo m'attire contre lui et m'étreint.

— Comme c'est bon de te tenir dans mes bras, me souffle-t-il à l'oreille.

Nous restons collés, nous déplaçant en rythme, abandonnés à notre étreinte. Pendant quelques instants, les bonnes manières semblent disparaître. Soudain il se détache de moi.

— Tu veux encore un verre ?

Il me regarde avec un certain dédain. A l'évidence, il est troublé par ce qui vient d'arriver.

— Quel dommage que tu ne puisses boire avec moi, je suis sûre que si nous étions ivres on s'éclaterait !

8. ♐

Au réveil, je pense à maman, et j'ai comme un creux à l'estomac. Un creux qui ressemble au cratère de cent soixante kilomètres de diamètre, laissé par le plus grand météorite qui soit tombé sur la Terre.

Je sors du coffret d'Architout la seule photo de maman que j'avais quand papa a vidé la maison de toutes ses affaires. Je ne sais pas ce que signifiait cette hâte à l'oublier. Je préfère me rappeler, c'est mieux pour comprendre les choses. L'ennui, c'est que parfois je ne sais pas très bien où mettre mes souvenirs, ni quel degré d'importance leur accorder. C'est pareil avec mes découvertes. Au moins, cette fois je suis sûr. Que maman se soit ôté la vie, c'est sérieux. Tellement sérieux que papa me l'a caché. Je pense aux crevasses antarctiques. Tout ce que je connais se trouve d'un côté de la crevasse, et de l'autre… Quoi qu'il en soit, quand on a sa maman qui meurt, la moitié des êtres qu'on aime le plus au monde meurent aussi, et un enfant ne devrait jamais connaître ça. J'enregistre :

Je crois que papa pense à maman, quand il a le regard dans le vide et qu'il n'a l'air d'écouter personne.

Sur la photo, maman est en costume de fête. Ses yeux noirs me rappellent que les pupilles sont des trous qui relient le Dehors et le Dedans. Ses sourcils sont hauts, comme s'ils exprimaient quelque chose, mais je n'ai jamais pu savoir ce qu'elle veut me dire, ni si son regard est gai ou triste. Parfois, je lui pose des questions sans importance, en prévision du jour où elle m'enverra un signe. Par exemple, si je vais réussir un devoir, ou si un enfant va me demander le cerf-volant que j'ai dans mon sac. Mais elle ne me parle jamais.

J'entends une porte se fermer. Sans doute papa qui part à la clinique. J'aimerais être l'enfant qu'il a opéré, pour passer ce dimanche ensemble. Je saute du lit et file aux toilettes. Je ne me rappelle pas avoir mis mon pyjama. C'est Alma qui a dû me l'enfiler, quand nous sommes rentrés tard le soir du mariage. Je relève mon maillot. Mon estomac est presque aussi blanc que la céramique du mur. Je regarde la cicatrice qui barre ma poitrine. Je baisse mon pantalon. La tripe minuscule entre mes jambes n'est pas non plus une vue très encourageante. Je n'aime pas qu'Alma, ou qui que ce soit, me voie tout nu. Voilà pourquoi, pour me baigner dans la piscine en été, j'attends que le soleil soit couché et le jardin désert. Par contre, j'adore l'eau. Dans l'eau, mon corps cesse d'exister. Au milieu de la piscine, je vois mes vêtements au bord et j'imagine que ce sont ma peau et mes os. Il m'arrive de descendre jusqu'au fond, et en relevant la tête j'aperçois les dessins tracés par la lumière. Sous l'eau, le silence retentit à mes oreilles et je suis aussi puissant que Neptune. J'imagine qu'Alma me trouve et que je lui présente le monde du fond de la piscine.

Quand Alma est arrivée chez nous, elle m'a apporté un magnétophone et m'a dit que cette machine pouvait faire de la musique. "Comment cela, de la musique ?" "C'est très facile, regarde." Elle a branché le magnétophone et a donné un coup de poing sur la table, ensuite elle a tapé sur un pot de fleurs avec un crayon, et enfin elle m'a demandé d'applaudir très fort. Et elle m'a fait entendre le résultat. Pas mal du tout. "Voilà comment tu peux faire de la musique, en assemblant des sons, des mots, tout ce que tu veux." Quand j'ai demandé si l'appareil était assez sensible pour capter le bruit d'un pet, elle a éclaté de rire et son rire s'est répercuté dans toute notre maison un peu trop silencieuse. Alors, j'ai monté l'escalier en courant et, avant que papa ne vienne tout gâcher, j'ai rapporté mon coffret d'Architout et étalé mes trésors sur la table. Lui, il ne les a jamais vus, même s'il a soutenu le contraire. Je l'ai un peu aidé, en faisant des commentaires du genre : Tu te souviens quand on a trouvé cette pierre volcanique au lac Llanquihue ? Nous n'étions jamais allés ensemble à ce lac – ni à aucun autre, en réalité – et la pierre m'avait été rapportée du Sud par Yerfa, mais si Alma avait découvert qu'avec papa nous ne parlions presque pas, elle nous aurait quittés. Je sais que le silence, quand on ne le connaît pas, fait plutôt peur. Je rebranche mon Mp3 :

Façons de s'ôter la vie :

Un, se pendre. Deux, avaler de la mort-aux-rats. Trois, se tirer une balle dans la tête, la bouche ou le cœur. Quatre, se faire écraser par une voiture. Cinq, aller au fond de la piscine et respirer jusqu'à ce que les poumons soient pleins d'eau. Six, se jeter du haut d'un immeuble ou d'un arbre. Sept, se boucher le nez et la bouche jusqu'à étouffement. Huit, ne plus manger et ne plus boire. Neuf, se couper les veines aux poignets.

Dix, s'endormir dans la neige. Onze, mettre la tête dans le four en ouvrant le gaz.

C'est l'an dernier, quand on a lu la Genèse à l'école, que je me suis mis à enregistrer les idées qui me passent par la tête. C'est là que j'ai découvert que Dieu a créé la semaine pour mettre de l'ordre dans le chaos. Il a divisé le temps en sept jours, il leur a donné un nom et a décidé qu'on se reposerait le dimanche. Nommer les choses, c'est leur donner une forme pour que notre tête puisse comprendre et assimiler. Maintenant, je sais qu'il y a au moins onze façons de s'ôter la vie, et que l'une d'elles est celle de maman Soledad.

♐

Alma va nous emmener chez Maná, la grand-mère de Lola. Elle vérifie une dernière fois que les portes et les fenêtres sont bien fermées, pendant que Lola saute pour voir sa tête dans la glace du vestibule. A chaque saut, elle fait une de ses horribles grimaces. Au moment de partir, je déclare sur un ton ferme :

— Moi, je reste.

— Pas question, on ne peut pas te laisser seul, réplique Alma.

— Aujourd'hui, c'est le jour où Les Faucons s'envolent et Maná n'a pas la télé.

— Ne gâche pas tout, Tommy, me supplie Alma d'une voix lasse.

— Je te promets que je vais attendre papa ici, tranquillement. J'ai déjà douze ans. Je peux me faire un sandwich au jambon et au fromage, je peux jouer, voir Les Faucons.

Alma me regarde. Elle prend ses cheveux à pleines mains sans me quitter du regard. Elle sait que papa ne serait pas d'accord. Nous le savons tous les deux. Il a toujours peur que mon cœur cesse de battre.

— Entendu. Mais tu ne sors pas de la maison. Promis ? Je serai de retour avant six heures.

Par la lunette arrière du 4X4, Lola agite la main et me fait une grimace. Je n'en reviens pas, j'y suis arrivé, je n'aurais jamais imaginé que ce serait aussi facile ! A peine sont-ils hors de ma vue que je rentre. Jamais auparavant je ne m'étais retrouvé tout seul. Je sors un paquet de chips de la réserve et je m'enferme dans ma chambre. Je regarde par la fenêtre. Méchant Bébé Hippopotame, mon voisin, cherche quelque chose au milieu des plantes du jardin, devant chez lui. Il a la manie de se gratter son gros bedon, de crachouiller et de faire pipi dans les pots de fleurs de la terrasse. Une fois, je l'ai vu jeter un hamster par la fenêtre. Il a un visage tout rond et rose, comme celui d'un bébé. En me voyant, il se lève et me salue. J'ouvre la fenêtre, mais je ne sais pas quoi lui dire. Quelqu'un l'appelle dans la maison et il disparaît. Il y a trois mois qu'il a emménagé dans ce quartier. Alma connaît sa maman et on a décidé d'aller leur rendre visite un jour. Elle m'a aussi donné son numéro de téléphone, si j'ai envie de l'appeler.

Je vais chercher Kájef. Papa m'a interdit de lui parler, voilà pourquoi nous devons nous retrouver sous les draps de mon lit. Je ferme les yeux. Je murmure : "Kájef !" Mais Kájef ne vient pas. Qu'a-t-il bien pu lui arriver ? Et dire que maintenant nous pouvons jouer au grand jour, je peux lui montrer mes épées phosphorescentes, mes vaisseaux spatiaux, et surtout mon avion rouge, un modèle que papa m'a offert et que les Japonais utilisaient pendant la Première Guerre mondiale.

Je branche l'ordinateur et j'ouvre mon courrier. Ils sont là, comme toujours.

Sal pti PD 2 merd tu ns rend service dégaj car tu ns fé vrémt chié tapet

J'ai beau retourner cette affaire dans tous les sens, je ne sais pas quoi faire. Le pire serait de le dire à papa ou à un professeur de l'école. On m'accuserait d'être un mouchard. Et puis on ne peut pas obliger un enfant à en aimer un autre. Je préfère penser à autre chose, par exemple à Mr Thomas Bridge.

J'entre dans son blog. Mr Thomas Bridge est un marin anglais qui a trouvé il y a six jours une fille, un garçon et trois adultes sur un îlot proche de l'île Lennox, du côté du cap Horn. Un îlot tellement minuscule qu'il ne figure pas sur les cartes. Mr Bridge dit qu'il s'agit sûrement d'une famille issue des communautés alacalufes des régions australes, qui vit comme ses ancêtres du néolithique. Pour le moment, les journalistes et les scientifiques venant de tous les coins du monde n'ont pas encore débarqué. Mr Thomas Bridge parle devant une caméra, il a les cheveux longs et la barbe blonde. Il a l'air soucieux. Il dit qu'il aurait préféré ne jamais les avoir rencontrés, parce que, si nous perturbons leur mode de vie, nous allons mettre en péril l'existence des derniers Alacalufes de la terre.

Le téléphone sonne. C'est Alma. "Que fais-tu ?" me demande-t-elle. "Un peu de tout. – Je t'ai acheté le poulet chinois aux noix de cajou que tu aimes bien. – Chouette ! – Je serai de retour à la maison bientôt. – Ne te fais pas de souci pour moi. – Tu parles comme dans les films. – C'est un peu l'idée", dis-je, et nous éclatons de rire tous les deux. "Alors, à tout à l'heure. – *Goodbye, darling*", répond-elle et nous raccrochons.

Je transfère sur mon ordinateur les conversations que j'ai enregistrées au mariage de Miguel et je descends dans le bureau de papa. Je me rappelle la photographie de maman que j'ai repérée il y a un certain temps dans ses tiroirs. C'est la seule chose qu'il conserve d'elle. Parfois, quand papa et Alma sont sortis, et que Yerfa est absorbée dans ses tâches, je la sors du tiroir et je la regarde. Comme maintenant. Maman est assise sur un banc dans un parc, face à un arbre très haut, et elle tient une feuille de papier dans les mains. Elle porte une robe ample, on dirait un tablier, elle a les cheveux courts et ébouriffés. Cette fois, je ne la remets pas à sa place, je préfère monter dans ma chambre et la ranger dans le coffret d'Architout, à côté de l'autre.

Après avoir vu les acrobaties des Faucons, dessiné un château et attendu Kájef, je m'assieds dans le fauteuil du salon. Alma me manque, et papa, et Yerfa, et même Lola. Je crois que papa a raison. Je devrais me faire un ami. Je sors le petit papier où Alma a noté le numéro de téléphone de mon voisin, M. B. H. Après l'avoir mémorisé, je ferme les yeux et j'attends que Kájef vienne me chercher.

9. ⌛

Quand je retourne à la clinique, je trouve Emma assise au bout du couloir. Son mari a dû aller à la cafétéria chercher de quoi prendre un petit-déjeuner. Ils ont passé la nuit ici tous les deux. Elle a les mains jointes sur ses genoux et les jambes légèrement écartées, comme abandonnées.

— Je t'ai déjà remercié, n'est-ce pas ? dit-elle sans me regarder.

Au petit matin, à la fin de l'opération, j'ai retrouvé le père de Cristóbal qui se donnait des coups de poing sur le genou. Il s'est interrompu quand il m'a vu, sans pouvoir cacher son impuissance. Emma, au contraire, avait déjà cette expression concentrée, cherchant sans doute à mobiliser toute son énergie pour soutenir la vie de son enfant.

— Tu devrais rentrer chez toi te reposer, lui dis-je, sachant pertinemment qu'elle s'en gardera bien, qu'elle restera ici, épiant les allées et venues des infirmières jusqu'au réveil de son fils.

Je lui prends la main et lui explique que dans les heures qui viennent Cristóbal sera branché au respirateur, dans un état de semi-inconscience.

— Tu as été très forte, tu sais !

Mon commentaire illumine son regard d'un éclat soudain. D'un geste, elle me fait signe de m'en aller et se tourne vers la fenêtre. Je me lève et, après une légère pression sur son épaule, j'entre dans la salle de l'unité de récupération où se trouve son fils.

Après m'être assuré que l'état postopératoire de Cristóbal suit un cours normal, je me rends à l'aérodrome en voiture et je monte dans mon avion. Peu après je survole les toits de la ville. Voler est un espace de liberté, camouflée sous la respectable apparence d'un pilote. J'ai l'intention de faire un petit tour. Je veux être à la clinique quand Cristóbal se réveillera. Dès que je le verrai ouvrir les yeux, je rentrerai à la maison.

Je me rappelle très nettement le moment où Tommy s'est réveillé après sa dernière opération. Il avait trois ans. L'aspect de son visage avait changé. On avait l'impression que dans son long voyage il avait vu des choses inconcevables pour nous qui l'attendions sur la rive. Soledad aussi perçut sa transformation, et les larmes coulèrent sur ses joues, sans doute à cause de l'impossibilité d'accompagner son fils jusqu'à l'endroit où il était allé. Je me rappelle qu'elle colla son visage à celui de Tommy et ferma les yeux. Je la pris par les épaules. Cette impression que j'eus alors, d'être incapable de soulager sa douleur, devint de plus en plus palpable avec le temps. C'est pourquoi je ne cherche jamais à consoler les familles avec une embrassade ou tout autre manifestation physique. Ce matin, quand j'ai pris la main d'Emma, c'était inhabituel. J'ai été ému par son attitude – le buste raide, la tête tournée vers la fenêtre –, où se conjuguaient la tragédie et la dignité.

En me rapprochant de l'aérodrome, je vois le terrain de football du quartier, où enfants et adultes courent après un ballon. La tranquillité des rues voisines me ramène à la normalité. Je prépare mon atterrissage. Voici un nouveau dimanche après-midi. Une jeune fille de dix-huit ans est morte dans un accident et un enfant a un cœur tout neuf. Avant de me sentir trop satisfait de ma large part de responsabilité dans cette histoire, je fouille dans ma mémoire à la recherche d'un proverbe d'un grand bouddhiste sur l'absence de permanence de la vie et de l'inutilité de nos efforts à vouloir la retenir.

10. ♒

En allant chez Maná, je me suis arrêtée dans un restaurant chinois qui vend des plats à emporter. J'avance maintenant dans les rues désertes du quartier où elle a vécu ces deux dernières années. Un quartier tranquille, des maisons sur deux niveaux et des petites places où les grands arbres touffus luttent contre l'inertie environnante. Ma mère nous ouvre, elle a une jupe qui laisse entrevoir ses pieds nus, aguerris par ses courses à travers le monde.

— Alma, Lola, quelle surprise ! s'exclame-t-elle en agitant les mains et en faisant tinter ses bracelets.

Ses cheveux grisonnants et plats, qu'elle se coupe elle-même, sont collés à son crâne. Elle n'a jamais fait beaucoup d'efforts pour conquérir sa petite-fille, mais Lola se précipite pour l'embrasser. Maná oublie son anniversaire et arrive rarement à temps pour le réveillon de Noël, elle ne s'est jamais intéressée au monde de sa petite-fille, et les rares fois où elle l'a emmenée, c'était pour une de ses séances de contemplation, ce qui n'empêche pas Lola de vouer à sa grand-mère une affection inconditionnelle. Rien de très différent de ma propre enfance. Je me vois courir derrière elle sur le parvis d'une église, à moins que ce ne soit un rêve, cette éternelle course derrière ma mère, pendant qu'elle avance à grands pas vers son salut.

— J'ai apporté de la cuisine chinoise, végétarienne, naturellement.

— Formidable ! s'exclame-t-elle en plissant ses yeux en amande.

Nous entrons. Maná sert deux thés verts et un jus de fruits pour Lola. Nous nous asseyons à la table en bois de la cuisine. Maná nous regarde avec un sourire qui s'étale sur son visage où se dessinent quelques rides. J'allume une cigarette et sa chatte Malinche se cale dans son giron. Pendant ce temps, je mets la nourriture dans des récipients que je découvre au hasard de mes recherches dans le chaos de la cuisine.

Les maisons de Maná sont toujours bourrées d'objets inutiles, par exemple des fossiles, des cannes à pommeau sculpté ou des pinces pour une cheminée qu'elle n'a pas. Elle déplore toujours de n'avoir rien mis de côté au long de sa vie de bohème. C'est pourquoi elle achète des objets dans les braderies et les ventes aux enchères, qui ont l'air d'avoir compté pour quelqu'un, et qui dans leur mutité racontent une histoire.

Maná fume plus que d'habitude. Je le lui fais remarquer.

— Il faut bien mourir de quelque chose, dit-elle.

Je ne crois pas l'avoir jamais entendue parler de la mort auparavant. Elle se comporte toujours comme si elle avait devant elle les mêmes perspectives que lorsqu'elle avait vingt ans. Sa devise : "Tout est possible." C'est ainsi qu'elle mène sa vie : toujours prête à entreprendre une nouvelle aventure, surtout si elle est liée à l'esprit ou au sexe. Je ne veux pas lui parler de son dernier compagnon en date, un écrivain ventripotent à l'abondante chevelure qui observe le monde avec la suffisance que lui autorisent deux romans publiés il y a vingt-cinq ans. Je me demande ce qu'il fait avec ma mère. Bien qu'elle soit une très bonne lectrice, Maná est loin du genre "rien ne me surprend" auquel appartient son compagnon. Au contraire, sa capacité d'étonnement peut être prise pour un signe de stupidité par les gens qui ne la connaissent pas. Je suppose qu'il est avec elle pour le sexe. Maná en connaît un rayon sur le sujet.

Lola découvre une panière avec cinq chatons sous le placard. Ils ont encore les yeux fermés.

— Je peux en prendre un ? demande-t-elle avec enthousiasme.

La chatte Malinche saute et sort ses griffes. Maná rit. Nous emportons dans le jardin deux plateaux avec nos agapes et nous nous installons devant une table délavée, sous un noyer. Maná a sorti un chaton dans une couverture multicolore, pour Lola. S'il n'y avait pas cette histoire et les souvenirs qui s'interposent, tout serait parfait.

Quand j'étais petite, je cherchais plutôt des amies qui aient une vie comme celle que je mène aujourd'hui. Ce n'était pas une tâche facile, car la plupart du temps nous vivions dans des communautés écartées des centres urbains. C'est dans l'une d'elles que j'eus le premier aperçu de la nature de ma mère.

En fin d'année, les enfants montaient une pièce de théâtre. Nous discutions de l'argument et nous le présentions ensuite aux adultes. On n'admettait ni rois, ni reines, ni souverainetés qui aient asservi leur peuple au cours de l'Histoire. En nous servant des rares ustensiles dont nous pouvions disposer dans notre isolement, nous organisions tout en détail : les costumes, la mise en scène, la musique, les lumières. C'est à la fin d'une de ces œuvres que je vis l'impuissance dans les yeux de mon père, la soumission, et même la fatalité. Avec le temps, cela deviendrait tellement évident que je ne pourrais plus le regarder autrement. Papa était assis par terre, au premier rang, à côté de Maná. Je le regardai tout au long de la pièce, dans mon rôle d'arbre, au fond de la scène improvisée. Un dialogue muet s'instaura entre nous. Clins d'œil, sourires, grimaces et hochements de tête. Un enfant dut me pousser hors de scène à la fin de l'œuvre, tant j'étais absorbée par la communication que j'avais établie avec mon père. Le soir, à l'heure du dîner, papa et moi commentions la pièce avec enthousiasme. Il me dit que j'étais une excellente actrice et que le jour où nous emménagerions en ville je pourrais aller dans une école qui enseignait le théâtre. Maná ne décollait pas les yeux de son assiette.

— Tu veux qu'on parte d'ici ? dit-elle.

Elle avait un air abattu et, comme la lumière de la lampe, semblait sur le point de défaillir.

— Ça dépend de toi, répliqua mon père.

— C'est plus fort que moi, affirma Maná toujours tête baissée, dans une attitude qu'elle semblait avoir souvent répétée.

La peau de papa prit une teinte grotesque. Il resta figé, les yeux écarquillés, espérant peut-être que Maná reviendrait sur ses positions, réviserait les choix implicites, ils le savaient tous les deux, dans ses propos. Soudain, avec l'énergie du désespoir, il s'écria :

— Et merde, de quoi tu parles ? De ça, de toutes ces cochonneries ? Tu es une adulte, maîtresse de tes actes, pas une salope qui a le feu au cul.

— Ne parle pas comme ça en présence d'Alma, protesta Maná, la voix hachée.

— A toi de décider, trancha mon père.

Il se leva avec la lenteur d'un vieil homme et sortit de la maison.

Le souvenir suivant est celui de ma mère assise par terre, sur la terrasse de la cabane, les jambes tendues et écartées, les bras ballants, les yeux fermés et un sanglot au fond de la gorge. Je me rappelle ma propre image de fillette, l'observant, sachant que je n'étais pas concernée par ses lamentations, que son chagrin était lié à un homme qui n'était pas mon père. La semaine suivante, nous étions hébergés chez des amis de papa.

Maná montre à Lola comment se servir des baguettes chinoises. Elles ont presque tout renversé sur la table. Elles rient. Ce même rire irresponsable dont je me souviens quand j'étais petite et qui parfois me ravissait, parfois était l'annonce d'une nuit blanche à écouter rigoler mes parents, qui ne cessaient de changer les vinyles sur le tourne-disque, sans jamais être d'accord, se délectant de leurs divergences sur les goûts musicaux qui finissaient en gémissements, que j'entendais quel que soit l'endroit où je me trouvais. J'aimerais croire que ces souvenirs, pas toujours agréables, donnent une densité plus profonde au présent. Même s'ils sont parfois douloureux.

Maná demande à Lola d'aller préparer le café avec elle à la cuisine. Je m'étends sur une couverture à l'endroit le moins pelé du gazon. La brise agite les feuilles du noyer, distillant une rumeur rafraîchissante au-dessus de ma tête. Une musique de blues en provenance de la maison voisine s'insinue dans la paix de l'après-midi. Quand Maná revient avec le café, je dors à moitié. Lola me monte sur le ventre. Maná a apporté un livre. Là, au moins, nous nous sommes toujours retrouvées : dans le plaisir que nous donne une histoire bien racontée. C'est une belle édition d'*Emma*.

— C'est un ami qui me l'a offert. Prends-le. Il va plus te profiter qu'à moi. Et Juan ? demande-t-elle enfin.

— Il a dû faire une greffe d'urgence sur un enfant. Qui a l'âge de Tommy.

Je lui parle sans la regarder. J'aimerais connaître plus de détails pour donner plus de poids à son absence.

— Il est rentré hier soir quand nous dormions, et il est reparti avant qu'on se réveille, intervient Lola.

Ma mère hausse les sourcils et se tourne vers moi, interrogatrice.

— C'est normal, c'est son travail, Maná.

J'ai envie de l'appeler "maman" pour l'arracher à cet état de béatitude qui colore son insatisfaction, mais je me retiens. Elle déteste que je l'appelle comme ça. "Maná" la situe dans un lieu sans liens, hors du temps. Je regarde les herbes folles qui poussent anarchiquement le long de la palissade.

— Dans le frigo, il y a une soucoupe de lait, tu devrais la donner à la chatte, elle doit avoir faim, dit Maná en s'adressant à Lola.

— Vous voulez vous débarrasser de moi. Je ne suis pas idiote. Et j'obéis uniquement parce que j'aime bien les chatons, nous prévient Lola en nous lançant une de ses grimaces de grande fille.

Une fois que la silhouette rondouillette de Lola a disparu de notre champ de vision, Maná se tourne vers moi :

— Il y a un problème ?

— Qu'est-ce qui te fait croire ça ? Et s'il y en avait un, pourquoi devrais-je t'en parler ?

— Parce que tu n'as personne d'autre avec qui en parler, dit-elle doucement, sans se formaliser de mon agressivité. – C'est sa méthode : toujours éviter l'affrontement.

— Qu'en sais-tu ?

— Je le sais, Alma, tu es ma fille, même si nous le déplorons toutes les deux, observe-t-elle sur le même ton, avec un sourire coquet.

En dépit de l'âge, ma mère conserve les attitudes séductrices d'autrefois, une fulgurance presque enfantine qui émerge dans la portion de pupille que laissent entrevoir ses paupières tombantes, et qui provoque encore en moi un sentiment qui n'a rien de filial. Ce dégoût qui m'a poussée à m'enfuir loin d'elle, il y a quinze ans.

— Il est trop tard pour parler de mes problèmes. – J'essaie de ne pas donner à ma voix des accents de reproche. – Nous pouvons parler de nos lectures, passer un dimanche ensemble, voir Lola grandir. C'est déjà beaucoup plus que ce que peuvent partager des quantités de mères et de filles.

— Beaucoup plus, admet Maná.

Les rayons du soleil couchant scintillent derrière les branches du noyer. Je pourrais lui dire que j'ai vu Leo, hier. Ce serait le moment – après toutes ces années – de déchaîner la tempête. De parler. Mais je ne vais pas lui en donner l'occasion.

La troisième fois que je vis Leo, je reconnus son visage endormi sur l'oreiller du lit de ma mère. C'était à la fin d'une de ses bringues. De ma chambre, j'avais entendu des gens aller et venir jusqu'à une heure avancée de la nuit. Je m'étais endormie au son de leurs voix et de leurs musiques. Le lendemain matin, je me levai tôt pour aller à l'école. Avant de partir, je passai la tête dans la chambre de ma mère. Comme toujours, la porte était entrouverte. Ma première vision, ce furent les cheveux noirs et ébouriffés de Leo. Puis son visage. La grimace de dédain sur sa bouche avait disparu et un duvet sombre teintait sa lèvre supérieure. Il était torse nu et avait ramené les bras sous sa tête. Ma mère ouvrit les yeux. Elle respira profondément, comme elle le fait dans ses méditations, se demandant peut-être quel serait le premier mot que je prononcerais, car j'étais devant eux, muette et le regard froid. Leo ne se réveilla pas. Ma mère se leva, toute nue, sortit, referma la porte derrière elle et m'embrassa. Elle me jura en larmes que cela ne se reproduirait plus jamais.

Maná n'a jamais su que je connaissais Leo. Et les années suivantes je n'ai cessé de me demander s'il était au courant ou s'il avait appris ce qui s'était passé.

Ce jour-là, je compris que je ne pouvais pas continuer de vivre avec Maná. Je demandai à mon père par lettre de m'envoyer le maigre héritage que m'avait laissé mon grand-père. Je voulais partir, n'importe où. Absolument. Papa me répondit qu'avec cet argent il avait acheté la parcelle où nous irions bientôt nous installer. Je m'enfermai dans ma chambre et n'en ressortis presque plus. Je passai l'été à dormir. Maná renonça à ses bringues dans notre appartement. Sa vie se déroulait maintenant à l'extérieur. Quand elle revenait à la maison, elle frappait à ma porte et essayait de me parler, mais le plus souvent je faisais semblant de dormir. A la fin de l'été, nous déménageâmes avec Maná dans la cabane de papa, aux abords d'un petit village côtier du Sud. Les disputes reprirent de plus belle, ainsi que leurs bruyantes réconciliations. Tout s'était arrêté dans ma vie, à l'exception de l'agrandissement secret de ma maison d'eau. L'hiver suivant, nous reçûmes la visite d'une sœur de mon père. J'avais perdu huit kilos. Elle dut comprendre que ma seule échappatoire était de sortir de là. Elle m'acheta un billet et en août de cette année-là je partis pour Barcelone.

Le jour de mon départ, mon père et ma mère vinrent me dire au revoir à l'aéroport. Je les revois très nettement : elle ne tenait pas en place, faisait tinter ses bracelets, versait de grosses larmes qui lui donnaient l'air d'une comédienne de tragédie ; papa, pendant ce temps, portait ma valise, le dos courbé, le regard fuyant, dans son gilet de l'archipel de Chiloé trop grand pour son corps de plus en plus maigre. Cette image resta figée dans ma mémoire comme un de ces daguerréotypes qui prétendent montrer l'essence des familles. Je les revois l'un à côté de l'autre, agitant les mains pendant que je m'éloignais, sachant que c'était la fin de notre groupe. C'était moi, l'éternelle absente, qui avais eu le cran de couper un lien qui nous pourrissait. Cette idée m'accompagna pendant le voyage et me remplit d'espoir. Je m'éloignais de mes parents et m'affirmais comme un individu différent d'eux. Il était clair que j'avais plus de personnalité que papa, et que j'étais bien résolue à ne jamais être comme ma mère.

Et pendant que je regarde Maná et sa belle cinquantaine bien entamée, souriant à Lola qui s'est mise à la fenêtre avec un chaton dans les bras, je pense que j'y suis parvenue. Je ne suis pas comme elle. Même ainsi, je ressens de nouveau la rage qui m'avait envahie ce matin-là, quand je l'avais trouvée avec Leo, car, quoi qu'elle fasse, Maná – avec ses bracelets sonores, ses colifichets ramassés dans les ventes les plus sordides – l'emporte toujours sur moi.

11. ♐

J'ouvre les yeux. Papa, debout devant moi, me regarde avec un air que je ne sais pas comment interpréter. Ses yeux lancent des éclairs gris et il se mord les lèvres. L'étiquette sur son front est rédigée dans une langue incompréhensible :

❑♎♌♑♏◆♓□♌♍♎♏●

J'éternue. Je voudrais être comme les enfants dans les films qui disent toujours un truc intelligent au bon moment. Je dis : “Je suis resté à regarder Les Faucons”, et j'ai l'impression d'être l'ELPSDM (l'Enfant Le Plus Stupide Du Monde). Si je lui parle de la famille d'Alacalufes, il pensera que je veux parler de Kájef et que je confonds la réalité avec la fiction. Je sais bien que Kájef n'existe pas. Je l'ai inventé pour ne pas avoir le remords de l'éloigner du monde, comme on a tendance à le faire quand on aime beaucoup une personne.

— Je vois, répond-il sans cesser de me regarder.

Maintenant, l'étiquette semble dire : “Je sais que je dois te gronder, mais je ne peux pas, pour une raison qu'il m'est difficile d'expliquer.” Mon père ne me gronde pas souvent. Il se contente de tordre la bouche et de hocher la tête à droite et à gauche en m'indiquant sans un mot qu'il ne va pas gaspiller sa salive ni son temps à me forcer à être comme il aimerait que je sois, c'est-à-dire ce que je devrais être. Mais cette fois, rien de tout ça.

— Et Cristóbal ?

— Il va bien.

Nous entendons les voix d'Alma et de Lola dans le vestibule. Quand elles arrivent au salon, je vois que papa et Alma se regardent sans sourire.

— Vous ne voulez pas savoir comment ça s'est passé pour nous ? demande Alma en enlevant le foulard qu'elle porte autour du cou.

— Comment ça s'est passé pour vous ? dis-je.

— Incroyable ! s'exclame Lola. Maná a cinq petits chats qui viennent de naître et elle m'a laissée les prendre ; enfin, pas tous, un seul, mais c'était foooooormidable ! dit-elle, et elle balance les bras comme si elle le tenait encore en faisant ses grimaces d'enfant gâtée.

Peu après, on se retrouve à la cuisine, comme tous les dimanches soir ; papa coupe des rondelles de saucisse pour la pizza, Lola nous montre ses dernières pirouettes et moi je la déteste en parlant d'un truc que j'ai vu à la télé ou trouvé sur Internet. Cette fois, j'ai le privilège de pouvoir parler à papa des Faucons et de leurs numéros de voltige : les décrochages, les grands huit cubains, les renversements. Je mime les figures avec les mains pour bien les montrer, mais je vois que papa a l'esprit ailleurs. Mes paupières commencent à s'ouvrir et se fermer sans que je puisse m'en empêcher. Alma lui demande s'il reveut de la pizza et il ne répond pas. Quand papa ne dit rien, c'est comme si soudain quelqu'un éteignait la lumière et laissait tout le monde dans le noir, perdu dans son coin. Voilà pourquoi les silences de papa sont noirs. Les silences blancs, par contre, sont pleins de lumière. Sur une serviette en papier je dessine un cercle et un carré. Je ne vais pas écrire leur prénom, sinon ils sauraient que j'ai dessiné un silence blanc et un silence noir.

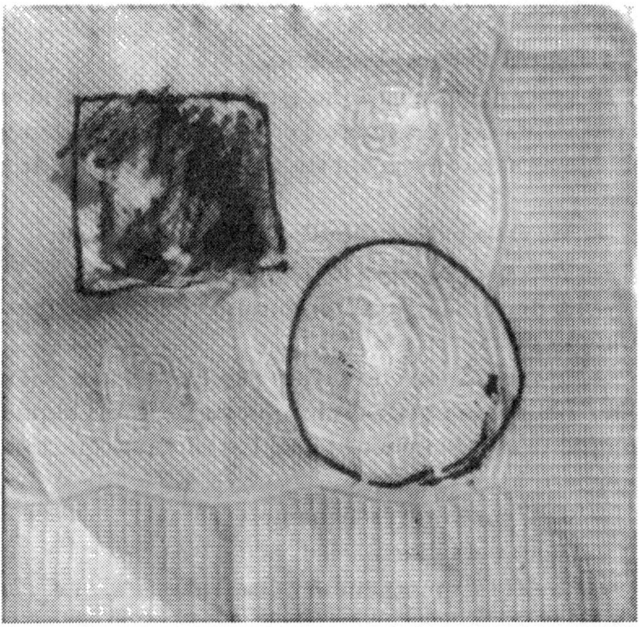

— Si tu es fâché contre maman, tu devrais plutôt t'en prendre à Tommy. Il l'a obligée à le laisser tout seul à la maison, déclare Lola, et elle nous regarde avec un sourire stupide, comme si elle venait de réussir un de ses petits sauts qui méritent une ovation.

Alma et papa ne se parlent toujours pas. Et je déteste ma demi-sœur. Avec ce sixième sens qu'elle a dans les grandes occasions, elle allume la télé. Les adultes ne protestent pas, et nous mangeons notre pizza devant un épisode d'*Avatar, le dernier maître de l'air*.

A la fin du repas, Alma nous emmène pour être sûre qu'on met notre pyjama et qu'on se lave les dents. Une fois que je suis dans mon lit, elle m'embrasse et me dit dans le langage des mains :

— BONNE NUIT.

Et je réponds :

— Bonne nuit.

Quand je l'entends arriver en bas de l'escalier, je retourne sur le palier. Alma a laissé les portes entrouvertes et en tendant l'oreille j'arrive à entendre leurs voix au salon.

— Et maintenant, tu vas me parler ? demande Alma.

— Pour quoi faire ? Tu sais très bien ce que je pense.

— Il en avait besoin, Juan. Tommy avait besoin de rester tout seul une fois.

— Je n'en reviens pas ! Tu sais que Tommy ne peut pas rester seul, jamais. A tout moment son cœur peut s'arrêter. Bien sûr, tu le sais, mais tu…

— Juan, je t'en prie, écoute-moi.

— Tu ne te rends pas compte.

— Pour lui, il est important de se sentir indépendant. Il y a des centaines de choses qu'il ne peut pas faire. Mais rester seul quelques heures, c'est très possible. Il ne peut rien lui arriver ; d'ailleurs, il ne lui est rien arrivé. Avec tes appréhensions, tu l'empêches de grandir. Et puis transgresser les règles ensemble est une façon de l'aimer, d'être proche de lui.

— Des critiques, maintenant ! Tu ne crois pas que tu dépasses les bornes ? Ecoute, Alma, j'ai élevé Tommy comme j'ai pu. J'aurais certainement pu mieux faire, mais personne, pas même toi, ne va me dicter comment je dois m'y prendre. Transgresser les règles, comme tu dis avec tant de désinvolture, peut lui coûter la vie. Ceci n'est pas un jeu.

— Je le sais.

— On ne le dirait pas. Parfois, tu ressembles à ta mère, comme si tout devait aller bien à condition d'écouter ce que nous dicte notre infaillible petit cœur.

— Si tu cherches à m'agresser, il vaut mieux que je m'en aille.

Papa ne répond pas, je l'imagine faisant un geste las ou ombrageux de la tête.

— Et l'enfant, comment va-t-il ? demande Alma avant de franchir la porte.

— Des questions, maintenant !

— Désolée.

J'entends la porte du salon se refermer. Je me précipite avant qu'Alma remonte. Impossible d'entendre ses pas, mais j'entends distinctement qu'elle entre dans la chambre de Lola. Je n'aurais jamais dû lui demander de me laisser seul à la maison. Elle voulait juste que je me sente bien. Et, à vrai dire, Les Faucons ne me plaisent pas tant que ça.

12. ⌛

J'allume la lampe de ma table de nuit. J'aurais préféré ne pas me disputer avec Alma, mais la fatigue et la tension altèrent souvent ma capacité à me maîtriser. Surtout s'il s'agit de Tommy. Quand Alma est venue vivre avec nous, je n'ai posé qu'une seule condition : c'était moi qui me chargerais de lui. De la façon de l'élever, de ses restrictions. Il est très difficile pour elle de comprendre l'ampleur de sa maladie, et encore plus ce qui est voilé dans le tréfonds de sa mémoire. Quoi qu'il en soit, nous n'étions pas obligés de nous disputer. Je l'imagine agrippée au corps de Lola et j'ai envie de la prendre dans mes bras. Je ne me suis jamais demandé quelle est l'intensité de l'amour que j'éprouve pour elle, je considère comme acquis qu'il est assez fort pour qu'on continue de vivre ensemble et j'imagine qu'Alma ressent la même chose. En revanche ce dont je suis sûr, c'est que, sans un minimum d'isolement, la présence de l'autre peut devenir insupportable.

— Tu m'aimes combien, Juan Montes ? m'a-t-elle demandé il y a quelques mois, avec un sourire provocateur.

Nous nous promenions dans le parc de Los Peumos, regardant les dernières innovations de mon père. Alma avait coupé une fleur et l'avait effeuillée rapidement, comme si les pétales étaient incandescents, pendant qu'elle murmurait la hiérarchie des amours que nous apprenons tous dans notre jeune âge. Je pensai que c'était le genre de questions qui n'ont pas de réponse, surtout après tant d'années, quand le jour après jour est plus éloquent que n'importe quel mot. Je la regardai sans rien dire, perdu dans mes pensées. Quelques secondes s'écoulèrent et nous entendîmes la voix de papa qui nous appelait devant sa volière. Il était trop tard pour répondre. Ma réserve ouvrait-elle une brèche dans son esprit, par où s'insinuait le doute ? J'eus envie de la serrer contre moi, comme maintenant, mais elle partit en direction de la volière.

Je n'arrive pas à trouver le sommeil. Je pense à Tommy. Je suis toujours impressionné par son regard à la fois direct et lointain, comme s'il nous épiait par une fente. Quand je le vois rêveur, je redoute toujours ses pensées. Ce monde qui se déroule en lui et que je ne peux ni connaître ni toucher. Parfois, j'aimerais qu'il fasse les bêtises des autres gamins, afin de pouvoir le gronder pour des raisons concrètes et saisir les limites à l'intérieur desquelles son être évolue.

J'entends la voix de Soledad à mon oreille : "Maintenant que Tommy va se mettre à grandir, on va lui acheter un vrai lit." C'était sa dernière opération. A trois ans, il avait la taille d'un gamin de un an, et il dormait encore dans le lit-berceau qu'il avait hérité de Soledad. Je vois la lumière de midi pénétrer par la fenêtre de la chambre de Tommy, ses jouets intacts sur les étagères. Un monde suspendu, attendant l'heure de reprendre vie. Je me rappelle le regard de Soledad cherchant en moi une confirmation, un discret "allons-y !" qui mette enfin tout en branle. Je n'ai pas oublié non plus ma façon de me défiler, incapable comme je l'étais de lui donner la certitude qu'elle me demandait. Tommy ne serait jamais un enfant normal. Telle était la vérité que Soledad voulait que je récuse.

Après l'opération, Soledad consacra toute son énergie à Tommy. Absorbée par ses besoins les plus insignifiants, elle ne le quittait jamais des yeux. En dépit de mon insistance pour qu'elle s'occupe de sa vie – elle avait fait des études d'histoire de l'art –, pour qu'elle se trouve une activité extérieure, elle insistait sur le fait que le seul endroit où elle voulait être, c'était près de son fils. Elle aurait bien le temps pour le reste. En toute rigueur, son attitude me semblait raisonnable, même si je n'étais pas d'accord, je la connaissais suffisamment pour savoir qu'elle ne changerait pas. Je ne dis pas cela pour me justifier, pour racheter la faute qui m'incombe dans les événements qui se déclenchèrent plus tard. En dépit de sa fragilité apparente, elle avait toujours été une femme de caractère. Dans une certaine mesure, elle était responsable d'un grand nombre d'épisodes importants qui avaient marqué nos existences : notre mariage, notre installation dans ce quartier, mon travail dans la clinique la plus prestigieuse de ce pays, et tant d'autres choses qui définissaient notre vie et dont je ne me suis jamais plaint.

La convalescence de Tommy était lente, mais régulière. Cette année-là, on me nomma chef du service de chirurgie cardiaque. Cela impliquait que je devais travailler encore plus et que le temps passé ensemble deviendrait rare. C'est pourquoi je trouvai formidable l'idée de Soledad d'ouvrir une galerie d'art ; elle avait fait les études qu'il fallait et elle avait un goût très sûr. Elle trouva un local non loin de chez nous, le loua et, avec l'aide d'un ami architecte, entreprit de le transformer. Elle s'occupait de tout cela avec Tommy. Elle l'attachait sur son siège et allait, disait-elle, acheter du matériel, batailler avec l'architecte ou le constructeur, rendre visite à des artistes et discuter esthétique avec d'anciens camarades d'études. Tommy, avec son caractère tranquille, l'accompagnait sans protester.

Le mot bonheur m'a toujours paru faux, d'une part trop catégorique et véhément, d'autre part vulgaire et imprécis. Cependant, avec le recul, on pourrait dire que nous étions heureux. Au moins jusqu'à l'apparition des signaux d'alarme.

Le premier fut presque imperceptible. Soledad arriva à la maison à plus de onze heures du soir, Tommy endormi dans ses bras. Je l'attendais au salon, sur le point d'exploser d'angoisse. Elle monta l'escalier très vite et s'enferma dans la chambre de Tommy. Quand je frappai à la porte pour lui parler, il n'y eut pas de réponse. J'imaginai qu'elle s'était endormie et j'allai me coucher. Tard dans la nuit, j'entendis des bruits dans le salon. Je me penchai au-dessus de l'escalier et lui demandai ce qu'elle faisait. Elle me dit que tout allait bien, qu'elle n'allait pas tarder à monter. Le lendemain, j'avais besoin d'être en pleine possession de mes moyens pour une de mes premières opérations à cœur ouvert, et c'est pourquoi je retournai au lit sans me creuser la tête.

Au matin, Soledad dormait à côté de moi. Je me levai sans la réveiller et en descendant au rez-de-chaussée je découvris qu'elle avait changé de place tous les meubles du salon. La nouvelle disposition n'avait aucun sens ; cependant, je n'accordai aucune importance à cette histoire. Quelque part en moi, je savais que, si je formulais les questions nécessaires, je serais obligé de voir ce qui se cachait derrière notre fragile décor.

Je me relève et je sors dans le couloir. Depuis que je connais Cristóbal et sa famille, je ne peux empêcher les souvenirs d'affluer. Ils attendent que je me retrouve seul pour me prendre d'assaut. J'ouvre la porte de Lola. Dans la pénombre, je vois le visage endormi d'Alma, ses cheveux ondulés répandus sur l'oreiller, et à côté d'elle le profil de Lola. Je les regarde quelques instants et je retourne dans ma chambre.

13. ♒

Quand j'ai collé les planètes phosphorescentes au plafond de sa chambre, j'ai pensé que, en éteignant la lumière, Lola aurait toujours un chemin par où entrer dans ses rêves. Je n'ai jamais imaginé que ce serait moi qui chercherais à me perdre dans leur scintillement. J'étreins le corps de Lola et j'approche mon visage de ses cheveux pour sentir leur odeur acide de fillette endormie. Un murmure sourd de sa gorge. Elle se retourne, étire un bras et le laisse retomber en travers de ma poitrine. Un moment, l'angoisse cède. Je ferme les yeux et réalise que je ne peux pas dormir.

Un mur se dresse entre Juan et moi, à travers lequel nous pouvons nous voir, mais aucun contact ne peut le traverser. Même maintenant, dans l'obscurité, je vois son visage crispé, ses gestes énergiques et irrités. Le silence a autant de nuances que la parole et je pressens que celles de Juan sont les reflets d'une rage dont je ne suis pas sûre de connaître la profondeur et l'origine. Peut-être est-il, comme moi, fatigué de toute cette répétition, de regarder devant et d'entrevoir un chemin tracé à l'avance ; peut-être, comme moi, regrette-t-il le temps où tout pouvait arriver, où l'avenir était encore impossible à prédire. Ce que Juan appréciait sans doute chez moi au début l'agace aujourd'hui. La façon que j'ai de bouger, de m'exprimer, de caresser mes enfants, de boire, de me ronger les ongles. Et cela s'insinue dans ma conscience de façon de plus en plus tenace, car c'est cela que je commence à éprouver pour lui. L'apathie, les mots peu aimables, les gestes dépassionnés sont devenus une partie de nos jours, au point qu'un soir, après une de nos disputes, j'ai ressenti une certaine répulsion pour son corps.

Privée de notre communion, ma vie, les gens, tout me semble lointain, comme si une brume offusquait ma vue. Ce qui auparavant avait un sens est devenu banal. Ce n'est pas un sentiment dramatique, de naufrage ou de désespoir. Au contraire, il est si léger qu'il ressemble au vide. Ce regard d'indifférence devant les choses est toujours latent, prêt à l'attaque, et c'est la tendresse et le désir – ou l'illusion de ceux-ci – qui le mettent en déroute. Parfois même, je pense que tout cela est une vue de l'esprit : l'affinité, les certitudes… Je vois peut-être ce que j'ai besoin de voir, afin de donner une consistance et un sens à une vie qui sinon serait vide ; et c'est arrivé de façon tellement progressive, que j'ai fini par croire à l'histoire que je me racontais.

Lola se retourne dans le lit, ouvre les yeux et sourit.

— Je savais que tu étais là, dit-elle avec le souffle que laissent les rêves.

Elle s'accroche à moi et se rendort quelques minutes plus tard. J'appuie ma tête contre son dos.

La seule chose qui pourrait nous rendre à notre paisible existence serait de laisser le scénario suivre son cours, sans le gêner, sans semer le doute et sans le défier. Se lever le matin et ne rien demander d'autre que cet univers que nous partageons avec Lola et Tommy. Il faudrait que je renonce – comme le font sans doute tous les couples quand la passion traîne des pieds – à ma nostalgie pour ce désir péremptoire de nous caresser, de nous rapprocher sans raison, et qui auparavant provoquait l'appel du sexe. Cela suffirait peut-être. Et je retrouverais le bonheur prudent que j'éprouvais il n'y a pas si longtemps. Pourtant, je résiste. Et voici bien ce qui me perturbe le plus : cette femme impavide qui assiste d'un lieu lointain à la destruction de ce qu'elle prenait pour tout le reste de sa vie.

14.

Presque soixante-douze heures se sont déjà écoulées depuis l'opération de Cristóbal Waisbluth. Ce matin, on a enfin débranché le respirateur et diminué la dose de sédatifs. Je sors de ma visite de contrôle et il a l'air plutôt dispos. Emma était au pied du lit, lisant à haute voix les messages envoyés par ses camarades. Elle m'a demandé ce qu'elle devra faire quand viendra le moment de ramener Cristóbal à la maison. Elle m'a lancé un coup d'œil en coin et a ajouté :

— Je sais que tu as sauvé ton fils. Je veux savoir comment tu as fait.

— Oui, bien sûr, je vais y réfléchir et on en discutera.

— Je t'en demande beaucoup plus. Ecris-moi tout ce que tu as fait pour le sauver.

Son visage a changé de couleur, mais elle s'est ravisée. Elle a baissé la tête et a repris sa lecture. Je lui ai promis de lui donner une liste de recommandations qu'on ne trouve pas dans les manuels de soins.

— Merci, a-t-elle ajouté sans relever la tête.

Il n'est pas courant qu'on s'adresse à moi de façon aussi directe et péremptoire. Les patients et leur famille sont généralement affables, manifestant même à mon égard une sorte de révérence que je n'ai absolument pas demandée, mais à laquelle je me suis sans doute habitué. J'ai l'impression qu'avant de me parler Emma a longuement réfléchi et n'a pas trouvé le ton juste pour exprimer ses inquiétudes. Ce qui arrive souvent quand nous devons exposer un problème auquel nous tenons.

C'est là-dessus que je travaille en ce moment dans mon cabinet. A une liste pour Emma, avec ces détails qui ont constitué ma vie pendant ces douze dernières années. Et tandis que je tape sur mon ordinateur, les images reviennent en force, déjouant mes efforts pour feindre qu'elles n'existent pas, qu'elles n'ont jamais été là, me réduisant en fin de compte à un réceptacle de souvenirs.

⧗

Après cette nuit de déménagement dans le salon, une vie hermétique se développa à l'intérieur de Soledad. C'est pourquoi, lorsqu'elle m'annonça qu'elle inviterait à déjeuner un groupe d'artistes, critiques et théoriciens de l'art, je pensai que c'était bon signe. Elle passa la semaine à organiser la soirée dans les moindres détails. Le jour venu, un dimanche d'hiver, elle se mit très tôt au travail. Je revois encore son corps menu et agile se démenant dans tous les sens avec une ardeur retrouvée, préparant le repas, mettant la table et les pots de fleurs d'hiver.

Les premiers invités arrivèrent à une heure tapante. Une femme qui enlevait ses vêtements par couches, les uns après les autres, jusqu'à se retrouver presque nue, et son cavalier, un homme qui ne quitta jamais son manteau noir. La femme s'assit au bord d'un fauteuil, les coudes sur les genoux, et passa son temps à regarder de tous les côtés, tandis que l'homme étendait les jambes et, mains dans les poches, regardait par la fenêtre, comme s'il méditait un sujet de la plus haute importance. Une chance : tous deux dévorèrent avidement l'apéritif copieux. Soledad affichait un sourire ravi et à aucun moment elle ne parut s'inquiéter du retard des autres invités. J'espérais croiser son regard afin de l'interroger discrètement, mais elle n'avait d'yeux que pour ce couple étrange. Je finis par apprendre que la femme sculptait de petits animaux en bois et que l'homme était correcteur dans une maison d'édition sans nom et, selon toute apparence, sans publications. Nos conversations sur l'"art" n'allèrent pas plus loin. Soledad, en dépit de l'attention qu'elle leur portait, ne lâcha pas Tommy d'une semelle. Elle apporta ses crayons de couleur et du papier, et insista pour qu'il joue à ses pieds. Tommy était fatigué et enrhumé. Nous passâmes à table et de nouveau nos hôtes montrèrent un appétit colossal, néanmoins insuffisant pour venir à bout ne serait-ce que du quart de l'immense quantité de plats que Soledad avait préparés. Elle ne cessa de parler, on aurait dit qu'elle redoutait, si elle se taisait un seul instant, de voir éclater en mille morceaux le fragile mécanisme qui la maintenait. Je pensai que Soledad avait peut-être besoin de jouer un rôle – n'importe lequel, de la façon la plus crédible possible – pour ne pas sombrer définitivement dans la déraison.

A la fin du repas, la femme remit ses couches multiples, et tous deux s'en allèrent, un peu ivres, à pied. Je me dis que Soledad allait enfin s'effondrer ou permettre de commenter ce qui venait de se passer. Mais, au lieu de cela, elle se tourna vers moi, souriante et sourcils haussés, oscillant la tête de côté et d'autre, pénétrée d'une joie silencieuse. Elle m'embrassa et m'entraîna au lit. Comme c'était de plus en plus rare, je la suivis sans opposer la moindre résistance. Après avoir fait l'amour, nous restâmes étendus, sans nous parler, comme deux statues renversées après une émeute. Il flottait dans l'atmosphère un air de défaite.

— Qu'est-ce qui a pu se passer, avec les autres ? demandai-je prudemment. Soledad releva la tête et me regarda avec perplexité. Tu les avais invités ?

— Je ne sais pas vraiment. Je t'en prie, ne me pose pas de questions !

Et sa voix se brisa. Ses yeux vides m'apprirent qu'elle était ailleurs, dans un lieu où elle resterait hors d'atteinte. Je pensai que des vacances ensemble, dans un endroit ensoleillé, nous feraient du bien ; je m'accrochais encore à l'idée que son comportement était passager et qu'un changement d'air la remettrait d'aplomb.

⧗

Carola, ma secrétaire, m'annonce qu'Alma m'a appelé pendant ma tournée de visites, elle veut m'accompagner au dîner du directoire. Combien de temps ai-je déambulé dans la chambre noire des souvenirs ? Je compose le numéro du portable d'Alma. Occupé. Tant mieux. Comme dit Tommy, elle voit toujours les choses. Je crains que ces deux mondes séparés n'entrent en collision dans ma tête. Hier, j'ai rêvé qu'en me retournant dans mon lit je tombais d'un bateau en pleine nuit. Je regardais en l'air et je voyais des centaines de mètres en métal se dresser devant mes yeux ; tout en haut, Soledad et Alma riaient. Je criais, mais elles ne m'écoutaient pas. Le bateau, tout illuminé, se dissipait ; la musique, les voix, les rires, tout s'éloignait sans rémission.

Un soir, après une longue opération, en rentrant à la maison je trouvai Soledad pieds nus dans la rue en train de laver sa voiture. Il faisait un froid de tous les diables. Je me plantai devant elle, ma mallette à la main. La lune éclairait ses traits enfantins. “Il est onze heures du soir”, lui dis-je. “Je le sais, mais demain j'ai un rendez-vous très important avec un artiste espagnol.” L'eau du tuyau inondait ses pieds. “Tu peux partir un peu plus tôt et la donner à laver”, dis-je. Sans me répondre, elle continua de frotter le pare-brise avec vigueur. “Tu n'es pas chaussée, tu vas prendre froid”, ajoutai-je. “Qu'est-ce qui te prend de me dire que je n'ai pas de chaussures par ce froid, tu me prends pour une folle ?” J'eus soudain l'impression que ce n'étaient ni Soledad ni moi qui tenaient cette conversation incohérente. Ce n'était pas notre genre. Je lui pris le chiffon des mains et posai mon manteau sur ses épaules. Elle résista un peu, mais finit par céder. Elle me regarda avec une expression désemparée. Elle avait soudain compris ce qu'elle faisait et elle en avait honte. Nous rentrâmes et son corps se relâcha, s'affaissa lourdement dans un fauteuil.

Avant de partir au dîner, je note sur une feuille deux ou trois choses pour Emma qui me viennent à l'esprit, et je recopie à la main la liste imprimée de recommandations postopératoires que nous donnons à nos patients. Je la laisse sur mon bureau, et le sentiment d'être mesquin s'empare de moi quand je referme la porte.

15. ♒

J'ai passé l'après-midi dans la salle d'édition à monter deux ou trois scènes, et je crois être arrivée à un bon résultat. Le téléphone sonne et je me précipite pour répondre. J'ai appelé Juan plusieurs fois pour l'accompagner à son dîner du directoire, mais il n'a pas décroché. Hier soir, quand il est rentré, j'ai fait semblant de dormir. Il s'est déshabillé dans le noir et s'est couché sans me toucher. Il était à côté de moi, respirant à peine. Je ne sais pas ce qui lui passe par la tête, et ça commence à m'être égal.

Au garage, le mécano m'annonce que mon 4X4 ne sera pas prêt cet après-midi. J'écoute ses explications tout en regardant sur l'écran l'image figée d'une fillette. A peine ai-je raccroché que le téléphone se remet à sonner. J'entends la voix de Leo.

— Salut, dis-je.

— Comment vas-tu ?

— Bien, je travaille.

— Tu es rentrée à Santiago sans problème, l'autre soir ?

— Oh oui, un frère de Juan m'a ramenée. Et toi ?

— Impeccable. J'aimerais te voir, Alma.

— Ce serait formidable.

— On pourrait prendre un café, manger ensemble, je ne sais pas… Dès aujourd'hui, si tu peux.

Il y a une synchronie infâme dans la façon dont les choses s'enchaînent. Mais c'est Maná qui y croit, pas moi.

— Je serais ravie, mais j'ai un boulot monstre. Je vais rester ici très tard.

— J'avais l'espoir que tu accepterais. – Sa voix se teinte de désillusion. – Je te laisse mon numéro de portable, au cas où tu changerais d'avis. – Il me donne son numéro et je le note sur un bout de papier. – Moi aussi je vais travailler. Appelle-moi quand tu veux.

— Je t'assure, j'ai promis à Matías de lui faire deux ou trois scènes de plus.

— D'accord. Pas de souci. Tu as mon numéro.

Sa voix a un ton décisif qui me laisse perplexe. Je ne sais pas si c'est l'indice d'une personnalité impérieuse ou d'un désir irrésistible de me voir. On raccroche. Je me remets au travail. Peu à peu le bureau se vide. La dernière à partir est Lorena, la secrétaire de Matías. Par l'étroite fenêtre de la salle d'édition, je vois le ciel qui s'assombrit. Je n'ai pas faim. Je prépare du café à la cuisine. En revenant, je m'arrête dans le couloir. Il est plongé dans l'obscurité et les lames du parquet craquent sous chacun de mes pas. Dans le silence je perçois un murmure, comme si mon espace intérieur avait pris possession de l'extérieur. Une émotion qui ne m'est pas étrangère – mais que j'avais oubliée – me prend à la gorge. Je veux voir Leo. C'est un désir qui me coupe le souffle. Ma tête commence à chercher à toute vitesse des raisons de l'appeler. Et ensuite inversement, des raisons de ne pas le faire. Je prends le papier où j'ai noté son numéro et je le compose.

— Alma ? dit-il avant même d'avoir entendu ma voix.

— Oui, dis-je un peu honteuse.

— Tu as changé d'avis ?

— C'est que j'ai fini plus tôt que prévu, et j'ai faim.

— Chouette ! Je viens te chercher ou on se retrouve quelque part ?

— J'ai des vieilles séquences et je suis sûre qu'elles vont beaucoup t'amuser. Tu passes, on les regarde et ensuite on va dîner.

— Parfait. Je suis déjà venu, j'y ai retrouvé Matías l'autre jour.

— Et tu ne m'as pas fait signe ?

— Tu étais déjà partie. Alma, quelle bonne idée que tu aies appelé, j'ai très envie de te voir.

Pour modérer son enthousiasme, je réponds avec une certaine froideur :

— Bon, je t'attends.

Mais la perspective de revoir Leo me remplit d'inquiétude et d'euphorie.

Les souvenirs se mélangent dans ma tête, me secouent et me blessent. Enfin, je l'entends arriver et je suis devant son regard joyeux et résolu, qui contrebalance ses traits effilés. Quelle frivolité ! me dis-je. Comme Leo est loin de mes tribulations !

Il prend mon épaule avec délicatesse et m'embrasse sur la joue.

— Viens, lui dis-je, et je me dirige vers mon île de réalisatrice.

Je m'assieds devant l'ordinateur et cherche le dossier où sont classées les images que je veux lui montrer. Matías apparaît sur l'écran. Il a dix-neuf ans et il fait des grimaces dans une rue très fréquentée de Barcelone.

— Il n'a pas changé, n'est-ce pas ? Toujours aussi casse-pieds ! déclare-t-il avec un rire bienveillant.

— Et là, regarde !

Maintenant, c'est moi qui fais des grimaces. Je marche à la façon du Petit Chaperon Rouge en déclamant un manifeste sur nos principes esthétiques. Je porte une de mes tenues de l'époque, un mélange hétérodoxe : chaussures Doc Martens, veste de motocycliste, foulard de soie autour du cou et gants de cuir. On entend à peine ma voix dans le brouhaha de la rue.

— J'avais dix-sept ans.

— Tu me plais davantage aujourd'hui, répond-il en détachant les yeux de l'écran pour me regarder avec une expression flatteuse.

— Et toi, qu'est-ce que tu fabriquais, à l'époque ? Tu étais encore au Chili ?

J'ajoute un sourire mondain pour lui montrer que je ne cède pas si facilement aux compliments.

— J'étais retourné dans une clinique pour une cure de désintoxication. – Il hausse une épaule et un sourcil, sans se départir de son expression alerte. – Tu sais qui m'a sauvé ?

Je secoue la tête en signe de dénégation.

— Une fille qui en était à sa deuxième tentative de suicide. Elle voulait être actrice et nous lisions ensemble les pièces d'Ibsen. Elle était assez bonne. Elle interprétait Hedda Gabler, et moi les personnages masculins, le conseiller, son mari, Lövborg.

— Tu étais amoureux d'elle ?

— Quand on est désespéré, on ne tombe pas amoureux. Tout au plus utilise-t-on les personnes.

Son sourire est en contradiction avec ses paroles, mais il reste naïf. Ces dernières font sans doute partie de son credo.

— La pauvre, je suis sûre qu'elle était folle de toi.

— Elle aussi était désespérée. C'est le plus souvent ce qui rapproche les personnes, dit-il sans me quitter des yeux.

Trace-t-il la ligne par où passer sans nous blesser, ou énonce-t-il la nature de son attirance pour moi ? Je sens ses lèvres épaisses qui frôlent mon cou. Dans la pénombre de la pièce, la lumière qui émane de l'écran projette des fulgurances bleues sur les murs, comme l'eau caressée par le soleil. Je caresse sa nuque. Sa main se fraie un passage sous mes vêtements et descend jusqu'à la naissance de mon dos. En fermant les yeux, je vois un poisson qui nage au fond de la maison d'eau, las et aveugle. Soudain un rayon de lumière frappe ses écailles. Ravivé par cet éclat, le poisson se hâte de monter jusqu'à la surface, tandis que mon dos se penche en arrière sous le contact habile de Leo. Quand je le regarde à nouveau, je remarque que sa malice s'est accentuée et je ne peux m'empêcher de sourire. J'enlève mes chaussures et je m'assieds à califourchon sur lui. Il caresse ma poitrine sous mon chemisier. Je vois poindre la victoire et la provocation dans son regard. Son index suit le contour de mon mamelon en érection et à chaque tour sa pression s'accentue, comme s'il voulait entrer en moi à travers cette protubérance obscure. Maintenant, sa main l'enveloppe et le presse tandis que l'autre dégrafe mon pantalon. Un rire fuse de sa gorge. Il me prend par la taille à deux mains et il m'investit.

♒

Nous arrivons aux premiers contreforts de la cordillère, où je vis. C'est Leo qui m'a ramenée en taxi.

— Ainsi donc, c'est ici que vit la princesse Alma, dit-il en se penchant à la fenêtre pour regarder ma maison avec son chevronnage du plus pur style Tudor, son lierre, le tout couronné par deux cheminées impassibles.

— Merci de m'avoir ramenée.

L'éclairage de l'avant-porche illumine les arbres. Le chien du voisin aboie et montre les dents à travers la grille. Leo me prend par la taille et me presse contre lui.

— On se revoit ? me demande-t-il à l'oreille.

Derrière son sourire, je retrouve ce côté un peu incertain, cabossé, qui m'avait attirée dans mon adolescence.

— Je ne sais pas.

— Je veux te revoir.

Je l'embrasse sur le front et descends de voiture. Leo aussi. Je lui demande de ne pas me raccompagner jusqu'à la porte. Je sais que j'ai été imprudente en lui permettant de me raccompagner.

Dans la salle de bains, je me déshabille et je me lave. Une lumière se faufile par le rideau mal ajusté et effleure le visage endormi de Juan. Je me glisse dans le lit et colle mon corps au sien. Je perçois la chaleur de son dos contre mon ventre. Je l'enlace, il mêle ses jambes aux miennes sans rouvrir les yeux. Au bout d'un moment, nous faisons l'amour. J'imagine que c'est le corps de Leo. Quand c'est fini, nous nous détachons. Juan m'embrasse sur la joue. Il se met sur le dos, le regard fixé sur le plafond, et moi je me tourne contre le mur.

16. ♐

C'est mon avion rouge qui traverse le ciel, celui de la Première Guerre mondiale. Et c'est MOI aux commandes. Papa et le grand-père sont assis à l'arrière. Je regarde l'heure sur ma montre Breitling Emergency. En cas d'accident, son microémetteur de 121,5 MHz transmettrait pendant quarante-huit heures un signal perceptible à cent soixante kilomètres à la ronde. J'entends la voix de papa. Il me dit de ne pas avoir peur. Mais je n'ai pas peur. Je sais que je peux faire des loopings, monter en ligne droite jusqu'aux limites de l'atmosphère, les dépasser, continuer, continuer, voir les planètes, les satellites, les étoiles filantes qui défilent derrière le hublot. Il y a longtemps que je fais cela. Voler. Il suffit de fermer les yeux pour retrouver l'infini : comme s'il était en moi. Un chien aboie au firmament et l'écho se propage dans les champs, sur les toits, les routes minuscules, les fenêtres allumées, et, tandis que mon avion traverse la nuit, les aboiements deviennent de plus en plus nets. Ce sont les aboiements de Capitan, le chien de Méchant Bébé Hippopotame, mon voisin.

Je me penche à la fenêtre. L'éclat des lumières de la ville est si violent qu'il n'y a pas d'étoiles dans le ciel. Dans la rue, devant notre grille, Alma et un homme descendent d'un taxi. Où est le 4X4 d'Alma ? Pourquoi un homme la ramène-t-il à la maison ? Le type remonte dans le taxi qui démarre. J'entends Alma monter l'escalier et entrer dans sa chambre. Je continue de regarder la rue déserte par l'ouverture entre les rideaux. Je reste attentif, mais je n'entends plus que le son de l'obscurité. Parfois, sans le vouloir, j'imagine qu'Alma nous quitte, comme maman nous a quittés. Je n'aime pas ce genre de pensée, parce que Yerfa dit que la peur porte malheur.

♐

La première lueur du jour est bleue. La grille est ouverte et la lampe de l'entrée encore allumée. Ce n'était pas un rêve. Alma est arrivée avec un autre homme. J'aimerais monter tout ça, comme elle avec ses films. L'effacer de ma mémoire. Mais quand j'ai un sujet nouveau et important en tête, il n'y a plus moyen de l'en sortir. J'ai beau essayer de l'oublier, de petits monstres me rappellent sa présence. Il y a quelque temps, je l'ai expliqué à Alma, et elle m'a dit que les petits monstres s'appellent "conscience". Je lui ai demandé s'ils s'en allaient parfois, et elle m'a dit que non, mais que nous apprenons à vivre sans les voir. J'ai voulu savoir pourquoi j'étais incapable d'en faire autant, et Alma m'a dit que j'étais peut-être une de ces rares personnes qui au lieu de fermer les yeux affrontent les monstres et se battent contre eux jusqu'à la victoire. Voilà pourquoi j'ai pensé que, si je fais dix découvertes sur maman, tout deviendra plus clair. Pourquoi dix ? Parce que Dieu a défini notre comportement par les dix commandements, parce que nous avons dix doigts, parce que dix milliards de kilomètres font une année-lumière, parce que Yerfa me demande de compter jusqu'à dix avant de dire ou de faire quelque chose que je regretterai par la suite.

Au fond de mon lit, une pluie de glace tombe sur le canoë de Kájef. Il dort.

— Tommy, viens prendre le petit-déjeuner.

C'est Yerfa, derrière la porte. Yerfa est presque aussi petite que moi, elle a un grand torse et les cheveux lisses, très noirs. Elle rit rarement, mais nous sommes ensemble depuis toujours et je l'aime. J'ouvre la porte.

— Combien de fois je t'ai dit de ne pas t'enfermer à clé ? Et s'il y avait un tremblement de terre ?

Yerfa se rend compte que j'ai pleuré. Elle me passe les doigts sur les yeux et agite les mains dans le vide. "Les chagrins, il faut les secouer", dit-elle toujours.

— Ton papa a déjà demandé son petit-déjeuner. Si tu veux, tu peux aller lui dire bonjour et ensuite tu descends.

Yerfa lit dans mes pensées.

— Papa, c'est moi, Tommy, dis-je en frappant à sa porte.

Personne ne répond. J'entre. Je trouve papa au milieu de sa chambre, une serviette nouée autour de la taille. J'aimerais lui raconter que Kájef se repose au fond de son canoë, mais je ne peux pas lui en parler. Alma dort, la tête tournée vers le mur. Par la fenêtre entrouverte se faufile un air chargé de pollen. Je ne veux pas éternuer.

— Une fois de plus, tu n'as pas frappé, me dit-il tout bas, pour ne pas réveiller Alma.

— Si, je t'assure, mais tu n'as pas répondu. J'ai pensé qu'il t'était peut-être arrivé quelque chose.

— Mais qu'est-ce qu'il peut m'arriver dans ma chambre, Tommy ?

— Rien.

— Exact. – Papa a les yeux enfoncés et les rides qui les entourent sont plus profondes. – Et qu'est-ce que tu as fait ?

Je m'appuie au bord du lit avec précaution. Le lit est si haut que mes pieds n'atteignent pas le sol. Ou, pour le dire autrement, je suis si petit – j'ai la taille d'un enfant de huit ans – que mes pieds ne touchent pas le sol. Papa sort du placard un pantalon gris et une chemise bleu ciel.

— Tu ne m'as pas dit ce que tu as fait hier.

— J'ai lu.

— Comme d'habitude.

J'aimerais lui dire que plus rien n'est comme d'habitude. Je sais que maman s'est ôté la vie et qu'Alma est revenue à la maison avec un homme. J'aimerais lui raconter tout ça, mais les mots sont coincés à l'intérieur de moi, comme les oiseaux dans la cage du grand-père. Papa s'habille et retourne dans la salle de bains. Un moment après, il en ressort, les cheveux coiffés en arrière. Devant la glace, il arrange sa cravate. Il respire à fond, plisse les yeux et redresse le cou.

— Tu n'as pas école, aujourd'hui ?

— Les professeurs ont une réunion pédagogique.

— Pourquoi n'appelles-tu pas notre nouveau voisin pour l'inviter à jouer avec toi ? De grâce, ne reste pas encore une journée enfermé dans ta chambre.

Quand il sort, je le poursuis jusqu'en bas de l'escalier. Lola a laissé traîner son phoque en peluche par terre. Papa le ramasse.

— Papa…

J'ai peur qu'Alma nous quitte, mais je sais que si je dis à papa ce que j'ai vu hier soir, ce sera pire. Je commence à battre des paupières très vite. Papa me regarde.

— Rien, dis-je.

Nous continuons de descendre. Sur le palier, il s'arrête. Nous sommes devant un de mes dessins : le labyrinthe du Minotaure. Alma dit que c'est le meilleur dessin que j'aie fait. J'aime bien donner des noms à mes dessins. En face du Minotaure, j'écris "Minotaure", en face des rayons, j'écris "rayons", en face du soleil, j'écris "soleil", et ainsi de suite. Parfois, je les change, devant fourmi j'écris "maison", et la maison je l'appelle "forêt", et l'arbre, "tour", et la tour, "oiseau". Et quand je regarde mes dessins avec les noms inversés, les choses se transforment. La tour devient un peu oiseau ; la maison, un peu forêt.

— Voyons, Tommy, pourquoi tu me suis ?

— Pour être avec toi.

Il détourne la tête, comme toujours quand il ne sait pas quoi me dire. Il me tend le phoque en peluche. Me regarde avec ses yeux de docteur et m'embrasse.

— Tu ne peux pas rester ?

— Impossible. Que diraient mes patients, si je n'allais pas les voir ?

Quand j'étais plus petit, je pensais que si j'arrêtais le temps, papa ne ressortirait pas. Un dimanche matin, j'ai mené ma mission à bien. J'ai cassé le ressort de sa montre pour l'empêcher d'avancer. Bien évidemment, le temps a suivi son cours et j'ai gagné une réprimande sévère.

— Tu sais que tu es mon champion, n'est-ce pas ?

Je réponds oui.

17. ♒

Juan noue sa cravate devant la glace de l'armoire. Tommy est avec lui. Je fais semblant de dormir. J'ai mal à la tête. Quand ils s'en vont tous les deux, je suis gagnée par un sommeil auquel je ne peux opposer aucune résistance.

Quelques coups légers à la porte me réveillent. Par la fenêtre on voit la luminosité de midi. Le printemps fermente de l'autre côté des murs de ma chambre. J'ai beaucoup de mal à ouvrir les yeux, la lumière m'agresse.

— Madame Alma, vous allez bien ? Comme vous n'avez pas demandé le petit-déjeuner, et que vous m'aviez dit que vous partiez tôt... explique Yerfa derrière la porte entrouverte.

— Je ne me sens pas très bien, Yerfa.

— Je vais vous faire une petite infusion de buddleia. Ne bougez pas, restez tranquille.

Je me souviens de Leo. Je sais que c'est inévitable et cette idée m'étouffe. Tel est le désir. Il possède une force contre laquelle nous ne voulons pas résister. Le souvenir de son visage endormi sur l'oreiller de ma mère se glisse dans ma mémoire, comme la poussière dans les yeux, douloureuse mesquinerie. Je déteste l'ironie, mais me retrouver, après tant d'efforts pour l'éviter, dans la situation où j'avais laissé Maná... Elle, je la déteste – maintenant plus que jamais – pour avoir parcouru ce chemin avant moi, pour l'avoir pollué en y ajoutant ses excès et le sentiment d'abandon qu'elle m'a laissé. Je ferme les yeux et je me rendors. La douleur disparaît. Au réveil, la chambre est envahie par les ombres. Il est huit heures du soir. Juan n'est pas encore rentré. J'ai toujours pensé que, s'il n'avait pas été là, je serais encore à l'endroit désespérant où je vivais quand nous nous sommes rencontrés.

Si un de mes compatriotes entrait dans le restaurant où je travaillais, je m'arrangeais pour l'éviter. Ce n'était pas une aversion particulière contre mon pays. Simplement, je ne voulais pas me retrouver dans une conversation où je devrais répondre à ses questions sur ma vie à Barcelone. J'avais vingt-trois ans, j'étais maître d'hôtel le soir, je voulais entrer à l'école du cinéma, j'étudiais la littérature par correspondance, je vivais avec un musicien dans un appartement plein de vieilleries, et la seule personne en qui j'avais confiance était Edith, la patronne de *La Goleta*, le restaurant où je travaillais. En somme, j'avais une vie très active, comme beaucoup de gens, mais, pour les Chiliens qui fréquentaient ce restaurant, elle avait l'air plutôt misérable.

Juan ne fut pas une exception. Je connaissais mal ce genre d'homme, qui de toute façon ne m'intéressait pas particulièrement. Bien mis de sa personne, des manières à la fois sages et solennelles qui se transmettent de génération en génération. Lui, de son côté, me raconta-t-il plus tard, remarqua ma présence au moment d'entrer dans le restaurant. Malgré mon impeccable frac noir de maître d'hôtel – que j'essayais de porter avec un maximum de dignité –, il eut sans doute l'impression de voir un chevreau à longues pattes qui par manque de pratique risquait à tout instant de s'étaler par terre.

J'accueillais un couple d'Italiens quand j'entendis les hurlements. Mes collègues et moi-même nous précipitâmes à la cuisine toutes affaires cessantes. Les mains, le cou et une partie de la poitrine d'Edith étaient en flammes. Elle avait la bouche ouverte et aucun son ne sortait de sa gorge. Roberto, le marmiton, poussait des cris d'horreur et pressait son tablier de cuisine contre le corps d'Edith. Les autres membres du personnel couraient en tous sens, affolés. C'est alors que Juan poussa la porte battante de la cuisine.

— Couchez-vous, cria-t-il, et il se fraya un passage jusqu'à Edith. Maintenant, roulez-vous par terre, commanda-t-il en enlevant sa veste et en la jetant sur le torse et les bras en flammes. Il me faut un tapis ou un manteau, et de l'eau.

Quelqu'un lui lança une couverture. Juan l'en recouvrit et l'aspergea d'eau.

— Comment s'appelle-t-elle ?

— Elle s'appelle Edith, dis-je.

— Edith, répéta-t-il d'une voix douce, tout va bien se passer, vous m'entendez ? Je suis docteur et je vais vous soigner.

Il écarta la tresse grise et colla son oreille au nez d'Edith pour s'assurer qu'elle respirait encore.

— Vous avez appelé les urgences ? Je vais avoir besoin de coussins, ou de quelque chose pour la soulever, et aussi d'un tissu propre, deux ou trois nappes par exemple. Vous allez en déchirer une en bandelettes, me demanda-t-il. C'étaient les premiers mots qu'il m'adressait.

Avec les coussins, il souleva la partie brûlée du thorax à une trentaine de centimètres au-dessus du sol.

— Vous allez vous sentir mieux, Edith. Vous m'entendez ? dit-il en lui prenant le pouls.

Il enleva la couverture roussie de son corps, qu'il recouvrit avec une des nappes blanches. Avec les bandelettes, il fit des compresses pour séparer les doigts.

Nous le regardions tous et obéissions à ses ordres. Bien qu'il fût aux commandes, Juan s'exprimait de façon discrète, presque silencieuse. Quand l'ambulance arriva, Edith supportait la douleur avec stoïcisme, les yeux rivés au visage de Juan, comme si celui-ci était la corde qui la rattachait au monde réel. Nous suivîmes la civière et elle perdit connaissance avant d'arriver dans l'ambulance. Juan et Roberto prirent un taxi et la suivirent.

Après le départ des clients, plutôt secoués, on ferma le restaurant et je me rendis à l'hôpital avec deux collègues.

Nous retrouvâmes Roberto dans la salle d'attente du service des urgences. Sur un banc, une femme au visage maculé, les yeux fixés sur le mur, attendait son tour. A côté d'elle, un enfant en pyjama essayait de se pelotonner dans son giron.

— Elle a repris connaissance, il semble qu'elle soit hors de danger. Le Chilien est avec elle, nous informa Roberto.

— Elle avait bu, n'est-ce pas ? demandai-je dans un murmure.

Roberto acquiesça. Très souvent, Edith se mettait au gin tonic assez tôt et finissait ivre, en fin de soirée. C'était vertigineux de la voir frire les poissons dans les grandes poêles, hacher les oignons et l'ail et couper les pommes de terre, le corps branlant et le regard trouble, tandis que ses mains s'activaient avec précision, comme si elles appartenaient à un autre corps. Parfois, quand le dernier client avait demandé la note, elle s'affalait sur une chaise, à croire qu'une horloge interne lui indiquait le moment précis où elle pouvait succomber à la torpeur de l'alcool.

Quand je fus engagée par ce restaurant, très vite Edith compta beaucoup pour moi. Je n'avais pas seulement besoin d'un travail, mais aussi d'un soutien, et c'est ce qu'elle me donnait. Ignacio, le musicien avec qui je vivais depuis deux ans, était un bon amant, parfois un bon ami, mais il était trop absorbé par ses propres soucis pour s'intéresser aux miens.

Tandis que Roberto et les deux filles allaient chercher un café, je m'assis dans un coin. Je pensai à Maná, et les images des deux femmes se superposèrent dans ma mémoire. Toutes les deux possédaient un désir tellement démesuré d'embrasser la vie qu'elles s'y cassaient le nez à la première tentative.

Au bout de deux heures, Juan nous rejoignit. Il se présenta par son prénom et nous expliqua l'état d'Edith. Le feu avait touché le cartilage des doigts et selon toute probabilité il lui faudrait des mois pour récupérer leur mobilité. Par chance, son visage avait été épargné. Pour le moment, il n'y avait rien d'autre à faire. Il était trois heures du matin. Sa voix calme, sa façon posée et ferme d'agir et de dire les choses me donnait – en dépit de tout – une sensation de tranquillité.

Après cet événement, je ne pouvais pas rentrer directement à la maison, j'avais besoin de boire un verre. Je le leur dis. On prit un taxi pour aller dans le centre et on marcha un peu. Bientôt, Roberto et les deux filles prirent congé. C'était une nuit chaude de début d'été. En raison des températures élevées, les rues dégageaient un air humide et on distinguait les odeurs de mer. Juan marchait à grandes enjambées mais sans hâte, regardant devant lui. De temps en temps, je l'observais du coin de l'œil, cherchant à découvrir si son mutisme et son indifférence étaient le produit d'une timidité maladive – ce qui semblait peu probable – ou simplement d'un manque de motivation. Le fait d'être tous les deux chiliens et d'avoir vécu ensemble cet accident ne signifiait pas que nous devions nous rapprocher. Il était évident qu'il s'agissait d'un homme sérieux, marié, qui n'avait aucune envie d'entamer une conversation, si superficielle fût-elle, avec une inconnue. J'eus honte de lui avoir proposé de prendre un verre. Quand nous eûmes dépassé le troisième bar sans nous y être arrêtés, je lui dis que j'étais fatiguée et qu'il valait mieux se quitter là.

— Tu as du mal à passer inaperçue. En dépit de tous tes efforts, dit-il alors. – Il avait les yeux radieux, pleins de bonne humeur.

— Qu'est-ce qui te fait croire une chose pareille ?

— Ma table est la seule où tu n'es pas venue demander si tout allait bien.

— Tu t'en es aperçu.

Je n'allais pas lui dire qu'en le voyant dans le restaurant j'avais remarqué sa tournure, si typique des hommes qui ont pratiqué des sports toute leur vie et que – par principe – je détestais.

— Je suis docteur, je me rends compte de tout. C'est un traitement réservé à tes compatriotes, ou aux types ennuyeux dans mon genre ?

— Les deux.

On éclata de rire.

— Tu t'appelles Alma, n'est-ce pas ?

— Comment sais-tu mon nom ?

Il porta un doigt à ses lèvres, d'un air méditatif, et il reprit :

— Avec mon billet qu'on m'a donné à l'agence de voyage à Santiago, il y avait un mot avec le nom du restaurant et le tien.

— Vraiment ? Et tu sais de qui ça venait ?

— Aucune idée. Ah, il y avait aussi la photocopie d'une critique culinaire du journal *El País* qui m'a paru formidable. Voilà pourquoi je suis passé.

— Ce n'était donc pas pour moi.

— En réalité, ton nom m'a frappé, mais pour être franc c'est l'article du journal qui m'a attiré.

— Tu as vu la catastrophe qui t'attendait ! Tu aurais mieux fait de ne pas venir.

— Je ne regrette rien, dit-il en me regardant. Et il ajouta au bout de quelques secondes : Je suis ravi d'avoir pu aider Edith.

Quand vient le temps de la séduction, c'est incroyable de voir jusqu'à quel point notre capacité d'analyse du comportement de l'autre se ramène à deux lectures uniquement : l'une qui nous pousse à avancer et l'autre à reculer. Or, les signaux de Juan étaient équivoques. De plus, il y avait longtemps qu'Ignacio devait être rentré à l'appartement où nous vivions.

Nos regards se croisèrent de nouveau. Je détournai le mien, essayant de dissimuler mes pensées. La brise nocturne était soutenue et enveloppante. Les réverbères du trottoir clignotaient, noyant la rue dans l'obscurité pendant quelques fractions de seconde à intervalles réguliers. Je lui demandai ce qui l'amenait à Barcelone et il me dit qu'il participait à un congrès de médecins.

— Mais je ne veux pas parler de moi. Ma vie est particulièrement ennuyeuse. Je suis à l'âge où la plupart des choses intéressantes sont du passé. Parle-moi de toi.

— Pourquoi dis-tu cela ?

— J'ai trente-neuf ans, je suis veuf et j'ai un fils de cinq ans.

— Je crois que tu es encore assez jeune pour qu'il t'arrive des choses imprévisibles.

— Et assez vieux pour, dans la mesure du possible, les éviter. Et toi ? lança-t-il en esquissant un sourire plein d'intérêt. Ton prénom a une histoire, je pense ?

Je lui fus reconnaissant qu'il ne me pose pas les questions de rigueur.

— Tu connais la place de l'Alma ?

— Paris. La tour Eiffel. De l'autre côté du fleuve, débita-t-il rapidement, comme s'il s'agissait d'un jeu de devinettes.

— Bon, mon prénom n'a rien à voir avec cette place.

Il éclata de rire :

— Alors ?

— L'âme – *alma* – était une des préoccupations fondamentales de mes parents. Tout se rattachait à l'âme. Même les sujets les plus terre-à-terre.

Stimulée par son intérêt, je lui parlai de Barcelone, des lieux qui me plaisaient, de mes études, de ma façon de courir d'un endroit à un autre en organisant mes activités multiples. Juan, patiemment et sans s'émouvoir, me posait des questions quand je m'arrêtais ou hésitais. A l'ancienne mode, il m'empêchait de marcher sur le trottoir entre la rue et lui, en dépit de ma démarche désinvolte et zigzagante.

Les gens qui ne cessent de revenir sur leurs expériences, convaincus qu'elles sont aussi étonnantes pour les autres que pour eux-mêmes, m'ont toujours paru pathétiques. Mais parler était la façon – très certainement puérile – de rallonger ces moments que nous passions ensemble.

Je parlais maintenant au rythme un peu exalté de celui qui craint de lasser l'attention de son auditeur. On avait traversé le vieux quartier et presque toutes les Ramblas, quand on arriva devant un bar. On s'assit à une table et on commanda un café. Juan murmura quelques mots à l'oreille du patron.

— Et maintenant, avec qui tu vis ? me demanda-t-il, profitant d'un moment de silence. – Son regard, quoique direct, était timide.

Je libérai mes cheveux, que j'avais noués avec un élastique, et je les rattachai. Un acte inutile en apparence, mais qui donne la seconde de pause dont j'ai besoin quand je me sens acculée. Je décidai de mentir :

— Seule. Et toi ?

— Avec Tomás, mon fils, et Yerfa, la femme qui s'occupe de lui.

Sa voix était sèche. Il était évident qu'il détestait parler de lui.

On but notre café et le patron nous annonça que le taxi était devant la porte. On sortit. C'était un matin lumineux.

— Il est pour toi. Mon hôtel est à deux pas, m'expliqua-t-il en ouvrant la portière.

Evitant de montrer mon désarroi devant un dénouement aussi rapide, je m'installai dans le taxi, les mains sur les genoux. Juan, tenant la portière toujours ouverte, m'observait.

— Alma, dit-il, et il marqua une pause. Dors bien.

Je demandai au chauffeur d'aller jusqu'à la plage. Je voulais voir les couleurs de l'aube se détacher sur la mer et sur le ciel.

Ignacio dormait quand j'arrivai à l'appartement, plongé dans le sommeil fébrile d'un corps intoxiqué. Comme la plupart des nuits après mon travail au restaurant, je trouvai les traces d'une belle bringue. Mégots, bouteilles vides, reliefs de plats chinois, la guitare d'Ignacio et d'autres instruments dispersés sur le sol. Je me mis au lit sans me déshabiller. Sa respiration entrecoupée, ses ronflements, ses soupirs ivres qui ressemblaient à des plaintes déclenchèrent mon aversion et je dus me relever. En regardant autour de moi, je me rendis compte que, même si j'avais réuni ici le peu de choses qui l'habitaient, cet endroit m'était étranger. Je pris l'escalier et montai sur la terrasse de l'immeuble. Je m'assis sur le béton, qui avait gardé la tiédeur du soleil. Des pantalons suspendus, bercés par la brise, me rappelaient un homme ivre en train de danser. Comment avais-je pu arriver jusqu'à cette terrasse déserte ? Arrachée à Maná, à la faiblesse de papa, aux disputes, à l'isolement. Cependant, j'étais toujours là, tapie dans un recoin d'obscurité. Ma meilleure amie gisait dans un lit d'hôpital, et mon compagnon était un de ces types qui font de leur immaturité et de leur faiblesse un art de vivre.

Quand je redescendis, Ignacio dormait encore. J'ouvris ma valise, celle avec laquelle j'étais arrivée à Barcelone, et j'y mis tout ce que je pus. J'enfournai le reste – pas grand-chose – dans un sac-poubelle, et je partis pour l'hôpital.

Je trouvai Edith dans une salle commune. Elle avait les bras, les mains et le torse bandés.

— Il fallait bien que ça arrive, n'est-ce pas ? – Son débit était haché et lent.

— Il fallait bien que ça arrive, répétai-je. – Je passai les doigts sur ses mèches grisonnantes.

Un moment de silence.

— Je l'ai quitté, avouai-je soudain.

— Il était temps, décréta Edith d'une voix à peine audible. Prends la clé de mon appartement... Elle est dans mon sac... installe-toi. On verra ce qu'on peut faire... Toi de ta vie, et moi de la mienne.

Après avoir prononcé ces mots, elle ferma les yeux. Sa respiration était irrégulière. Je pensai à

Ignacio, à ses nuits d'ivresse où il poursuivait une mélodie, cette trouvaille qui rendrait enfin justice à son talent, mais qui finissait toujours par lui échapper. J'eus du chagrin.

Cette nuit-là, avec Roberto et tout le personnel, on travailla avec plus d'ardeur que jamais. La nouvelle était parvenue aux oreilles des clients les plus assidus, et les tables, toutes occupées, répandaient une humeur sombre, mais solidaire.

Le second soir, Juan apparut. Il demanda un verre de blanc. Je m'assis à sa table quand le travail me laissa un peu de répit.

— Je suis passé à l'hôpital aujourd'hui, dit-il. Les docteurs m'ont dit qu'Edith est une patiente plutôt rebelle.

— Ce qu'ils disent ne m'étonne pas.

— Je pars demain. Si tu veux et si tu en as envie, j'ai pensé que nous pourrions manger quelque part quand tu aurais fini ton service.

Je remarquai qu'il avait du mal à définir ce qu'il proposait. C'était un discours très éloigné de son scénario bien tracé de docteur.

— Je crois qu'on peut arranger ça, dis-je en souriant.

Je me levai d'un bond et me rassis aussitôt, toujours en face de lui.

— Je suis prête.

— Et qui va recevoir les prochains clients ?

— C'est un travail à la portée de toutes mes collègues. Personne ne va me regretter.

— Que tu crois ! Je suis sûr que plus d'un client vient ici pour être accueilli par toi, dit-il, et grâce à sa remarque je me sentis bien dans ma peau pour la première fois depuis des jours.

Juan m'emmena dans un restaurant à la mode qu'il avait découvert avec ses collègues. A peine attablés, nous plongeâmes le nez dans la carte. En relevant les yeux, je découvris que son expression simple avait disparu. J'avais devant moi un étranger dont le regard était lourd de pensées que j'ignorais. Nos dialogues étaient maigres et nous restions de longs moments à regarder les autres tables. Soudain, il prit mes doigts et les emprisonna une seconde. Puis il leva les deux mains devant moi et sourit.

A part ce geste minuscule, notre dîner fut dépourvu de toute connotation érotique. C'est pourquoi je fus surprise quand en sortant il me prit par la taille. Son bras s'y attarda un court instant, pendant qu'il me regardait d'un air abattu. Sa nature semblait l'empêcher de dépasser cette position réglementaire.

— Tu as peur de moi ? hasardai-je.

— De toutes les femmes, dit-il en plissant les yeux d'un air espiègle.

— Tu as raison d'avoir peur de nous, nous sommes des perfides.

Juan m'embrassa et je ne résistai pas.

Nous marchâmes un peu. Arrivés devant l'hôtel où logeait Juan, nous entrâmes sans dire un mot. Dans sa chambre, il me demanda si j'avais envie d'un verre de vin. Je m'assis sur le lit, jambes croisées, et il se carra dans le fauteuil, observant chacun de mes mouvements. Je craignais que mon trouble, à l'idée de me comporter de façon inadaptée à ses yeux, ne soit trop évident. A la différence de la plupart des hommes que j'avais connus, il ne meublait ni de gestes ni de paroles ces moments de préambule qui mènent toujours au même endroit. Rien que le fait d'être là, sur son lit, était une sorte d'empressement qui le gênait peut-être. Je me demandais pourquoi j'attachais tellement d'importance à ce qu'il penserait de moi. Juan était un homme dont j'avais fait la connaissance deux soirs plus tôt, et qui le lendemain disparaîtrait de ma vie. Un homme pour qui j'avais de l'attirance et que je désirais comme j'en avais désiré tant d'autres.

J'avais souvent vécu cet instant, recourant aux mêmes expressions, croyant, quelque part au fond de moi, que cette fois ce serait différent. Par chance, j'arrivais toujours à me détacher de cette illusion pénible et je m'adonnais à la jouissance des promesses érotiques de l'instant. Mais Juan – assis face à moi sans dire un mot – détournait le cours naturel des choses. Retenant mon souffle, je me déshabillai rapidement, sans faire de ce processus un jeu de séduction, et je me levai. Pendant une seconde je me sentis imbécile, mais j'eus ensuite l'impression que je sautais dans l'inconnu et que ce saut avait une légèreté libératrice.

— Tu es enceinte, remarqua-t-il. Dix, onze semaines ?

Le visage de Juan exprimait la tendresse, l'admiration, le désir. Je m'étais déshabillée, mue par une impulsion aveugle, mais maintenant son regard me montrait l'énergie qui émanait de mon corps. Mes seins alléchants et le petit arrondi sur mon estomac débordaient de vie.

— Douze, répondis-je.

Il me prit dans ses bras. Nous restâmes longtemps debout, moi accrochée aux revers de sa veste, la tête sur son épaule, unis dans cette étreinte. Le silence qui nous entourait était traversé de sentiments qui devaient être aussi étrangers à Juan qu'à moi. Il était le premier à connaître mon secret. J'avais même réussi, en évitant d'exposer mon corps nu, à le cacher à Ignacio.

Au matin, quand je me réveillai, Juan était déjà habillé et il me regardait.

— Je dois retrouver un collègue avant de partir. Mon vol est à midi. Tu peux rester ici. Je ne reviendrai pas.

C'est alors que je remarquai, devant la porte, sa valise et une grande boîte contenant une maquette d'avion à monter. Je me redressai, un peu abasourdie.

— Je t'ai laissé ma carte sur le guéridon. – Il m'embrassa. Nos visages étaient encore tout proches quand il ajouta : J'aimerais ne pas te perdre de vue.

— Moi non plus.

— Sur ma carte, il y a mon e-mail. Ton bébé est pour avril, n'est-ce pas ? Comment tu envisages les choses ?

C'était la première question que Juan me posait sur le bébé et son avenir.

— Continuer ce que je fais jusqu'à sa naissance. D'abord finir mes études, ensuite je pense rentrer au Chili.

— Tu as quelqu'un qui t'aide pour tout ça ?

Il avait dû conclure que si je passais la nuit avec lui, c'est que personne ne m'attendait chez moi.

— Edith.

— C'est tout ? La convalescence d'Edith va durer assez longtemps.

— Tu ne me connais pas ! Je me suis toujours débrouillée. – J'avais dit cela sans ironie, parce que c'était la vérité.

— Je veux que tu me promettes une chose, d'accord ?

Je fis un geste d'assentiment.

— Je veux que tu me tiennes au courant de tout. Je connais des docteurs à Barcelone qui peuvent t'aider. Dans n'importe quel domaine, tu m'entends ?

Son souci paraissait naïf et m'émouvait. Il m'embrassa encore, prit sa valise, la boîte avec la maquette de l'avion, et il s'en alla.

Je me levai et pris mon petit-déjeuner devant la télévision allumée. Quand j'eus tout fini, je redemandai du café, des toasts, des fruits et des céréales.

A midi, j'allai rendre visite à Edith. Elle avait la tête relevée par des coussins, et ses bras bandés étaient étendus sur le couvre-lit blanc. J'avais l'habitude de partager les avatars de ma vie avec elle, mais, cette fois, je ne parlai pas de Juan. Je n'avais pas envie d'entendre nos rires pleins d'ironie se répandre sur ce qui venait de se passer. Mais que s'était-il passé ? Je me rappelai notre étreinte, moi nue devant lui dans la chambre d'hôtel. L'impression d'être avec un amant prudent et maladroit qui n'oublia pas une seconde que sous ma peau germait une vie. Alors, qu'est-ce qui me perturbait ? Sans doute cela, justement. Juan semblait comprendre mieux que moi la dimension de cet être que portait mon ventre. Il y avait tant de semaines que je le cachais que, en dépit de sa croissance constante, au lieu d'être plus concret il s'estompait dans ma conscience. En prenant en considération l'espace qu'il occupait entre nous, il l'avait rendu réel. J'avais vite compris qu'il n'était pas un homme aux mots pointus et loquaces, mais il affichait en revanche une sérénité et une conviction imperturbables. Son regard exempt de toute voracité me manquait.

Je quittai Edith et partis dans les rues d'une Barcelone envahie par les touristes. Bien que j'y habite depuis des années, je n'avais jamais réussi à m'approprier cette ville, et maintenant moins que jamais. Les centaines de touristes attablés dans les cafés des Ramblas, les bicyclettes, les langues, tout se tissait dans un filet qui me séparait encore plus du monde. Mais n'étaient-ils pas aussi seuls que moi ? J'avais l'impression que les rencontres n'étaient que des convergences dues au hasard. Tôt ou tard, chacun reprendrait sa route. Même si ces rencontres duraient tout une vie, finalement, le passage le plus difficile se faisait seul. Et ce principe, qui affleurait à ma conscience minute après minute, rendait impossible le contact véritable. C'était ce qui sous-tendait les relations que j'avais eues jusqu'alors et ce qui finissait par les étouffer. Et cette vie que je portais dans mon ventre, aurait-elle aussi son horloge et son terme, le moment inévitable de l'éloignement viendrait-il ? J'étais loin de sentir cette béatitude, cette découverte instantanée du fameux sens de la vie que doivent forcément apporter la grossesse et la maternité. Tout en marchant, je posai mes mains sur mon ventre.

J'arrivai assez tôt à *La Goleta*. Roberto était déjà là. On sortit deux chaises sur le trottoir et un cabas de mandarines. Notre conversation, dans l'atmosphère protectrice du soir, m'aida à calmer mes inquiétudes. Tout en mangeant des mandarines, il me parla de sa vie aux îles Canaries, des histoires de mer et de sable qui me firent momentanément oublier mes soucis. Le crépuscule prenait une teinte violacée, au-dessus des réverbères allumés. On rentra. Quand les premiers clients arrivèrent, je me rendis compte que j'étais incapable d'afficher mon traditionnel sourire d'accueil. Je me sentais faible. Voilà pourquoi, quand je vis Juan à la porte du restaurant, regardant de tous côtés, j'eus l'impression que j'allais tomber.

— Salut, me dit-il avec naturel quand nous fûmes l'un devant l'autre.

— Et ton vol ?

— J'en ai trouvé un autre qui part demain.

Et nous voilà partis de nouveau. Il passa son bras autour de mes épaules, mais s'arrêta soudain au milieu du trottoir et se détacha de moi.

— Je voudrais savoir si tu accepterais un cadeau.

Il me tendit un billet open pour le Chili. Je pouvais l'utiliser n'importe quand. Je ne résistai pas, mais je ne lui sautai pas non plus au cou pour l'embrasser. Sur son visage je perçus une inquiétude. Il baissa la tête.

— Je voulais aussi que tu saches que depuis la mort de mon épouse, il y a deux ans, je ne suis sorti avec aucune femme, dit-il lentement, sans relever la tête.

— Je suis la première que... ?

— Oui.

Il me regarda avec son expression maîtrisée, derrière laquelle je sentais un homme qui, comme moi, avait déjà fait naufrage.

— Tu ne me connais pas. Tu ne sais pas qui je suis, murmurai-je.

— Tu n'es pas en cause. Voici un billet. Quand tu voudras rentrer au Chili, tu pourras, un point c'est tout. Si tu en as envie, tu peux m'appeler en arrivant. J'aimerais beaucoup, ajouta-t-il avec véhémence.

— Pourquoi fais-tu cela ?

— Il n'y a pas de mal à ce que quelqu'un t'aide un peu, non ?

Cette deuxième nuit qu'on passa ensemble, Juan me raconta que sa femme était morte d'une rupture d'anévrisme. Il me parla des doutes qui l'avaient poussé à récuser tout ce qu'il tenait pour vrai, au point de remettre en doute l'existence de Dieu. Un état de vide, de désarroi, dans lequel il n'avait jamais imaginé qu'il tomberait.

Le décision de retourner au Chili ne fut pas intempestive. Avec son cadeau, Juan m'avait redonné une énergie nouvelle. Une confiance en moi et dans le reste du monde que je n'éprouvais plus depuis longtemps. Les premières semaines, Ignacio passa souvent à *La Goleta*, mais il finit par disparaître complètement. Il ne remarqua jamais ma grossesse, qui resta presque invisible jusqu'au quatrième mois. Je terminai mon court métrage et passai mes derniers examens de littérature. En sept mois je réussis ce que je n'avais pu faire dans les dernières années. Lola naquit à Barcelone. Edith, en dépit de sa lente convalescence, m'aida dans les premiers temps. Pendant ce temps, avec Juan nous apprîmes à nous connaître par e-mails interposés. Il me racontait les vicissitudes de ses journées d'une façon simple et drôle. Quelquefois, rarement, il m'interrogeait sur mon retour. Quand Lola eut trois mois et que j'eus enfin décroché mes diplômes, je décidai qu'en effet l'heure du retour avait sonné.

Je me rappelle qu'Edith m'emmena à l'aéroport. Au moment des adieux, elle me dit :

— Maintenant que tu es mère, tu vas commencer à comprendre la tienne, tu vas voir.

Je fus surprise qu'elle mentionne ma mère. Je ne lui en avais jamais parlé et c'est à coup sûr cette omission qui lui avait laissé pressentir le côté tortueux de nos rapports.

Mon vieil ami Matías, avec qui j'avais partagé les premières années à Barcelone, me reçut à bras ouverts. Il avait créé une maison de production et il commençait son premier long métrage. Quelques jours après mon arrivée, j'étais installée dans un appartement et je travaillais dans sa société.

Les retrouvailles avec Juan furent progressives. La crainte de l'échec m'empêchait de prendre des décisions précipitées. Cependant, un jour, je me trouvai dans la posture d'accepter sa proposition réitérée de vivre ensemble et j'emménageai chez lui. Deux mois plus tard, je pris le téléphone et j'appelai ma mère.

— Maná, je suis au Chili et j'ai une fille. Elle s'appelle Lola, furent mes premiers mots.

Pendant toutes ces années, nous avions échangé une correspondance sporadique ; mes lettres étaient laconiques et donnaient des informations dans des domaines qui m'indifféraient. Ma mère ne dit pas un mot, et je l'entendis pleurer à l'autre bout du fil.

— Tu ne me pardonneras jamais, n'est-ce pas ? demanda-t-elle.

Je regardai autour de moi. Lola dormait sur le couvre-lit. Je me rendis compte que ma colère était intacte, mais que maintenant je savais où la cacher.

— Si tu veux, tu peux venir faire la connaissance de ta petite-fille, lui dis-je.

Peu à peu, le temps émoussa les arêtes de l'impatience ; je n'avais plus besoin qu'on me conduise ailleurs, vers d'autres réussites, parce que chaque jour, avec ses mille détails, me sortait de moi-même, repoussait la solitude. J'étais bien décidée à m'accrocher au visible, à la réalité indubitable, à fuir tout ce qui impliquerait incertitude et perte ; je n'allais pas me laisser coincer dans un tourbillon d'instincts, comme ma mère. Peu m'importait que le calme de ma nouvelle vie fût loin des passions d'antan, de ces emportements vertigineux qui au bout d'un moment m'explosaient au visage. Et quand le soir Juan me prenait dans ses bras, j'avais la certitude que lui, dans sa réserve, éprouvait la même chose.

Mon pyjama est trempé. Je me redresse. J'ai moins mal à la tête. Une voiture passe à toute vitesse dans la rue. Je n'ai pas la force de me lever ni de dire bonne nuit aux enfants. Je prends mon portable dans mon sac. Leo a essayé de me joindre six fois.

18. ⌛

Les grandes baies laissent passer la lumière du matin, pendant que je descends par l'escalier roulant. La nouvelle aile, avec ses plaques géantes de verre cylindré et de tubes en acier, donne à la clinique la curieuse apparence d'un centre commercial de luxe.

Comme tous les jours à la même heure, Karina nettoie la cloison vitrée de la cafétéria. Son apparition, avec son sourire et ses fossettes, me donne une sensation de béatitude. Souvent, elle me parle des nouvelles techniques qu'elle apprend dans ses cours du soir pour devenir infirmière. Mais cette fois, après m'avoir salué, elle sort un cadeau de la poche de son tablier, qu'elle me tend.

— C'est pour vous. Ne l'ouvrez pas tout de suite.

— Mais pourquoi un cadeau ?

— Vous verrez bien ! lance-t-elle en s'éloignant dans le couloir avec ses ustensiles de nettoyage.

Quand Alma vient à la clinique, elle passe toujours lui dire bonjour. Elle dit que Karina aurait du mal à reconnaître la bonne influence qu'elle a sur les gens ; et Alma a raison, comme pour tant d'autres choses. Je me rappelle le rêve que j'ai fait avant-hier : Soledad et Alma s'éloignant ensemble dans un bateau.

Quand les portes de l'ascenseur s'ouvrent au troisième étage, je me trouve nez à nez avec Emma.

Elle porte un pantalon noir, une chemise bleu ciel d'homme et ses cheveux sont rassemblés en queue de cheval, un mélange qui lui donne un air juvénile. Mais son visage est tendu.

— Cristóbal a de la fièvre. Qu'est-ce que cela signifie ? dit-elle en essayant de se dominer.

— Laisse-moi le temps de me mettre au courant. Mais détends-toi.

En avançant dans le couloir, elle me signale qu'elle trouve Cristóbal plus abattu et qu'il a une sudation froide. Dans la salle d'attente, je reconnais sa mère et sa sœur. Deux femmes maigres et particulièrement austères qui n'interrompent leur interminable bavardage que pour jeter des regards désapprobateurs sur tout ce qui est dans leur champ visuel. L'infirmière de service m'attend dans le couloir.

— Attends-moi ici quelques minutes, dis-je à Emma, et j'entre avec l'infirmière dans la chambre de son fils.

Cristóbal a les bras qui retombent de chaque côté et les yeux mi-clos. L'infirmière m'informe qu'il a 37,2. Ce n'est pas une température cliniquement significative, mais toute déviation dans son évolution doit éveiller des soupçons.

— Une femme vient de me faire un cadeau. Je ne sais pas quoi en penser, dis-je à Cristóbal.

— A moi aussi, une fois, une camarade de classe m'a fait un cadeau. Et vous savez ce que c'était ? Des crottes de lapin ! dit-il, et il a une quinte de toux.

De toute évidence, l'effort le gêne. Il ferme les paupières très fort et les rouvre, comme s'il cherchait à zapper la scène. Cristóbal connaît la douleur, il a vécu avec elle une grande partie de sa vie, comme la plupart des enfants qui ont une maladie congénitale non résolue. Je reste encore stupéfait de leur façon stoïque de la supporter, comme si c'était une part naturelle de la vie.

— On ne peut pas dire que ta camarade soit très gentille. Je n'ai pas encore ouvert le mien. Tu veux qu'on le regarde ensemble ?

— Oui, mais, vu la taille, je ne crois pas que ce soit très intéressant.

J'observe qu'il a une légère dyspnée. Il doit respirer plus souvent entre chaque mot.

— D'abord, montre-moi tes mains.

Ses doigts ont pris une teinte bleutée. Je soulève les couvertures pour voir ses pieds. J'y retrouve la même tendance. Ce n'est pas normal, mais c'est dans les possibilités. L'intubation postopératoire et la ventilation assistée favorisent les complications infectieuses.

— Je vais te demander de respirer à fond. Ça te fait mal ?

— Un peu.

A la différence des adultes qui vous bombardent de questions, les enfants, quand ils pressentent un danger, préfèrent penser à autre chose. En ignorant la réalité, ils la font disparaître.

La première fois que Cristóbal est venu à ma consultation, il n'a pour ainsi dire pas quitté des yeux son petit jeu électronique. Quand il a décidé de me regarder, j'ai vu dans son expression le plus profond mépris. Il semblait avoir déjà connu mille fois cette situation – quelqu'un qui lui promettait d'aller mieux – et par la suite avoir perdu tout espoir. Mais son expression ne signifiait pas la défaite, au contraire, elle était pleine de défi et de maturité ; on aurait même dit que ses parents vivaient dans une crédulité assoupie, tandis qu'il découvrait la nature brutale de la vie. Lors de nos rencontres ultérieures, je m'efforçai de percer cette cuirasse. Ce fut un processus très lent. Ce que

Cristóbal mesurait par sa résistance, ce n'étaient pas les dangers de l'opération, mais mon engagement vis-à-vis de lui.

— Nous allons reprendre ta température, OK ?

Cristóbal lève le bras qui n'est pas immobilisé et déclare :

— Je veux voir votre cadeau.

Je le sens inquiet. Sa difficulté à respirer doit l'angoisser. Pendant que l'infirmière prend sa température, je regarde sur la feuille de soins les interventions de la nuit. Quand elle me montre le thermomètre, je constate qu'il est monté à 38,1. Je tends à Cristóbal la petite boîte dans son emballage cadeau que Karina m'a donnée.

— Ouvre-la. Tu as l'habitude de ces cadeaux-surprises.

Il se redresse avec difficulté. Il a plus mal à la poitrine qu'il ne veut le montrer. Il ouvre le paquet avec ses longs doigts. Ses cheveux sont bien coiffés. C'est sans doute Emma qui ce matin s'est souciée de ce détail.

— C'est génial, dit-il en saisissant une petite bouteille avec un bateau en bois à l'intérieur.

— Je ne peux pas te le donner, ce serait blessant pour la femme qui me l'a offert, mais on peut le laisser sur ta table tant que tu es à la clinique.

— D'accord, répond-il, et il ferme les yeux.

Je demande à l'infirmière de lui faire une prise de sang. Quand celle-ci s'en va, je reste encore quelques minutes auprès de Cristóbal. Je sais qu'Emma m'attend derrière la porte. Je veux être sûr des mots que j'emploierai pour lui exprimer – sans l'inquiéter – mes soupçons. Dans ce domaine, il n'y a pas de gestes vains. Quand on dit à une mère que son enfant va aller bien, on sait à la minute même qu'on a modifié sa vision de la vie. C'est pourquoi les mots doivent être vrais et en même temps prudents.

Depuis mon plus jeune âge, je pense qu'une façon d'éviter la débâcle personnelle est d'orienter son esprit sur un sujet précis et viable, qui donne la possibilité, le moment venu, de réaliser un travail concret qui ait un sens. C'est une de mes premières certitudes, et elle fut déterminante dans ma décision de m'orienter vers la médecine. Ce que je n'avais pas prévu, c'est que ces gestes concrets, qui devaient résoudre mes problèmes existentiels, apporteraient un flot d'incertitudes et de tristesses. Il est vrai qu'une infection respiratoire n'est pas un cadre encourageant. Surtout quand on a un corps fragile et un cœur tout neuf qu'on ne peut garder qu'on prenant des immunodépresseurs.

Dehors, Emma interroge l'infirmière. Je l'entraîne un peu plus loin dans le couloir.

— Cristóbal a sans doute attrapé une infection pulmonaire. Nous allons devoir faire quelques examens pour en être sûrs.

— Qu'est-ce que ça signifie ?

Des taches rouges ressortent sur la pâleur de son visage ; on dirait qu'elle a soudain un regain d'énergie.

— Emma, ne t'inquiète pas, rien n'est encore confirmé. Et, si c'est vrai, on détectera l'origine de l'infection et on la soignera.

Emma se couvre la bouche, comme si elle essayait de retenir un gémissement.

— Quand nous aurons commencé le traitement, il peut évoluer dans le bon sens, c'est le plus probable.

— Le plus probable ? m'interroge-t-elle avec ironie.

— Oui, bien sûr. Mais je ne peux pas te cacher qu'il y a toujours un facteur de risque dans ces traitements. Nous allons procéder à un examen radiologique thoracique. Si nous détectons une anomalie, on passera à la bronchoscopie.

Je lui explique en quoi cela consiste. Emma me dévisage attentivement sans dire un mot. Je pose la main sur son épaule, elle sort son portable de sa poche sans cesser de me regarder.

— Isaac, Cristóbal ne va pas bien, dit-elle. Il vaudrait mieux que tu viennes.

Je la laisse dans le couloir. L'infirmière de service s'active pour préparer les examens. Les mots d'Emma ont déclenché l'alarme.

Dans l'après-midi, le diagnostic est clair. La radiographie du thorax a montré une condensation basale gauche, signe d'une possible infection pulmonaire d'origine bactérienne. La bronchoscopie et l'étude bactériologique ont confirmé la présence de klebsiella. Nous lui administrons des antibiotiques et, apparemment, la dyspnée a disparu. Maintenant, il dort, sous l'effet des sédatifs. Nous avons décidé de ne pas le brancher au respirateur, sauf nécessité absolue. Le brancher impliquerait une sédation continue.

On admet que le savoir augmente avec les années, en même temps que l'espace d'incertitude diminue. Pourtant, plus j'acquiers de connaissances, plus s'élargit l'horizon des dilemmes, plus nombreuses sont les interrogations, au point que parfois je me sens paralysé. Comme j'aimerais pouvoir dire à Emma que son fils va aller bien. Mais la seule chose que je vois, ce sont les centaines de variables imprévisibles qui maintiennent Cristóbal en vie pour le moment, mais qui peuvent s'inverser irrémédiablement d'une minute à l'autre.

19. ♐

Papa et Alma sont toujours fâchés et c'est moi le coupable. Voilà pourquoi, quand le bus m'a déposé au collège ce matin, je n'ai pas pu y entrer. J'ai fait demi-tour et j'ai marché jusqu'à cette place où je viens souvent quand je suis dans cet état d'esprit. J'y ai passé ma journée. Je sors mon goûter et je le pose sur le banc le plus éloigné de la rue. La place est déserte, à l'exception d'un chat noir qui se promène en se pourléchant les moustaches comme une panthère miniature. Des gamins traversent la rue en courant. Ils ont sûrement fait l'école buissonnière, comme moi. Je n'aime pas être seul, mais pour avoir un ami il faudrait que je fasse un gros effort, et ça ne donnerait sûrement rien du tout. Voilà pourquoi je préfère penser à mes neuf découvertes prochaines.

Maman s'est ôté la vie. C'est la première. Mais comment passer à la suivante ? Peut-être en rassemblant des points que je connais déjà et qui me semblaient moins importants auparavant. Par exemple, papa ne parle jamais d'elle ; par exemple, de toutes les affaires de maman, papa n'a gardé que la photo que j'ai prise dans son tiroir ; par exemple, le grand-père, les rares fois où quelqu'un nomme maman, avale sa salive comme s'il avait bouffé un crapaud ; par exemple, jamais nous n'avons rendu visite à la grand-mère maternelle à

Buenos Aires, même pas quand le grand-père est mort. Une fois, j'ai demandé de leurs nouvelles à papa et il m'a raconté qu'après la mort de maman ils avaient décidé de retourner en Argentine, où la grand-mère était née.

En fin d'après-midi, j'attends le bus de ramassage devant le collège. Personne ne me demande où j'étais passé. Je suis invisible et ça m'arrange. Arrivé à la maison, je branche mon ordinateur.

Pti conar 2 merd va tfair foutr retourn cz ta mère kit m telmt povr minabl haha… Ta ri1 a fair retourn a té cahié ki st T seul ami !!! povr con ki vo pas 1 clou…

J'ai vu leurs messages mille fois, mais ils me font quand même mal, comme si j'étais perdu. Je fais comme d'habitude : j'imagine des situations horribles. Cette fois, je pense qu'un voleur entre dans leur maison la nuit et leur arrache les yeux d'un coup sec.

Je descends chercher un verre de lait à la cuisine. Le portable de Yerfa sonne – piii piii – et vibre, comme s'il y avait un petit oiseau vivant dans sa poche. Elle prend la communication et je retourne dans ma chambre. Je tape le nom de mon grand-père sur Google. Adolfo García Izquierdo. Il n'y a pas d'entrées pour Adolfo García Izquierdo. Mon grand-père n'a jamais rien fait qui mérite d'être distingué sur Google. Papa a six cent quarante-huit entrées. Je tape le nom de ma grand-mère : Bulygin. Il y a cinq cent quatre-vingt-onze entrées, et beaucoup citent un certain Arnold Bulygin. J'ouvre la première :

Arnold Bulygin, 1903-1986. Fondateur du collège Santa Ana, un des premiers collèges pour jeunes filles et un des plus importants à Buenos Aires. Educateur infatigable. Formateur de centaines de nos femmes les plus remarquables. Les émules de son remarquable héritage honoreront le vingtième anniversaire de sa mort par une messe à la chapelle du collège le 4 novembre à 19 heures.

La convocation est signée par un grand nombre de personnes, l'une d'elles est ma grand-mère : Perla Bulygin. Cet Arnold Bulygin est très certainement mon arrière-grand-père. Je consulte d'autres entrées. Des données biographiques, quelques-uns de ses écrits sur l'éducation, et des entrées qui concernent le collège qu'il a fondé. J'enregistre :

Deuxième découverte. Le grand-père de maman est le fondateur d'un collège pour jeunes filles à Buenos Aires, du nom de Santa Ana.

J'entre dans le blog de Mr Thomas Bridge. Il parle devant la caméra. Il dit qu'il ne bougera pas de là tant qu'il ne sera pas certain que l'invasion de la presse n'aura pas cessé. Il porte pour unique vêtement un minuscule maillot de bain. Il a l'air ridicule. Il dit que s'il restait dans cet endroit du bout du monde, habillé comme ça, il serait mort en quarante-huit heures. De la même façon, toute ingérence dans la vie des Alacalufes causerait leur perte. Mr Thomas Bridge continue de parler. Il donne une adresse sur son blog pour entrer en contact avec lui. J'écris :

🖏 Je m'appelle Tomás Montes. Mon meilleur ami est originaire de l'île Lennox et tous les deux nous nous faisons du souci pour la famille que vous avez trouvée. Nous aimerions beaucoup vous aider dans votre mission, mais auparavant nous avons quelques problèmes à résoudre. Neuf, pour être précis. De toute façon, n'hésitez pas à entrer en contact avec moi si vous pensez que nous pouvons vous aider.

P.-S. : Si vous m'envoyez une adresse, je serai très content de vous envoyer un dessin.

En toute solidarité,

Tomás Montes

J'aime beaucoup ce "en toute solidarité". Je clique sur "envoyer".

Par la fenêtre, je vois Méchant Bébé Hippopotame devant la porte de sa maison. Toutes les deux minutes, il lance un caillou. Au bout de douze minutes, il me regarde et me montre un coquillage qu'il tient dans la main. J'ouvre la fenêtre et je lui dis bonjour.

— Si tu veux, demain je te montre le reste, j'en ai plein ! me crie-t-il.

— Moi aussi, j'aime beaucoup les coquillages !

— Demain, alors ?

Je fais signe que c'est OK et il rentre chez lui de son pas d'hippopotame.

Très haut, un vol d'oiseaux disparaît derrière une épaisse couche de nuages. Les oiseaux migrateurs me font un peu envie, ils n'ont pas d'engagements, et partent toujours vers un endroit où le soleil brille.

20. ♒

En allant travailler à la société de production, je reçois un texto sur mon portable. J'attends un feu rouge pour le lire. C'est Leo :

"J'ai appris à utiliser cet appareil grâce à toi. Que vais-je faire de cette envie que j'ai de te voir ?"

Je me rappelle qu'il est écrivain et qu'il connaît sur le bout du doigt l'impact des mots ; il sait les choisir et les combiner à sa guise pour obtenir les résultats souhaités. Chez lui, les vocables possèdent moins de vérité que chez les autres mortels. Mais peu importe. Je ne lui ai pas demandé des preuves de son amour et j'espère n'avoir jamais à les lui réclamer. Au moment de redémarrer dans ce flot de voitures, je suis surprise de voir le compagnon de ma mère en grande conversation avec une voluptueuse jeune femme sur le trottoir d'en face.

♒

Je travaille jusqu'à une heure avancée de la soirée au montage des scènes que j'aurais dû terminer hier. Ce matin, Matías voulait savoir ce qui m'arrivait. Il a remarqué que j'avais maigri. Depuis le mariage de Miguel, je n'ai presque rien mangé. Il m'a aussi demandé si j'avais revu Leo, et j'ai répondu par la négative. J'ai senti un pincement dans l'estomac quand j'ai réalisé que j'avais commencé de mentir.

Je visionne les prises que j'ai éditées. Les yeux fixés sur l'écran, je regarde les images s'animer ; visages et lieux servent de toile de fond à mes pensées. J'imagine Lola, Tommy, Juan. Une infime partie de ce vaste monde extérieur qui m'appartient, et autour duquel tout le reste s'ordonnait et prenait un sens. Une existence dont je rêvais, la revanche sur mon histoire, sur ma mère. Alors, quelle est cette impulsion qui me détourne de ce que j'ai pour aller chercher une chose incertaine ? Comment se fait-il que je n'étouffe pas les sentiments que Leo éveille en moi ?

Je fouille dans mes souvenirs concernant Juan et j'essaie de retrouver une émotion semblable. Elle a sans doute été là un jour, cachée derrière les centaines de démarches concrètes qu'il fallut résoudre quand j'arrivai au Chili : faire la connaissance de Tommy, gagner la confiance de l'un et de l'autre, m'installer dans une famille dont les codes m'étaient inconnus, entamer une réconciliation méticuleuse avec ma mère. Cette énergie qui vous secoue de la tête aux pieds devait être cachée quelque part. Mais je n'en manquais pas. Je me contentais de l'amour placide qui nous unissait. Ce n'était pas tant le mariage qui m'enthousiasmait que la réalisation de l'idée que j'avais de moi-même depuis toute petite.

Brutalement, ma notion du qui suis-je et de ma place dans le monde devient sans consistance, comme les silhouettes mouvantes du moniteur. J'imagine que tout est encore possible, que je n'ai pas encore soldé mes comptes avec l'avenir, que Lola et Tommy n'existent pas. Je suis effrayée d'avoir une telle pensée, qu'il y ait ce souhait quelque part au fond de moi.

En sortant de la maison de production, je sens la fatigue. En chemin, mon portable sonne. Je sursaute. Je réponds sans quitter la rue des yeux. Si je m'étais donné la peine de regarder l'écran, je l'aurais laissé sonner.

— Alma chérie, tu es là ?

Je réponds d'un air las :

— Mais oui, Maná.

— J'ai fait un poisson à la florentine. Tu ne veux pas venir le partager avec moi ? J'ai même trouvé des tomates séchées.

— Maná, tout va bien ?

Son invitation me surprend.

— Mais oui ! J'ai cuisiné pour Bruno qui vient de m'appeler qu'il ne peut pas rentrer.

Toujours la même histoire. Ma mère qui m'utilise pour compenser ses frustrations.

— Ah ! C'est impossible, les enfants et Juan m'attendent à la maison. Appelle un de tes amis, n'importe lequel sera ravi de partager avec toi un dîner à la lueur de tes chandelles.

En général, je ne suis pas si dure, mais les sentiments affleurent avec une facilité surprenante. Ma mère ne répond pas. Je me rappelle que j'ai vu Bruno avec une fille deux fois moins âgée que lui et j'ai pitié d'elle.

— Excuse-moi. Mais cela m'est vraiment impossible. Je te rappelle demain, d'accord ?

— Aujourd'hui, j'ai reçu une carte postale d'Edith.

Je réagis sur un ton un peu perché :

— Parce que tu connais Edith ?

— Tu m'as parlé d'elle une ou deux fois.

— Mais comment se fait-il qu'elle ait ton adresse ?

— Tu as dû la lui donner un jour.

Elle vient de commettre une gaffe qu'elle regrette déjà. Sa voix la dénonce. Je suis sûre de n'avoir jamais parlé d'elle à Edith. Elles appartiennent à des mondes séparés. Edith est une partie de la vie que j'ai construite pour moi. En dépit de la colère que je ressens, je ne peux m'empêcher de sourire intérieurement, car je parle avec la seule personne qui donnerait n'importe quoi pour me voir dans les bras d'un autre homme que mon mari. Ce serait la note ultime dans sa tirade sur la farce de la fidélité ; une invention, d'après elle, des êtres humains pour réprimer le plus puissant de leur pathos, et par là même le plus menaçant : le désir de posséder ce qui est à autrui.

— Non, Maná, je n'ai jamais donné ton adresse à Edith.

— Alors, tu devrais lui en parler.

— Tu me caches quelque chose.

— Ah, Alma, avec toi tout devient compliqué ! Il faut que je raccroche, ça va brûler sur le feu. Rappelle-moi.

A la maison, Juan et les enfants mangent une pizza à la cuisine. J'avais oublié que ce soir Yerfa ne dort pas ici.

— Bonsoir tout le monde !

Juan me lance un regard réprobateur.

— Maman, s'il te plaît, ne rentre jamais trop tôt quand Yerfa n'est pas là. J'adore la pizza qui arrive par téléphone, déclare Lola.

Ce "j'adore" est typique de ma mère et dans la bouche de Lola c'est encore pire que dans la sienne.

— Désolée, dis-je, et je pose les coudes sur la table. J'ai eu une journée affreuse.

Tommy me dépose un baiser sur la joue. Je l'embrasse.

— Vous me pardonnez ?

Bien que je parle au pluriel, c'est à Juan que je m'adresse. Je sais combien il est important pour lui que la maison marche avec la précision d'une clinique. Et c'est ce que je cherche à obtenir.

— On la croit ? demande Juan en regardant alternativement les deux enfants.

Je me suis assise à côté de lui et j'ai posé ma main sur sa cuisse :

— Comment vas-tu ?

Je le supplie en silence : "Prends-moi la main. S'il te plaît. Je m'éloigne vers un lieu où ni toi ni les enfants ne peuvent m'accompagner, tu ne le vois pas ?" Mais rien ne se passe. Je ne prononce pas ces mots et il ne me prend pas la main.

— Bien, répond-il, et il engloutit un énorme morceau de pizza.

Les enfants l'imitent. Ils rient.

— Je vois que vous n'avez pas besoin de moi.

Je les regarde en espérant que quelqu'un va protester. Mais, avec le brouhaha de leurs rires, ils ne m'ont même pas entendue. Je ne peux pas reprocher à mon mari et à mes enfants de passer un bon moment sans moi. Au contraire, cela devrait me réjouir. Cela devrait. Juan pose une seconde ses yeux dans les miens. Je l'entends prononcer ces mots :

— A la fin du mois, c'est l'anniversaire du grand-père et je veux que chacun de vous lui fasse un cadeau.

Lola déclare qu'elle va faire des fleurs en papier comme on le lui a appris au cours d'arts plastiques. Elle prend une serviette et nous montre les pliages pour la transformer en fleur. Tommy m'adresse un clin d'œil, un geste imperceptible que je lui renvoie et qui m'arrive comme un baume. Il ne cesse de m'épier, derrière la pâleur de son visage changeant.

♒

Retranché de son côté du lit, Juan lit une revue scientifique. Une scène qui n'a rien d'original. Un homme d'âge moyen, lunettes sur le nez et lumière jaunâtre tombant sur son visage, et sa femme qui contemple le plafond en attendant qu'il lui adresse la parole. Elle ne sait pas si elle doit présenter des excuses pour ses fautes, se rapprocher, ou se retourner et laisser la nuit dissiper la rancœur. C'est alors que j'entends Juan me dire sur un ton sévère :

— Tu ressembles de plus en plus à ta mère.

— Je n'ai pas l'intention de te répondre. Si tu cherches la dispute, ne compte pas sur moi.

— Ne t'inquiète pas, je ne compte pas davantage sur toi pour des affaires autrement plus importantes, me lance-t-il sur un ton d'une ironie sans pareille.

Je m'applique à parler avec toute la froideur dont je suis capable.

— En ce cas, à quoi ça sert de me dire ce genre de méchanceté ?

— Je ne dis que la vérité.

Je me redresse. J'ai les joues en feu. Je ne sais pas s'il a raison. J'ai fait ce que j'ai pu. Ce dont je suis sûre, c'est que ses paroles m'agacent.

— Si tu veux, on discutera demain. – Je le regarde du coin de l'œil. Jamais auparavant je n'avais eu ce sentiment de répulsion. – Je vais dormir avec Lola.

— Comme tu voudras.

J'ai besoin d'air. Je descends l'escalier et arrive sur le palier où se trouvent les dessins de Tommy. Je m'attarde sur son labyrinthe. Un Thésée éthéré pose sa lance sur le corps du Minotaure. C'est une lutte qui n'implique aucune douleur, comme si tous les deux, à la fin de la représentation de la conquête et de la mort, allaient se donner la main et repartir ensemble vers la sortie du labyrinthe. Une ligne traverse le dessin, c'est le fil d'Ariane, que Tommy a appelé *le fil qui tire l'amour.*

— Le fil qui tire l'amour, dis-je dans un murmure, et je sors dans le jardin.

La nuit est un peu fraîche et les arroseurs en activité apaisent le silence et mon anxiété.

21. ♐

J'aime être sous les draps, où chaque chose retrouve la place qui lui revient. Avec Kájef, j'oublie que demain est encore un jour d'école.

J'entends quelqu'un descendre. Je tends l'oreille et j'attends. Il y a du bruit sur la terrasse. Je vais regarder par la fenêtre du couloir, qui donne sur le jardin. Alma est au milieu des arbres, et elle parle dans son portable. Je retourne dans ma chambre. Je m'étends sur le lit et je balance mon avion rouge au-dessus de ma tête. Je ne peux pas voler dans un avion pour de vrai. Papa m'avait dit : "Quand tu auras neuf ans, je t'emmènerai voler." Et quand le moment est venu, papa a tenu parole. Il m'a dit que l'intérieur de l'avion ressemblait à celui d'une automobile, et que je n'aurais pas peur. Quand je suis dans un espace étroit et fermé, ma tête se met à fonctionner très vite et je vois des images épouvantables. Le docteur appelle cela une "phobie".

Le veille de mon anniversaire, j'ai attendu le sommeil avec impatience, pensant qu'ainsi je me lèverais plus tôt. Ensuite, tout a été gâché. A peine les moteurs ont-ils retenti sous mon siège que j'ai ressenti une douleur dans l'estomac et que je me suis mis à trembler. J'ai fermé les yeux en fredonnant une chanson. J'ai entendu papa à travers mon casque ; sa voix venue de très loin me disait que nous volions. Un son strident m'a vrillé les oreilles et m'a provoqué une douleur terrible. J'ai voulu crier. J'ai planté les ongles sur le dos de ma main. La bouche de papa s'ouvrait et se refermait, mais je n'entendais plus sa voix. J'ai regardé en bas. Je pensais que ça me calmerait de voir la terre. Les automobiles avançaient comme des bactéries et nous étions loin de tout univers connu. C'était plus fort que moi, je me suis mis à crier. Des masses de vapeur passaient lentement devant mes yeux. Tout était bleu et gris. J'ai continué de crier, mais ce n'était pas moi qui criais. Je ne pouvais même plus m'entendre. Sentiers tortueux avec des scarabées, étendues sombres de terre, reflets du soleil. J'ai senti un liquide chaud couler entre mes jambes. Sans me regarder, papa a pris un sac en plastique et me l'a passé. Quelques secondes plus tard, je vomissais. Papa a fait plusieurs tours avant de redescendre. J'entendais sa voix : "Ici Victor alpha, Charlie Roméo, plan de vol Tobalaba, demande SS pour Tobalaba, plafond 17 500 pieds."

— J'ai l'impression que je ne t'ai pas fait le bon cadeau d'anniversaire, a-t-il dit quand nous sommes arrivés à terre, et il m'a passé la main sur la tête.

♐

J'ai froid, comme si quelqu'un avait mis un glaçon géant dans mes artères pour les empêcher de fonctionner. Alma est toujours dans le jardin. Je suis sûr qu'elle parle avec l'homme qui l'a ramenée à la maison. Je fais encore voler mon avion rouge. Brrr brrr. Sans réfléchir, je le projette contre le mur. L'avion tombe, il a une aile cassée. Deux vis roulent par terre. Comment ai-je pu en arriver là ? J'aurais dû me rappeler de compter jusqu'à dix ! Est-ce ainsi que les malheurs arrivent ? Sont-ils inscrits dans un endroit que je ne connais pas ? Si c'est le cas, il suffirait de le trouver, et d'effacer avec une gomme géante les instants qui détruisent les choses que j'aime le plus.

Je crois qu'à un moment donné maman a dû ressentir du chagrin, ou de la colère, comme moi maintenant, et, avant de pouvoir le regretter, elle était morte. Mais qu'est-ce qui a pu la rendre si malheureuse au point d'oublier de compter jusqu'à dix ?

22. ♒

De la terrasse, je distingue la piscine éclairée et l'étendue d'herbe qui se perd dans l'obscurité. Je cherche le numéro de Leo que j'ai enregistré sur mon portable et je lui envoie un texto : *"Un chat noir a traversé mon jardin."* Quelques secondes plus tard, je reçois sa réponse : *"Tu peux parler ?"* *"Oui."* J'entends sa voix :

— Alma, où étais-tu passée ?

Je ne peux pas lui décrire mes tribulations. Si Juan m'avait pris la main, nous ne serions sûrement pas en train de parler. C'est du moins ce que je veux croire.

— Je suis dans le jardin. Qu'est-ce que tu fais ?

— Je lis.

— Leo lit. – Nous éclatons de rire. – Aujourd'hui, Matías m'a demandé si je t'avais vu et je lui ai dit que non.

— Pourquoi ?

— Je ne sais pas. J'avais honte.

— De ce qui s'est passé ?

Je le sens tendu, comme moi.

— Oui.

— Mais c'était fantastique. Je n'ai cessé de repenser à ça.

— A "ça" ou à moi ?

— A tout, Alma. A toi quand on le faisait, à tes yeux qui me regardaient, à tes mains qui me touchaient ; tu vois, à tout.

Je reste silencieuse.

— Je veux te voir. Si je ne te vois pas, je vais peut-être mourir. Et je parle sérieusement.

— Tu ne serais pas en train de lire un roman à l'eau de rose ?

— Pas encore, mais tu as raison sur un point, les écrivains apprennent à reconnaître l'éclat des choses, qui ressemble à l'apparition soudaine de la vérité qu'elles contiennent.

Toujours les paroles de Leo. Si ses sentiments étaient véritables, la pudeur et la peur l'empêcheraient de les exprimer de cette façon.

— En l'occurrence, ça ressemblerait à quoi ? dis-je intéressée, mais sur un ton sarcastique.

— A toi.

— Tes certitudes m'impressionnent.

— Tu me feras une place, même toute petite ?

— J'essaierai.

— Ce n'est pas suffisant.

— C'est tout ce que je peux t'offrir.

— Alors j'accepte. Pour le moment.

23.

Pendant que j'essaie d'expliquer à Emma les derniers traitements, la lumière de la fenêtre tombe sur son profil agréable. Je me sens nu devant son regard. Je sais qu'elle soupèse la véracité de mes propos à travers chacun de mes gestes, chacune de mes expressions.

Je pense à Alma. Il y a un temps, pas très éloigné, je voyais dans ses yeux une image de moi-même qui me plaisait, une image lumineuse qui n'existe plus.

Emma me demande si son fils a mal. Je lui dis que non. Il est sous sédatif. Elle s'approche de lui. Elle essuie son front avec une serviette blanche. Connecté au respirateur, Cristóbal inhale avec difficulté. Ses traits d'enfant se contractent. Sa mère a le cœur serré de le voir dans cet état d'inconscience, moi aussi. Emma me raconte qu'Isaac a passé la nuit à la clinique. Elle veut sans doute m'informer qu'elle n'est pas seule dans cette histoire. Quand je suis arrivé, j'ai vu sa mère et sa sœur chuchoter comme d'habitude dans la salle d'attente. Cristóbal tousse. Emma le regarde. Sur son visage transparaît le tourbillon d'émotions qu'elle traverse. Pour rompre le silence, je lui demande si elle a dormi. Elle secoue la tête. La fatigue rend son regard paisible. La pâleur de son visage fait ressortir son front et ses lèvres rouges.

— Repose-toi. Cristóbal va avoir besoin de toi quand nous retirerons le respirateur.

— Tu ne crois pas à ce que tu dis, n'est-ce pas ?

Elle a raison, je n'y crois pas.

— Dans les heures qui viennent, nous allons savoir comment il réagit, mais en attendant il faut que tu te reposes, vraiment…

Je pose la main sur son épaule. Elle la prend.

— Merci de t'inquiéter de moi, et elle me serre fort dans ses bras.

Son corps se colle au mien, j'entends sa respiration dans mon oreille, je sens ses bras m'étreindre. Au bout de quelques secondes, elle s'écarte, plonge le visage dans ses mains et se tourne vers la fenêtre.

— Il ne s'est rien passé, Emma.

Elle est toujours de dos, tassée, le visage caché. Pendant quelques secondes, je suis indécis. Je peux sortir, comme si de rien n'était, jeter un voile sur un instant qui, en fin de compte, n'a pas la moindre importance au regard des autres événements. Mais je m'abstiens. Je l'oblige à se retourner et quand nous sommes face à face je l'enlace avec toute la délicatesse dont je suis capable. Et pendant que je sens son corps frémir, ma poitrine se dégonfle ; une soupape s'est ouverte et je me sens soulagé, je ne sais pas de quoi exactement. J'avais peut-être besoin de cette étreinte autant qu'elle. Nous nous écartons et Emma sourit. Un sourire timide, où la tristesse persiste, mais pas la honte. Mon geste a absous le sien, et nos deux gestes ont pacifié Cristóbal. En le regardant, nous constatons que sa respiration est maintenant plus calme.

L'après-midi, je fais la tournée de mes patients dans l'unité de soins intensifs. Cristóbal, qui dort sous sédatif, inhale et exhale dans le respirateur. Les signes vitaux sont stables. Emma, assise à son chevet, a fermé les yeux ; elle doit dormir. Je m'éclipse sans m'en assurer. Elle ravive en moi un sentiment d'angoisse que je croyais oublié. C'est un retour fugace, comme une chute de grêle intempestive qui meurtrit le corps et disparaît.

De retour à ma consultation, je réponds au dernier e-mail. L'après-midi avance. J'ai essayé de remplir mes obligations, de maintenir cette distance salutaire et nécessaire à ma profession. Cependant, je ne peux m'ôter de l'esprit l'image d'Emma cachant son visage dans ses mains. Son intuition ne la trompe pas, la klebsiella a porté à Cristóbal un coup de griffe précis et brutal. Son corps ne va sans doute pas réagir au traitement. Tandis que j'utilise tous les moyens à ma disposition pour le sauver, une partie de moi regarde avec impuissance une vie s'éteindre. Cette même impuissance que j'éprouvais quand j'étreignais le corps de Soledad pour l'empêcher de faire naufrage dans ses jours sombres, de laisser son esprit s'enfuir du monde réel.

Le soleil ne va pas tarder à se coucher, l'ouest se teint de rouge, les souvenirs se fraient un passage et s'installent dans un après-midi d'été, quand je commençais d'entrevoir le malheur. Retranché dans mon bureau, j'entendais Soledad aller et venir dans le jardin. Je me la rappelle, pieds nus, pantalon et T-shirt blanc, un sécateur dans les mains. Je revois son corps menu se déplacer avec grâce. Je la revois agiter la main, me saluer en souriant, et poser le sécateur ouvert sur sa tête, comme deux oreilles. Je voulais croire que ce qui passait par la tête de Soledad n'avait pas d'importance, si elle pouvait me sourire avec cette fraîcheur et cet abandon. Je me rappelle avoir pensé que, tant que les apparences seraient sauves, notre vie suivrait son cours normal.

Cette nuit-là, je me réveillai en sursaut. Soledad n'était plus dans le lit. L'image de ce qui arriva par la suite est encore douloureuse. Je descendis au rez-de-chaussée : les volets du salon étaient ouverts. Je sortis dans le jardin et l'appelai, lentement au début, et de plus en plus fort. Je suivis le sentier qui serpentait jusqu'à la piscine et continuai jusqu'au fond du jardin. La nuit était limpide. A côté d'un buisson, je vis une tache épaisse. C'était Soledad, recroquevillée sur les branches qu'elle avait coupées le soir même. Je m'approchai et vis que sa peau était couverte de gouttes d'eau, l'humidité normale dans les recoins sombres. Je dégageai son visage. En se réveillant, ses yeux plongèrent en moi. Elle avait les lèvres tordues, le regard perplexe et désorienté. Elle se mit à trembler. Alors, la révélation de ce que je savais déjà s'imposa à moi. Quand elle se rendit compte de ce qu'elle avait fait, elle me regarda avec des yeux éteints et me demanda pardon. Ses mots m'affligèrent plus que si elle s'était levée et était rentrée sans m'adresser la parole ; plus que si elle m'avait reproché de l'avoir réveillée d'un doux rêve. Les arbres s'agitèrent en mouvements languissants. Quand mon regard se fut adapté à l'obscurité, le jardin se para d'une beauté imperturbable qui à cet instant me parut difficile à supporter.

24. ♐

Quand je reviens du collège, j'entre dans le blog de Mr Thomas Bridge. Jusqu'à présent, il a pu empêcher les envahisseurs de débarquer sur l'île. Sur son blog, on trouve des coupures de presse tirées des journaux et magazines du monde entier. Les experts analysent l'affaire : un mystique canadien prétend que cette famille d'Alacalufes relève du patrimoine de l'humanité et que l'étude de ses façons de vivre nous en apprendra davantage sur nous-mêmes. Mr Bridge est à côté d'une ethnologue anglaise. Tous les deux soutiennent que l'objectif importe peu, qu'une intervention détruirait à jamais une forme de vie qui a six mille ans. Ils envoient un message aux autorités chiliennes et à l'ONU pour faire évacuer les embarcations et les hélicoptères qui encerclent cet endroit. Mr Thomas Bridge montre les images qu'il a filmées ce matin de la famille. Les deux enfants et les adultes sont assis sur la plage, et ils regardent en direction de la mer. Mr Bridge dit qu'il y a trois jours qu'ils ne sont pas sortis pêcher. La présence des bateaux les intimide et les déconcerte. A mon retour, je lui écrirai encore. Mais, en attendant, je dois préparer mon sac pour mon excursion.

Aujourd'hui, je vais chez oncle Rodrigo et tante Corina. Elle était la meilleure amie de maman. "Plus jamais je n'aurai une amie comme Soledad", dit-elle avec une expression de tragédie universelle.

Je me rappelle qu'Alma m'a donné le numéro de Méchant Bébé Hippopotame. Je n'ai qu'à le composer. Le plus difficile, c'est de m'armer de courage. Je tourne en rond en courant un peu. Yerfa s'étonne et veut savoir si je m'entraîne pour un marathon.

— Salut, c'est Tomás, ton voisin.

— Salut, tu viens voir mes coquillages ?

— Non. Je voulais te demander quelque chose. Si quelqu'un me cherche, tu peux lui dire que je suis avec toi ?

— Pourquoi ?

— C'est un secret.

— D'accord, si on t'appelle, je dirai que tu es aux toilettes.

— Merci.

— Les amis sont là pour ça.

J'ai fait une découverte qui n'a rien à voir avec maman, mais qui me paraît importante. J'enregistre :

Découverte annexe. Avec les amis on partage les mensonges.

J'explique à Yerfa que je vais passer l'après-midi avec mon voisin. Elle est étonnée, mais en même temps très contente, parce qu'elle s'inquiète de me voir toujours seul.

La maison de tante Corina n'est pas loin. Nous y étions allés une fois avec Yerfa. Nous avions pris un bus jusqu'à un arrêt, devant un centre commercial. Je me rappelle très bien le parcours et je refais exactement celui que nous avions suivi cette fois-là. Quand enfin je suis devant la grille de tante Corina, j'ai du mal à croire que j'ai réussi. Quel dommage que Lola ne puisse me voir, et mes camarades de l'école, et papa. Je sonne, mais personne ne sort.

J'attends un peu avant de recommencer. Tante Corina ne sort pas de sa maison, c'est ce que dit Yerfa. Elle dit aussi qu'elle ne fait rien du tout, c'est pour ça qu'elle est toujours de mauvaise humeur. Je sonne encore une fois. Je m'assieds sur le trottoir et j'attends. Un enfant passe à bicyclette, me regarde et continue sa route. J'aurais trouvé palpitant qu'il s'écrase contre un poteau. Au bout d'un moment, j'entends des chuchotements. Je me lève et je longe la grille de la maison. Et je trébuche sur un corps. Cachés dans les plantes, deux garçons accroupis me regardent avec une expression peu aimable.

— Qu'est-ce que tu fiches ici, voyou ? râle l'un d'eux. Il a le visage en nage et il parle en remontant son pantalon. Par un trou de la clôture on voit la piscine et un matelas en caoutchouc sur lequel flotte tante Corina. Elle a un bikini qui laisse à découvert une bonne partie de ses nichons, qui d'ailleurs, d'après Yerfa, ne sont pas à elle. Je me demande bien à qui elle a pu les voler.

— Je sais ce que vous faites !

J'imagine que je suis dans un film et je n'ai pas peur.

— Ah oui ? Et qu'est-ce que tu crois que c'est ?

— Vous vous branlez.

— Et alors ?

— Alors rien. Laissez-moi passer, je vais voir ma tante Corina, parce que j'ai à lui parler.

Une boule qui a bon goût remonte dans ma gorge pendant que je prononce ces mots. Le trou dans la clôture est trop étroit pour qu'ils puissent passer, mais assez grand pour moi. Je me faufile et j'entre dans l'immense jardin ensoleillé de tante Corina.

Quand j'apparais de l'autre côté, la tante redresse le cou, comme le font les oies quand elles cherchent de la nourriture. Je me retourne et j'aperçois un des gamins qui a passé la tête par le trou. Tante Corina sourit et me dit bonjour, comme s'il n'y avait rien de plus naturel au monde que d'arriver tout seul dans son jardin, par une ouverture de la clôture.

— Bonjour, tante Corina.

Je m'arrête au bord de la piscine et je branche mon Mp3, que j'ai dans ma poche.

— *Bonjour, mon chéri.*

— *Je suis entré par là, parce que personne ne m'ouvrait la porte.*

— *Ne t'inquiète pas. Anita n'entend jamais rien. Elle est un peu sourde.*

Tante Corina ferme les yeux et s'étire.

— *Je vous ai apporté un cadeau.*

Je sors de mon sac à dos un dessin que j'ai fait pour elle. C'est un homme qui a un corps d'étoiles.

Je lui montre, toujours au bord de la piscine. Elle le regarde, me remercie et déclare qu'il est très joli. A en juger par son sourire, il semble qu'il lui a vraiment plu. Je lui explique que les êtres vivants sont constitués d'étoiles. Elle croit que je plaisante. Je précise :

— *C'est vrai. Presque tous les éléments lourds qui composent notre corps, comme le fer, le calcium et le carbone, ont été créés au cœur de la chaleur produite par l'explosion d'une étoile.*

Tante Corina me dit qu'elle ne s'en doutait pas et elle trouve que c'est une idée formidable. Quand nous avons épuisé le sujet des étoiles, je dis :

— *J'aimerais que vous me parliez de maman.*

— *Ahhh, Soledad. Je n'aurai plus jamais une amie comme elle.* – C'est ce qu'elle dit toujours.

— *Ça, je le sais, ma tante. Mais je voudrais en savoir plus.*

— *Tomás, mon chéri, tu vas me le remplir ?* demande-t-elle en me tendant un verre. *La bouteille est sous ma serviette, sois gentil.*

C'est une petite bouteille à bouchon en argent. Qui sent très fort.

— *Remplis-le à moitié.*

Je fais ce qu'elle me dit et je lui rapporte le verre. Quand elle approche son matelas pneumatique du bord je vois un de ses mamelons obscurs et pointus. Tante Corina avale une longue rasade et dit : "Ahhhhh !" Je reviens à la charge :

— *Ma tante, j'aimerais que vous me parliez de maman.*

Elle prend son temps. Elle commence par sourire, adopte un air grave, boit une autre gorgée de son verre et se met à tousser. Pendant que j'attends, le jardin émet une curieuse rumeur. Je dirais que le silence, quand il a attendu longtemps que quelqu'un le brise, se met à grincer.

— Je ne sais pas ce que ta mère me trouvait. Elle était beaucoup plus intelligente que moi. Elle passait me prendre en voiture et on allait se balader. Pas dans les endroits que les femmes comme nous avaient coutume de fréquenter. Nous allions dans le quartier des universités, à Macul, parce qu'elle avait fait des études d'histoire de l'art. Soledad était très cultivée. On s'installait dans un bar qui s'appelait Las Terrazas, *on prenait un café et on fumait, on reprenait un café et on fumait encore. C'était tout. Mais ça nous rendait heureuses.*

Elle ferme les yeux et reprend une gorgée. L'étiquette sur son visage est vide. Ce qu'elle dit correspond sans doute à ce qu'elle ressent. Je la vois se sécher les yeux. J'enlève mes espadrilles et je trempe les pieds dans l'eau.

— *Ah, les salauds…* dit-elle soudain.

— *Qui ça, ma tante ?*

J'attends. J'agite les pieds dans l'eau. Je regarde le fond de la piscine et j'imagine que c'est la gueule de la planète et qu'elle risque d'avaler tante Corina à tout moment.

— *Qui ça ?*

J'ai attendu un petit moment avant de reposer ma question. Mais elle ne me répond pas.

Je pense aux salauds de l'école et à leurs messages. Le soleil va se coucher. Les êtres qui habitent le jardin attendent dans leurs cachettes que je m'en aille. Je n'aimerais pas laisser tante Corina à leur merci. Je crois qu'elle s'est endormie, comme cela arrive au grand-père.

— Vous devriez sortir de la piscine, vous risquez de prendre froid. Vous voulez que j'appelle Anita ?

— Non, non. Je suis très bien ici. Au revoir, mon chéri.

Elle me congédie sans ouvrir les yeux, en levant une main, comme les actrices de cinéma.

— *Au revoir, ma tante.*

Et je repars par où je suis venu.

Une fois dans le bus, je sors la photographie de maman de mon sac. En l'examinant plus attentivement, je découvre qu'elle a une tache sur le côté gauche de son visage. J'essaie de trouver *ma* maman dans l'image de cette femme et je ne la trouve pas. De même que j'ai inventé l'épisode de sa mort, il est probable qu'elle aussi je l'ai inventée. Parce qu'un enfant ne peut pas vivre sans une maman, et s'il n'en a pas, il en invente une. Celle que j'ai inventée déteste les sports, prendre l'ascenseur et monter dans les avions. Elle aime épier les gens derrière les fenêtres, s'intéresser à la vie des autruches, calculer avec une montre de haute précision le temps que met un grain de poussière à tomber sur le sol ; des choses dans ce genre.

Je me colle à la vitre et je pousse un long soupir. Des larmes stupides coulent le long de mes joues. J'ai à peine le temps d'en essuyer une que la suivante arrive. Et tout ce que je vois dans la rue me semble triste. Les hommes qui attendent le bus pour aller au travail, avec leur musette, tante Corina flottant au-dessus de la gueule de la terre, Alma parlant dans son portable avec un homme, la famille des Alacalufes seule dans l'univers, Mr Thomas Bridge… La tache que maman a sur le visage a atteint mon corps et recouvert la rue et le monde entier. Quand j'arrive à destination, le microbus est presque vide.

♐

Lola et moi dînons avec Yerfa dans la cuisine en regardant un feuilleton à la télé. Papa et Alma vont rentrer tard. Dans la poche de Yerfa, le portable sonne. Elle répond et passe dans sa chambre. Lola me dit qu'elle a vu M. B. H. jouer avec des coquillages dans la rue et que je n'étais pas avec lui.

— Où étais-tu, merdouilleux, demande-t-elle.

— Et toi, d'où as-tu sorti un si vilain mot ?

— Ne détourne pas la conversation.

Lola me regarde, attendant ma réponse, mais je reste silencieux, les yeux fixés sur l'écran de la télévision.

— Alors ?

J'aimerais lui raconter que je suis allé seul chez tante Corina, qu'elle m'a parlé comme à un adulte et que je l'ai vue pleurer.

— Je vais dire à papa que tu es sorti sans autorisation.

Je réplique sans même la regarder :

— Dis-lui ce que tu voudras, merdouilleuse. Ça m'est égal.

Constatant mon indifférence, Lola se met à jouer avec la purée. Je la regarde du coin de l'œil. Elle embroche des petits morceaux de viande sur sa fourchette et les envoie un par un dans la boîte à ordures. Elle me lance un regard de défi.

— Nous sommes à égalité.

— Je n'ai rien à cacher.

Mon sang-froid m'impressionne.

— J'ai des preuves, merdouilleux, alors tu as intérêt à la fermer.

Je préfère ne pas chercher à les connaître et j'en profite pour vider mon assiette dans la boîte à ordures. Je n'ai pas faim. Quand Yerfa revient à la cuisine, nous regardons tous les deux la télévision d'un air angélique. Yerfa est pressée de nous coucher, son portable n'a pas cessé de faire piii dans sa poche.

Une fois dans ma chambre et en pyjama j'ouvre mon courrier. J'attends la réponse de Mr Thomas Bridge. Et je trouve comme d'habitude :

Conar 2 merd va tfair foutr conar débil m̂ pas foutu 2 suC D bit C bocou tp pr toi... haha en + person te laisseré le sucé haha...

J'imagine qu'une tempête type ouragan de Mars balaie le terrain de foot de l'école. Bras et jambes démembrés s'envolent dans les airs, et ils meurent tous calcinés par un fragment de matière solaire qui tombe sur ce qui reste de leurs corps.

J'entre dans le blog de Mr Thomas Bridge. Il parle devant sa caméra. Il dit que la famille s'est enfoncée dans la forêt de l'îlot et qu'elle n'a pas réapparu. Ces gens fuient les hélicoptères qui les ont survolés. Mr Bridge affirme que dans la forêt ils ne survivront pas. Il raconte que les Alacalufes ont été exterminés par les missionnaires anglais. Qui n'ont pas seulement apporté des maladies contre lesquelles les indigènes n'étaient pas immunisés, mais qui ont aussi voulu imposer leurs propres mœurs. Ils ont donné des vêtements et des outils, par exemple des couteaux et des harpons, détruisant ainsi leur mode de vie. Les Alacalufes n'avaient plus besoin de naviguer pendant des heures à la recherche de nourriture, d'un coup de harpon ils pouvaient obtenir assez de poisson pour plusieurs jours. Ils ont abandonné les activités qui donnaient un sens à leurs journées, ils sont devenus sédentaires et ils sont morts peu à peu. L'existence de cette famille est inexplicable.

J'éteins l'ordinateur et je me mets au lit. L'obscurité s'abat sur ma tête et apparaissent les étoiles phosphorescentes qu'Alma a collées au plafond.

Chaque fois que je pense à Alma, et c'est souvent, je la revois arrivant à la maison avec cet homme. Voilà pourquoi j'essaie de me la rappeler le moins possible. C'est l'heure d'aller vers le fond de mon lit, où Kájef m'attend. Son embarcation est ballottée dans tous les sens par les vagues. Au fond de celle-ci, sur un lit de sable humide, il y a un feu avec des braises. Il tient ses rames. La tempête redouble de violence, la barque escalade des vagues géantes et en dévale d'autres qui de nouveau la remontent sur leurs crêtes. Mais Kájef est imperturbable. J'entends sa voix au loin. Il me dit qu'il va chercher les Alacalufes au cœur de la forêt et qu'il va les orienter sur une autre île, où on ne pourra pas les trouver.

J'entends la voix de Lola derrière la porte :

— Tommy, tu m'ouvres ?

— Pour quoi faire ?

— S'il te plaît.

— Qu'est-ce que tu me donnes en échange ?

— Ce que tu voudras. Yerfa n'est pas là. Je suis allée voir dans sa chambre, je l'ai cherchée partout.

J'ouvre la porte. Son pyjama d'ours et le phoque en peluche qu'elle tient dans les bras révèlent ce qu'elle est réellement : une gamine insignifiante. Enfin, le moment rêvé pour la revanche est arrivé.

— Entre.

Et voilà que je gaspille la meilleure occasion que j'aie eue depuis longtemps de me venger de Lola. Je suis un triple idiot. Elle s'assied au bord du lit sans lâcher son phoque. Je me recouche et j'éteins ma lampe. Lola se balance d'avant en arrière.

— Qui est la femme sur la photo ? demande-t-elle dans le noir.

Ah, merde ! J'ai oublié de cacher la photo de maman. Lola a dû la voir avant que j'éteigne. Je ne réponds pas.

— Elle est jolie, poursuit-elle. Elle a une blessure au visage. Qu'est-ce qu'il lui est arrivé ?

Comment ai-je pu être aussi stupide ! Ce que j'avais pris pour une tache est en réalité une blessure.

— C'est ta maman, n'est-ce pas ? – Je ne réponds pas. – J'ai froid, enchaîne-t-elle.

— Tu peux te mettre dans mon lit, si tu veux.

— Tu es sûr que ça ne te dérange pas ?

— Ça me dérange, mais tu peux venir quand même.

Elle ne bouge pas.

— Pourquoi Yerfa nous a laissés seuls ? Tu crois que c'est à cause de son fiancé ?

— Sûrement.

— Je voudrais revoir maman.

— Moi aussi.

Quand je pense qu'Alma est peut-être avec cet homme, j'ai envie de crier.

— Ils sortent beaucoup, tu ne trouves pas ?

— Oui, beaucoup.

Nous n'avions jamais été d'accord sur autant de sujets dans une seule conversation. Elle aussi semble en avoir conscience, parce qu'elle décide de se mettre dans mon lit. Elle se recroqueville avec son phoque à l'autre bout. Par chance, mon lit est assez large.

— Oui, c'est ma maman. Elle s'est suicidée.

En prononçant ce mot à haute voix je me rends compte qu'il est difficile à prononcer, comme s'il n'était pas fait pour être articulé.

— Ça veut dire quoi ?

— Ça signifie qu'elle s'est tuée toute seule. Qu'elle a décidé de me laisser seul, qu'elle ne s'est pas souciée de ce qui m'arriverait. Voilà ce que cela signifie.

Nous restons muets, chacun en boule dans un coin du lit. Soudain, je sens quelque chose dans mes bras. C'est le phoque de Lola, c'est elle qui l'a mis là. Je râle à l'idée que demain matin mon opinion sur Lola nécessitera quelques ajustements.

25. ♒

Après notre rencontre dans la maison de production, nous ne nous sommes jamais retrouvés ailleurs que dans cet appartement, loué par Leo, et qui donne sur une place. J'y arrive en fin d'après-midi, après mon travail. Quand il ouvre sa porte, il ouvre son monde et l'immobilise pour moi.

— Bonjour, mon amour, dit-il en me prenant dans ses bras.

“Mon amour.” Des mots usés jusqu'à la corde et qui pourtant commencent à me plaire, par la sensation d'irréalité qu'ils suscitent. Peu importe si de l'autre côté de la porte ils ne sont pas vrais.

— J'ai envie de savoir cuisiner pour un jour t'attendre avec un bon repas. Mais je suis un bon à rien, m'avoue-t-il sans me lâcher.

Je sens son souffle contre ma tempe. Je prends sa main et je le guide vers le seul fauteuil de la pièce. C'est un espace vaste et dépouillé. Face à nous, une grande baie donne sur la place peuplée de marronniers. De cette hauteur, on voit les cimes. Je passe la main sous sa chemise, je remarque sa respiration qui ressemble à un mouvement du torse.

— Moi aussi j'y ai pensé, arriver un jour chargée de sacs avec les ingrédients pour te préparer quelque chose, mais je me vois dans un de ces films romantiques américains et ça me coupe toute envie. – Leo rit dans mon oreille. Par la fenêtre entrouverte entre la fraîcheur du soir. – Je préfère la nourriture qui arrive par téléphone. C'est comme ça que Lola l'appelle.

Son prénom apporte un souffle de réalité qui m'engourdit. C'est ainsi. Au son de certains mots, la digue se fissure et laisse passer les problèmes. Leo pose son index sur mes lèvres et me serre dans ses bras. C'est un contact où il n'y a rien d'étrange ni d'inconnu, mais qui est en même temps excitant. L'angoisse se dissipe.

Après avoir fait l'amour, nous regardons le ciel passer du rouge au bleu métallisé. Nous nous glissons sous les couvertures. La ville se déploie devant nos yeux et ses rumeurs font un bruit persistant. C'est l'heure où tout le monde rentre chez soi, l'heure où je dois me lever et partir. Je me dépêche alors de déclarer, avant que le remords me gagne :

— J'ai prévenu chez moi que je ne rentrerai pas ce soir.

Je n'explique rien d'autre. Je ne partage pas avec Leo les mensonges qui font maintenant partie de mes jours.

— Cet appartement est comme une maison de verre.

— C'est vrai, reconnaît-il. Quand je l'ai visité, c'est ce qui m'a plu, cette vue spectaculaire et l'impression d'être suspendu dans le vide.

La nuit tombe. Les fenêtres brillantes des immeubles flottent dans le bleu foncé du soir ; Leo me fait remarquer que, dans les rectangles dorés, les ombres de leurs habitants bougent comme des flammes.

— Regarde-moi.

Je veux trouver dans ses yeux cet éclat propre à ceux qui ne voient que l'être aimé. Mais ce n'est pas ce que je trouve. Le minuscule coquillage noir de ses pupilles est dans sa carapace. Je ris.

— Qu'est-ce qui te fait rire ? me demande-t-il en étirant les bras.

— Un jour, j'ai entendu un ami dire que pour les hommes le sexe se résume à un trou et à un tronc.

— Je dirais que ton ami est un peu limité. Pour un homme, le sexe ce sont d'infinies cavités et un tronc. Deux bonnes jambes, ça aide aussi.

— Leo !

Je pose le pied sur son sexe. J'appuie et amorce un mouvement de haut en bas. Je sens qu'il retrouve son ardeur.

♒

Je me réveille en criant. Derrière la grande baie, les lumières des bureaux sont intactes, aussi nettes que le rêve dont je veux me débarrasser.

— Qu'est-ce qui t'arrive ? me demande Leo, inquiet.

J'ai les yeux pleins de larmes. Il m'attire contre lui.

— J'ai fait un rêve horrible.

— Raconte. Tu veux que j'allume ?

— Non. C'est très bien comme ça. – Je pose ma tête sur son épaule. – Tu es sûr que tu veux que je te raconte.

— Bien sûr que oui.

— Je suis dans un collège en construction, immense et vide. Je cherche Lola. Je parcours les couloirs déserts en criant son prénom. Le sol est jonché de boîtes en métal. J'entends des murmures, j'ouvre une des boîtes et je trouve une minuscule femme nue qui dort à l'intérieur. Elle parle dans son rêve. Son corps est couvert de farine. Une femme en tailleur bleu surgit au bout du couloir, elle tient un sac en plastique à la main. Je l'aborde : "Vous connaissez Lola Montes ? – Bien sûr. Elle est partie avec sa mère. – Mais c'est *moi*, sa mère !"

Ma voix est hachée, je me tais.

— Ma pauvre, dit Leo, et il me couvre le visage de baisers, comme si j'étais une enfant.

♒

Au matin, quand j'ouvre les yeux, Leo téléphone en déambulant sur la terrasse qui longe l'appartement. Il porte un pantalon noir et une chemise blanche. Le vert de la place est intense sous la lumière. Il gesticule, esquisse un sourire – comme ceux qu'il me dédie –, élève la voix. Il ne se tourne pas vers le lit d'où je l'observe. J'ai l'impression d'être une intruse. La solitude m'étouffe. Ce mur que j'érige jour après jour, derrière lequel n'existent que Leo et moi. En ce moment, il est sur l'autre rive, à l'endroit où on parle avec animation au téléphone, où on discute et où on transige, où on établit des relations nouvelles qui exaltent. Il s'arrête, se gratte la tête et part d'un grand éclat de rire. Il est évident que l'expérience du plaisir est liée à la notion de sa finitude ; pourtant, je n'admets pas que Leo existe hors de ces quatre murs, que sa vie, après nos rencontres, suive son cours sans moi. Jalousie de maîtresse. Histoire mille fois vécue et racontée. Leo rentre dans la pièce.

— Bonjour, mon amour. – Il s'assied sur le bord du lit et se penche vers moi. – Comme c'est bon de te voir ici le matin avec tes cheveux en désordre.

Il presse un sein doucement. J'aime la façon qu'il a de s'approprier mon corps, qu'il est si bon de toucher, ce qu'il ne se prive pas de me faire sentir.

— J'ai une surprise pour toi, m'annonce-t-il.

Il rapporte un plateau avec le petit-déjeuner.

— Comme dans les films américains !

Café, jus d'orange, toasts et fruits, et le regard au loin, sur la ville qui sort de son sommeil. Comme dans les films.

26. ♐

Je ne peux pas dormir. Au lieu de me retourner dans mon lit, je rentre dans l'ordinateur mes derniers enregistrements et je les monte comme me l'a appris Alma. En écoutant ceux du mariage, je découvre que maman a été internée dans une clinique qui s'appelle Aguas Claras. Je crée un dossier qui s'appelle DIX DÉCOUVERTES SUR MAMAN. Ensuite, comme je n'ai toujours pas sommeil, je vais sur le blog de Mr Bridge. La famille est toujours cachée dans la forêt. Des journalistes ont débarqué sur l'île. Les probabilités pour que la famille revienne sur la plage sont maigres. Mr Bridge dit qu'il y a six jours qu'ils ne sont pas allés pêcher et il craint pour leur vie. Je lui envoie un nouvel e-mail :

Cher *mister* Thomas Bridge :
Je vous en prie, faites quelque chose. Vous êtes la seule personne qui peut les aider.

Tomás.

Quand je rentre du collège, je cherche l'adresse d'Aguas Claras dans l'annuaire, et la rue sur Mapcity. Ce n'est pas très loin, je suis sûr que je peux y aller à bicyclette. Je ne l'utilise pas beaucoup, uniquement avec papa, et je suis toujours frustré de ne pas rouler suffisamment. Je rappelle M. B. H. Cette fois, il me devance et me demande avec une voix d'espion :

— Encore un problème à résoudre ?

— Exact, M. B. H., dis-je sans m'en rendre compte. – Je me suis fourré dans un drôle de guêpier.

— Pourquoi tu m'appelles M. B. H. ?

Je ne peux pas lui expliquer le Méchant Bébé Hippopotame. Je me rappelle un livre que papa a dans sa bibliothèque. Il parle des *hollow man*.

— Ça veut dire *Man Best Hollow*.

— Qu'est-ce que c'est ?

— Tu ne le sais pas ? C'est un homme qui a un trou au niveau du cœur, ce qui le rend invincible.

— Et j'en suis un ?

— Bien sûr !

— Parfait. Je te couvre. Pas de problème. Préviens-moi quand tu reviens.

— D'accord.

Dans mon sac à dos, je mets le plan que j'ai imprimé pour aller à Aguas Claras, un pull pour le soir, une bouteille de jus d'orange, mon Mp3 et la photo de maman. Pendant tous ces préparatifs, je m'observe de loin. Cet enfant qui s'apprête à partir pour une aventure ne me paraît pas détestable. Kájef dit que pour une aventure il n'est pas nécessaire de combattre des terroristes, des extraterrestres ou on ne sait quoi d'autre, il suffit de partir à la recherche de quelque chose, même si on ne comprend pas très bien quoi.

Avant de sortir, je consulte une dernière fois mon courrier. J'attends la réponse de Mr Thomas Bridge. Je n'en crois pas mes yeux ! Elle est là :

Dear colleague :

Thank you so much for your support. I am sure that things are going to be alright in the end. As soon as I get home, I will send you my address as I would love to see that picture you promised me.

Yours sincerely,

Thomas.

P.-S. : We have the same name – I am sure it's a good sign.

C'est sans aucun doute un bon signe qu'au moment d'entreprendre mon aventure je trouve sa réponse. Je passe à la cuisine et je dis à Yerfa que je vais chez le voisin. Elle parle dans son portable et me fait comprendre qu'elle est d'accord. Je lève la main pour lui dire au revoir et je sors. Il est seize heures trente-deux.

♐

A bicyclette, le vent me balaie le visage et les bras comme si c'étaient des millions de plumes. *"Ne cours pas, ne saute pas, ne t'agite pas, ne bouge pas."* Je suis dans une avenue déserte. La surface lisse de la rue n'offre aucune résistance, comme si j'étais sur l'eau. *"Prends ta montre, contrôle ton cœur, ne t'éloigne pas."* Je descends à toute vitesse. *"Tu ne peux pas, fais attention !"* "Je suis libre", me dis-je. Bien que j'aie entendu très souvent le mot LIBERTÉ, je ne sais pas exactement ce qu'il signifie. Je sais que les enfants se croient invincibles, mais est-ce bien ce qu'ils ressentent ?

Loin de mon quartier, les maisons rapetissent, les jardins sont plus négligés, les arbres plus rares sur les trottoirs. Mon cœur se met à battre très vite. Je respire à fond et j'imagine que je suis dans l'eau, cela rassure toujours mon cœur de petit vieux. Quand j'ai retrouvé un rythme plus normal, je remonte sur mon vélo. Mais je dois bientôt m'arrêter. Je ne peux plus pédaler. Je marche.

A dix-huit heures dix-huit, j'arrive enfin à la clinique Aguas Claras. Au fond d'un parking vide se dresse un bâtiment de trois étages aux volets fermés. Il y a une fente dans la porte. Je m'en approche. Une forte odeur de brûlé m'agresse le nez. Tout est sombre, aucune vie à l'intérieur. Je contourne le bâtiment et je découvre un parc. Les arbres ont un air fatigué. Les sentiers aussi, pleins de ronces et de broussailles où je marche sans but. Je m'assieds sur un banc, à l'ombre d'un grand arbre, et je sors la photo de maman de mon sac. En la regardant une fois de plus, je réalise quelque chose d'incroyable : elle est assise ici, sous ce frêne précisément ! Le frêne n'est pas un arbre ordinaire, c'est rien de moins que "l'arbre du monde". Maná m'a raconté qu'il pousse au centre du cosmos et qu'il produit une rosée si douce que les abeilles en font du miel. Le problème, c'est qu'en dessous vit un dragon qui se repaît de cadavres et ronge ses racines pour le renverser. Je pose la photo sur le banc, avec le visage de maman regardant le feuillage et j'enregistre :

Troisième découverte. Comme le frêne, maman avait un dragon dans ses racines et, en dépit de ses efforts pour le vaincre, c'est le dragon qui a fini par remporter la bataille.

Je me demande où tout cela me mène. Je ne crois pas avoir beaucoup avancé. Soudain les choses me semblent très difficiles. Devant le bâtiment, il y a une piscine en ruine et un arbre à fleurs bleues. De temps en temps, les oiseaux s'en approchent et crient. Le parc s'est rempli d'ombres. Il est dix-neuf heures quinze et il y a longtemps que je devrais être rentré.

Quand je retourne dans la rue, je découvre une *animita*. Je suis surpris de ne pas l'avoir repérée plus tôt. Il s'agit d'une petite maison blanche, bien entretenue, avec une croix en bois et deux récipients en plastique contenant des fleurs jaunes. Je la regarde de plus près. Je n'en crois pas mes yeux ! En voilà une découverte, et une vraie. La petite maison porte le nom de maman : SOLEDAD BASTIDAS BULYGIN.

Je lâche ma bicyclette et je m'agenouille sur les pavés pour mieux examiner l'intérieur. Une *animita* remémore l'endroit où quelqu'un est décédé de mort violente. Les gens croient que son âme est toujours là, et ils y déposent des fleurs. Je ferme les yeux pour respirer plus sereinement, et de nouveau je regarde l'*animita*. SOLEDAD BASTIDAS BULYGIN. A l'intérieur, il y a une Vierge blonde habillée en bleu, comme les Barbie de Lola. Elle a une comète dans la main. Derrière la Vierge, suspendue, il y a une grande étoile à six pointes en métal opaque.

— Bonsoir, dit quelqu'un derrière moi.

Je tourne la tête et vois un vieil homme qui a des yeux de moustique.

Je me redresse. Le vieillard pose par terre un livre qu'il a sous le bras, s'essuie sur son pantalon et me serre la main. Je déclare alors avec émotion :

— Bonsoir, je suis Tomás Montes, et Soledad Bastidas est ma mère.

— Bonsoir. Je suis Roberto Milowsky. Je vis en face. – Il montre une maison d'un étage de l'autre côté de la rue. – C'est aussi moi qui mets des fleurs à ta mère.

— Vous l'avez connue ?

— Très peu, contrairement à ma femme. Elle travaillait comme bénévole à Aguas Claras. Elena l'aimait beaucoup, voilà pourquoi nous lui mettons des fleurs. Ainsi donc, tu es son fils, tu lui ressembles beaucoup, déclare-t-il sans cesser de me regarder attentivement, comme si j'étais quelqu'un de spécial.

— Vous savez pourquoi il y a une étoile à l'intérieur de la petite maison ?

— C'est une étoile de David, parce que ta mère était juive, comme nous.

— Comment vous le savez ?

— Parce que c'est ainsi. Quand on est juif, tu ne peux rien y changer, sourit M. Milowsky.

— Moi aussi, je suis juif ?

— Bien sûr.

Le soleil se couche très vite. Je lui demande si je peux repasser un jour voir sa femme. M. Milowsky me répond que ce serait difficile, parce qu'elle est morte.

— Alors, pourquoi vous avez dit "nous lui mettons des fleurs" ?

— Parce qu'elle vit en moi et qu'il y a des choses que nous faisons ensemble, comme par exemple de mettre des fleurs à ta mère.

— C'est vous qui avez accroché l'étoile de David ?

— En personne.

— Monsieur Milowsky, vous aimeriez que je vous gratte le dos ?

— Ce serait très aimable de ta part.

Je monte sur une pierre et je le gratte.

— Monsieur Milowsky, je peux vous poser une dernière question ?

— Vas-y, je t'écoute.

— Maman est morte ici ?

M. Milowsky hoche la tête en signe d'assentiment.

— Comment elle est morte ? Vous le savez ?

M. Milowsky me regarde sans répondre.

— Vous ne voulez pas me dire comment ?

Il secoue la tête.

— Il est temps que je m'en aille.

— Tu es venu tout seul ?

— Ma maison n'est pas très loin.

— Bon, quand tu veux, tu peux venir m'aider à mettre les fleurs pour ta maman, tu sais où j'habite.

Je lui dis au revoir, j'enfourche mon vélo et je m'en vais.

Le jour où j'ai découvert que mon pénis était différent de celui de mes cousins, j'ai demandé à papa ce que c'était. "On appelle ça le gland", m'a-t-il répondu. "On dirait un champignon et je suis le seul de mes cousins à en avoir un !" Je me rappelle que papa a reposé le livre qu'il était en train de lire et qu'il a eu un geste de lassitude. A l'époque, je n'avais pas encore découvert les étiquettes que les adultes ont sur le front, et je me suis dit qu'il allait me gronder pour avoir baissé mon pantalon dans son bureau. Mais voici ce qu'il m'a dit : "Ta mère et moi avons décidé de te circoncire pour des raisons d'hygiène. Sache qu'aux Etats-Unis beaucoup d'enfants sont circoncis à leur naissance." Après, évidemment, il a été obligé de m'expliquer le sens du mot circoncire. Au collège, mes camarades se sont crus obligés de me préciser que c'était réservé aux juifs. Ils se sont moqués de moi. Je leur ai raconté le coup des enfants aux Etats-Unis, mais ils ne m'ont pas cru. Ils ont insisté sur le fait que j'étais juif et pendant un bon bout de temps, au lieu de m'appeler par mon prénom, ils ont dit "youpin". Je m'arrête à un carrefour et j'enregistre :

Quatrième découverte. D'après M. Milowsky, maman était juive et moi aussi.

Cinquième découverte. Maman est morte dans la rue, devant Aguas Claras.

Je pensais que les *animitas* devaient être très tristes, à toujours commémorer la mort de quelqu'un – comme le grand-père –, mais l'*animita* de maman, avec sa Barbie, sa comète et son étoile de David, semble dire : "Venez me voir, je suis très bien installée, là-dedans."

Le chemin du retour est plus long. La carte ne donne pas les mêmes résultats. J'essaie d'identifier les points de repère que j'ai mémorisés, mais ma tête est pleine d'idées qui me déconcentrent. La nuit va bientôt arriver. Je sais que je dois pédaler en direction de la cordillère. Je vis sur un de ses contreforts. La montée est plus pénible quand on est fatigué, mais je n'ai pas le temps de mesurer mes battements de cœur. A un moment donné, je dois m'arrêter, je ne peux plus respirer. Je lâche la bicyclette, bombe le torse et pose les mains sur les genoux, regardant le macadam sans le voir. Mon cœur se recroqueville douloureusement, j'ai envie de le prendre dans ma main et de l'aider à battre comme il le devrait. Je bois une gorgée de jus d'orange. Tiède et amer. Il est vingt et une heures cinq. Je marche toujours. Pas de descente, tout est en côte, et les rues me sont inconnues. L'effort est tel que j'ai envie de tout abandonner, de m'asseoir sur le trottoir et d'attendre je ne sais quoi. Les lumières des buildings en verre et acier sont déjà allumées. Tout est très loin, ma chambre, mon coffret d'Architout, Kájef. J'ai mal aux côtes. Je me frotte les yeux très fort jusqu'à en avoir mal. Il est vingt-deux heures trois quand je reconnais le carrefour phosphorescent de la station-service. Une lune blanche, comme un horrible ballon de foot, émerge de la montagne. Ce qui m'attend à la maison est pire que la rue. Ma seule chance de salut est que papa et Alma ne soient pas là. Une possibilité qui, tout bien réfléchi, n'est pas invraisemblable.

C'est Yerfa qui m'ouvre : elle se jette sur moi et me serre dans ses bras.

— Tommy, Tommy !

Je me dégage. Je n'aime pas qu'on me touche comme ça ; ni qu'on me pleure dans le cou. Même si c'est Yerfa.

— Mais enfin ! Tu n'as pas idée de la peur que tu m'as faite ?

— Pardon. Je ne voulais pas t'effrayer.

Lola, en pyjama, passe le nez à la porte du couloir avec son phoque. Elle me sourit. Yerfa continue de crier. Moi aussi je lui souris.

— Et papa ?

— Heureusement, il n'est pas encore arrivé. Ni Mme Alma. S'ils étaient là, tu aurais des problèmes et moi aussi. J'aurais été renvoyée par ta faute.

— Alors on ne leur dira rien.

— Rien de rien, dit-elle sans cesser de gesticuler, comme si elle nettoyait une vitre.

27. ⌛

Evasion : Action de s'échapper d'un lieu où l'on était enfermé. Fait, pour un détenu, de se soustraire à la garde imposée. Moyen par lequel on cherche à éluder une difficulté.

C'est ce que je fais en allumant les moteurs, en appuyant sur l'accélérateur et quelques minutes plus tard en cambrant le nez de mon avion. L'art de voler masque l'art de la fugue, encore plus complexe et délicat. En toute rigueur, je pourrais dire que j'avais tout organisé à l'avance, et je ne mentirais pas. Ce matin, avant de partir pour la clinique, j'ai mis la veste de vol et les affaires que j'emporte lors de ces courtes expéditions dans le coffre de la voiture. Et voilà, je survole la côte, cherchant le mot précis qui décrit la couleur de la frange de sable, ou la distance exacte entre un cargo et la rive. Subtilités de l'évasion. A une cinquantaine de kilomètres, on voit une myriade de nuages qui arrivent de la mer. Je pourrais dire aussi que je suis encore étourdi, que c'est ma façon d'ordonner mes pensées, de regarder les derniers événements en perspective. Et je ne mentirais pas non plus.

Cristóbal est mort. Je me rappelle Emma, les mains accrochées à la barre métallique de son lit, le regard fixé sur le moniteur, attendant mes mots. Je contemplais cette scène comme si j'étais hors de moi-même, comme si souvent au cours de ma vie, toujours convaincu que la raison est la seule issue possible.

— Il est mort, n'est-ce pas ? me demanda-t-elle sans décoller les yeux du moniteur.

Le malheur est envisageable quand on travaille sur la frontière étroite qui sépare la vie de la mort. Voilà pourquoi on échafaude un engrenage de défenses le jour où on décide d'entrer dans une salle d'opération et d'attaquer le thorax d'un être humain à la scie. Un travail minutieux, qui consiste à se mettre hors d'atteinte de la faute, de la souffrance et, au passage, des sentiments.

Où est Dieu ? Déjà tout petit je croyais que tout irait bien si j'accomplissais sa volonté. J'ai essayé d'agir avec mesure, bonté et rigueur. Et pourtant, Cristóbal est mort. Soledad est morte. Et moi je suis loin de tout. J'essaie de prier, mais tout ce baratin et l'obscurité épaisse qui en découle provoquent une réaction de rejet. Il est impossible que Dieu soit omniscient et dispose de la mort d'êtres comme eux. C'est une contradiction qui sape les fondements de ma foi.

Protégé par mes armures, j'ai l'impression d'avoir marché longtemps sur une surface gelée, et ces crevasses qui surgissaient de temps en temps, et que j'évitais avec adresse, n'étaient rien de moins que la vie.

Les images qui émergent de ce tréfonds me secouent. C'était soudain. Soledad se figeait. Si je cherchais un numéro sur son agenda, ou si je mettais de l'ordre sur son bureau, ou changeais Tommy, elle interrompait sa tâche et son regard vitreux se perdait quelque part sur le mur, comme si elle s'était laissé vaincre par une force qui la dominait de l'intérieur. Je me rappelle le vide cantonné dans ses yeux, son expression sombre et impénétrable.

Des épisodes de plus en plus fréquents jusqu'à l'explosion, un lundi matin, quand je reçus l'appel de la propriétaire du local que Soledad avait loué pour sa galerie d'art. Il y avait trois mois qu'elle n'avait pas payé le loyer. Je me rendis sur place dans l'après-midi pour voir l'état d'avancement des travaux. J'y étais allé avec Soledad quand elle avait lancé son projet. L'accès était bouché, et par les fenêtres on voyait le même espace vaste et vide que j'avais vu cette première fois. Toutes ces réunions auxquelles Soledad se rendait le matin avec l'architecte, le maître d'œuvre, avec ses nombreuses conseillères, n'avaient rien donné. Peut-être – me dis-je alors – n'avaient-elles jamais existé.

Je décidai de la prendre en filature. Il fallait que je sache où allait Soledad tous les jours avec notre enfant, qui elle rencontrait, ce qu'elle tramait. Le lendemain matin, je garai la voiture non loin de la maison et je l'attendis. Vers dix heures, elle passa dans son automobile. Peu après, nous étions dans le quartier où elle avait vécu avec ses parents. Elle s'arrêta sur la place où elle avait gambadé quand elle était petite et sortit, Tommy dans ses bras. Assise sur un banc, elle resta longtemps à regarder devant elle, sans bouger, les mains enfouies entre ses genoux serrés. Pendant ce temps, Tommy jouait à ses pieds dans la terre. A un moment donné, il se rapprocha de sa mère et ne la quitta plus. C'était un matin glacé et de mon poste d'observation, ma voiture, je voyais leur haleine flotter dans l'atmosphère. Tommy risquait l'hypothermie. Je ne comprenais pas comment, connaissant sa fragilité, elle pouvait l'exposer au froid. Je faillis prendre mon fils et l'éloigner de cette femme, qui ne ressemblait plus à celle dont j'étais tombé amoureux. Mais je devais aller jusqu'au bout. Je devais voir à quel point Soledad m'avait abusé ces trois derniers mois. Ma colère était telle que je ne mesurai pas l'importance véritable de ce qui se passait. Plus d'une heure après, Soledad reprit le volant et se dirigea vers l'est. Elle conduisait d'une façon téméraire. On aurait dit que sa période d'apathie venait d'exploser dans sa tête. Elle se gara devant le local, détacha Tommy et le réveilla en le couvrant de baisers. Cette manifestation de tendresse, si courante chez elle, me rappela la Soledad que je connaissais. Devant l'entrée, elle souleva deux planches qui ne devaient pas être fixées, se baissa, entra avec Tommy et les remit en place derrière elle. J'attendis un peu, descendis de voiture et allai la surveiller par une fenêtre. L'image que j'entrevis à travers la vitre sale et embuée détruisit tout ce que je tenais alors pour vrai. Soledad s'était recroquevillée par terre et Tommy se pelotonnait dans son giron. Je frappai la vitre avec violence, au risque de la casser, mais Soledad restait imperturbable, paupières fermées, comme si elle fuyait le fracas d'un bombardement. J'entrai par l'orifice et l'appelai par son prénom. Tommy se mit à pleurer. Soledad le pressa contre elle pour l'empêcher de s'enfuir. Je lui arrachai mon fils. Tommy hurlait. Soledad se mit à crier, à donner coups de pied et coups de poing. Je lui immobilisai les poignets. Elle eut alors une réaction qui me sidéra. Elle criait à jet continu, la bouche grande ouverte et les yeux révulsés, une expression d'un autre monde.

Je les ramenai à la maison. Assise dans l'automobile à côté de moi, tête baissée, Soledad ressemblait à une marionnette. Soudain, elle se mit à trembler. Un mal s'était emparé de ma femme, et une nouvelle version de la réalité avait pris possession de nos vies. Une pensée m'effleura : dorénavant, je ne saurais sans doute plus jamais quoi lui dire.

Tommy passa les semaines suivantes chez mon père. Il s'agissait autant de le protéger que d'aider Soledad à rompre la symbiose dans laquelle elle vivait avec lui. La pression des dernières années avait bien failli briser les fondements de son ego, de son être. Telle fut l'explication que nous donna le psychiatre. Au début, Soledad passait ses journées devant la télévision, dans un état d'inexpressivité pénible. Peu à peu – grâce aux médicaments –, elle retrouva un air familier et revint dans notre monde, dans sa propre vie. Voilà pourquoi nous avions baissé la garde, et quand un jour elle emmena Tommy dans sa voiture pour aller "faire un tour", Yerfa, qui avait la consigne stricte de ne pas l'autoriser à sortir avec Tommy, la laissa partir.

Elle percuta le mur d'un passage souterrain. Il était trois heures de l'après-midi et l'autoroute était presque déserte. La seule façon d'entrer en collision avec ce mur était de s'y précipiter de propos délibéré. Tommy n'était pas sur son siège de sécurité. On retrouva ses crayons de couleur par terre. Il avait dû se pencher pour les ramasser à l'instant où Soledad précipitait la voiture contre la muraille. Ce mouvement lui avait sauvé la vie. Elle fut hospitalisée avec plusieurs fractures et des lésions au visage. Quand elle se fut remise de ses blessures, on l'interna dans une clinique psychiatrique. Je ne lui pardonnai jamais d'avoir voulu entraîner Tommy avec elle.

⌛

Mon avion est secoué. J'ai l'impression de naviguer sur la surface hérissée de l'océan. J'ai emporté la bouteille contenant un bateau. Je la regarde par transparence. Il y a des détails que je n'avais pas remarqués, par exemple une ancre suspendue à la proue. Le ronflement du moteur bourdonne à mes oreilles. Je la serre si fort que je finis par la casser. Je saigne. Je lève la main et les gouttes tombent sur mon pantalon. Je sens une rafale de ce sentiment que je connais bien : celui d'avoir cassé une chose irréparable. Je me rappelle les mots d'Alma le jour du mariage de Miguel : "C'est cela qui te fait jouir, hein ? Ouvrir les portes de la salle d'opération et voir ces visages qui t'observent comme si tu étais Dieu." Elle a raison. Ce qu'elle ne sait pas, c'est que ces regards reconnaissants m'aident à oublier l'homme étouffant de colère, de culpabilité et de médiocrité qui est en moi. Une médiocrité que je crains de voir se déverser sur les autres.

Quand Emma m'a demandé si son fils était mort, je l'ai attirée contre moi en lui disant : "Tu peux pleurer. Moi, je n'ai jamais pu."

Pendant que Soledad nous abandonnait lentement dans la clinique, je construisais une cuirasse qui n'abritait qu'un seul désir : ne pas me laisser envahir par la tristesse. Il fallait la transformer complètement en force, en rage. C'était la seule solution de survie que je connaissais, et la dernière conviction qui me restait.

Emma n'a pas pleuré. Son visage est resté enfoui dans ma poitrine. C'est ainsi que nous a trouvés le père de Cristóbal, quelques minutes plus tard. Il s'est mis à crier. Emma s'est détachée de moi et l'a pris par les épaules. J'ai attrapé le bateau posé sur la table de nuit de Cristóbal et j'ai quitté la chambre.

Soudain, j'ai une vision que je n'avais jamais eue. Au moment où le soleil va se coucher dans la mer, la lune apparaît entre les escarpements d'en face, neigeuse, immense. Une image qui en d'autres temps m'aurait évoqué la grandeur de Dieu. Mais plus maintenant. Toute ma vie, je me suis préparé à ressentir la grâce et la révélation, mais rien ne se passe. Il est absent, encore et toujours.

28. ♒

Au lieu d'être confinée dans un endroit obscur et solitaire, la maison d'eau de mon enfance est devenue transparente et elle flotte sur la ville. Encore une nuit dérobée. Je regarde Leo dans son sommeil. Ses traits au repos lui donnent une apparence puérile, plus candide. Les rides de son front disparaissent, comme son regard perspicace, ses gestes énergiques et son scepticisme. En dépit de son œil méfiant posé sur le monde, en dépit de ses addictions passées, Leo dégage une impression de satiété, comme s'il avait passé sa vie à glaner les plaisirs. Parfois, c'est peut-être ce qui me séduit le plus chez lui. Il ouvre les yeux, papillonne des paupières avant de repérer ma présence, sourit. La lumière découpe son magnifique visage anguleux. Sous les draps, il m'attire vers lui.

— Je peux te demander quelque chose ?

— Ça dépend, dit-il.

— Quand je t'ai connu, tu sortais d'une cure, et deux semaines après tu sniffais. Pourquoi ?

— De quoi parles-tu ?

— Tu te rappelles quand nous nous sommes connus ?

J'appuie la tête sur son épaule. Leo acquiesce.

— A cette fête, tu buvais du Coca-Cola, tu es rentré tôt chez toi, tu avais décidé de te soigner.

Quand nous sommes allés sur la colline, tu avais de la coke. Que s'était-il passé entre-temps ?

— Pourquoi veux-tu savoir cela maintenant ? – Ses muscles se raidissent. – C'était il y a tellement longtemps, Alma. Ce n'était pas la première fois que je retombais, ni la dernière.

— S'il te plaît, raconte-moi.

Leo s'installe mieux et je m'adapte à sa nouvelle position.

— Mes souvenirs de cette époque sont tellement confus ! C'est un miracle que tu m'aies vu en forme à cette fête.

— Dans la colline, tu m'as dit que tu étais avec une autre femme, c'était pour cette raison que tu ne voulais pas t'engager avec moi.

Je prends sa main et la pose sur ma joue.

— Tu as une mémoire des détails incroyable. Une femme… Sans doute une prof de yoga ou de méditation, avec qui je suis resté un temps. Oui, c'était elle. Elle avait des cheveux incroyables, comme les tiens, et un carillon de bracelets quand elle bougeait.

— Elle était jolie, alors ?

— Tu es infiniment mieux.

— Je ne te demande pas de compliments.

— Je le dis comme ça me vient. Elle avait plusieurs années de plus que moi. Je crois que je lui ai proposé de sortir ensemble le jour où je l'ai rencontrée. J'étais un dévergondé.

— Tu l'es toujours.

La lune scintille entre les profils sombres des immeubles de l'horizon. Le ciel vibre et une poussière blanche se faufile entre les cimes des arbres.

— Elle savait que tu sortais de cure ?

— Pourquoi ce sujet t'intéresse tellement ?

— La curiosité.

— Aucune idée, je ne lui en ai jamais parlé. Je crois que c'est avec elle que j'ai recommencé à boire et à fumer des joints. Mais ça n'a pas duré. Un jour elle m'a mis à la porte et je ne l'ai jamais revue.

— Cette femme était ma mère.

— Quoi ?!

Leo se redresse et me regarde dans les yeux. Tout en parlant avec la sérénité de celui qui raconte un rêve d'antan, je regarde la lune, insomniaque, errer devant notre fenêtre.

— Je t'ai vu ce matin-là, tu dormais, tu étais nu. Je vous ai regardés un bon moment, ma mère et toi.

— Je ne peux pas le croire... – Il me serre fort dans ses bras. – Je ne peux pas le croire.

— Sa peau et la tienne avaient la même teinte olivâtre, sauf que la tienne était plus ferme, plus jeune.

— Cette femme était ta mère, se répète-t-il.

— Tu as accepté qu'elle te mette à la porte, tu as beaucoup souffert qu'elle t'efface de sa vie comme ça ?

Je sais que ma question est morbide, c'est pourquoi je la pose. Car tout cela est morbide, mais indispensable. Leo finit par dire :

— Je suis désolé, Alma, vraiment.

— Mais tu ne t'en doutais pas. D'ailleurs, elle ne savait pas davantage que nous nous connaissions. Encore aujourd'hui, elle l'ignore.

— Alma... De toute façon c'est terrible, et il faut que tu me pardonnes.

Il me reprend dans ses bras, avec encore plus d'intensité.

— De quoi ?

— De ne pas t'avoir vue, de n'avoir été qu'un voyou ivre et drogué et de ne pas t'avoir vue.

— De t'être tapé ma mère ?

— De m'être tapé ta mère, reprend-il avec sérieux, et j'éclate de rire. Qu'est-ce qui te fait rire ?

— J'ai réussi à te faire parler avec sérieux, à arracher ton masque de sarcasme, à te faire sentir ma présence.

— Mais je sens tout le temps ta présence…

— Jamais autant que maintenant.

— C'est vrai, jamais autant que maintenant, reconnaît-il.

29. ♐

Posée sur la maison de Méchant Bébé Hippopotame, une lune géante m'observe, menaçante. Le toit de ma chambre est un trou par lequel les ombres se faufilent comme des rats. J'allume. Je pense au 6,5 que j'ai eu aujourd'hui en anglais, au 6,2 en lettres, et au 7 en dessin de la semaine dernière. Malheureusement, je me rappelle aussi le 3 en maths. J'imagine que j'ai été nommé roi d'un pays appelé Tommyland, mais la PDLN – la Peur De La Nuit – est plus forte que mes inventions. Plus forte que moi. Je sors dans le couloir. Mon équipée à bicyclette m'a mis à plat. Rentrer dans la chambre de papa ne va rien me rapporter. Alma n'est pas là, elle va rester à son travail jusqu'au petit matin, et papa dit que je suis maintenant assez grand pour la PDLN. Je descends au rez-de-chaussée et je frappe à la porte de Yerfa. Elle ouvre, sa chemise de nuit blanche ne laisse à découvert que ses pieds noirs. Sans rien dire, nous nous mettons dans son lit. Yerfa a le ventre mou et chaud, la poitrine aussi. Je regarde dehors, par la fenêtre. Revoilà la lune.

— La lune m'a suivi jusqu'ici, dis-je à Yerfa. En réalité, elle nous suit partout.

Elle me répond par un grognement. Je l'entends respirer. Son ventre monte et descend. Monte et descend. En fin de compte, la pleine lune n'est pas si mal. Les nuits sans lune ni étoiles sont encore pires, parce que l'obscurité descend des hauteurs et apporte ses démons. A force de penser à tout ça, je m'endors.

En se retournant, Yerfa m'éjecte du lit. Je me retrouve par terre, avec une de ses chaussures dans les côtes. Le jour se lève. Les premiers reflets bleutés du matin ont vaincu la lune. Je retourne dans ma chambre et j'allume mon ordinateur. Comment font-ils pour ne jamais se lasser.

Ahhhhhhhh povr tete 2 pain suC haha on va te couP la bit si tu ns aporte pa lé 5 brik ta compri conar ???????????????????????

Je ressens toujours la même colère, mais cette fois je n'ai pas la force d'imaginer un truc effroyable. Parfois, j'aimerais tout raconter à papa, mais il doit penser que ce genre de choses n'arrive qu'aux enfants très bêtes et très faibles.

Par chance, il y a aussi Mr Bridge. Avant d'aller le voir, je transfère les enregistrements de mes dernières découvertes sur mon ordinateur. Quand j'arrive sur son blog, le jour se lève sur la fin du monde. Comme ici. La caméra est fixe, sur l'île de la famille des Alacalufes. La voix rauque de Mr Thomas Bridge interrompt le silence. *"Good morning"*, dit-il, et son visage rougeaud apparaît sur mon écran. Il se frotte les yeux et me sourit. On dirait que nous sommes amis. Moi aussi, je lui souris. Quel dommage qu'il ne puisse me voir. Soudain il dit :

— *Uuuuupssss !!! They are finally emerging from the forest !*

Ils sont tous dans le canoë. La mère rame vers le large. Ils n'ont pas beaucoup avancé quand le canoë s'immobilise. Je ne vois pas ce qu'ils fabriquent. Ils s'affairent. Mr Thomas Bridge s'interroge comme moi. Soudain tout devient évident. Je n'en crois pas mes yeux. Mr Bridge non plus, qui s'est mis à crier : *"What the fuck ! What the fuck !"* D'abord l'enfant. Je vois sa petite silhouette, comme la mienne, monter sur le bord du canoë et se jeter dans la mer, une pierre attachée à un pied. A peine cinq secondes plus tard, l'eau est redevenue étale, comme si rien ne s'était passé. La fille semble embrasser sa grand-mère. Elle se sépare d'elle, s'approche du bord du canoë, s'immobilise et, comme son frère, disparaît sous l'eau. Son papa la suit et, quelques instants plus tard, sa maman aussi. La grand-mère attend que les eaux aient retrouvé leur calme, elle éteint le feu avec les pieds et se jette aussi à l'eau. Ils ont disparu. La mer, indifférente, les a avalés, et maintenant elle feint de dormir.

Mr Bridge ne dit rien. Il éteint la caméra et tout s'évanouit. Je crie : *"Mister Thomas Bridge !"* Mais l'écran de mon ordinateur reste noir et vide, comme l'eau. Je crie encore de toutes mes forces : *"Mister Bridge ! Mister Bridge !"* Je tends la main pour le toucher, mais c'est inutile, Mr Bridge s'y est noyé comme les Alacalufes dans la mer, comme maman dans sa rue.

30.

Le rabbin chante des psaumes en hébreu pendant que les hommes jettent chacun trois pelletées sur le petit cercueil de Cristóbal. Un arc en fer forgé, où pend une modeste étoile de David, surmonte sa tombe. Emma, face à eux, les observe. Le père de Cristóbal n'a pas perdu son expression brumeuse et fébrile. L'ombre d'une bâche blanche protège le groupe – famille et amis – qui lui fait ses adieux. Quelques-uns ont les yeux fermés et murmurent, serrés les uns contre les autres, formant un mur infranchissable. Un vieillard, dont la chevelure blanche rappelle celle d'un lion, est en prières.

C'est dans ce cimetière que Soledad devrait être enterrée. Tommy avait deux ans quand une cousine argentine a pris contact avec elle et lui a annoncé que ses grands-parents étaient juifs. Son grand-père était arrivé à Buenos Aires, venant d'Ukraine, et s'était converti au catholicisme afin de fonder un collège pour jeunes filles. Les générations suivantes furent élevées dans cette religion. Soledad avait été bouleversée de découvrir son origine juive. Un événement inqualifiable, qu'elle ne sut jamais m'expliquer, mais qui devint la source de questions infinies et de quêtes exténuantes. Je faisais alors mes débuts de chirurgien, et j'avais du mal à la suivre dans son périple. Un soir, des mois avant le premier signe d'alarme, couchés l'un à côté de l'autre et attendant le sommeil, elle m'annonça :

— Aujourd'hui, j'ai circoncis Tommy.

Je fus incapable de me maîtriser. Je criai qu'elle n'avait pas le droit, qu'elle aurait dû m'en parler.

— Je veux que Tommy soit juif, comme moi, répondit-elle avec le calme d'une personne qui a répété son rôle mille fois.

— Mais... il l'est déjà.

— Il faut qu'il connaisse toujours ses origines, qu'il les porte sur son corps, je ne veux pas qu'il lui arrive ce qui m'est arrivé.

Sous le coup de la colère, je répliquai ironiquement :

— Allons, tu seras toujours là pour le lui rappeler.

Soledad perçut mon ironie. Mes paroles, d'une certaine façon, confirmaient ses craintes. Et elle répliqua sur un ton où se mêlaient l'émotion et la gravité :

— Je peux mourir.

Honteux, je la pris dans mes bras et lui dis que cela m'était égal qu'elle ait circoncis Tommy, mais que j'aurais préféré qu'on le fasse ensemble.

— Je ne peux pas être la seule, j'ai besoin qu'un membre du cercle familial soit aussi partie prenante.

Même si je pouvais comprendre la signification que cela revêtait pour elle, j'étais furieux qu'elle ait marqué mon fils d'un signe indélébile. La même colère que lorsqu'elle m'avait laissé seul avec Tommy. Je ressentais son inconscience, l'intensité maladive avec laquelle elle vivait, qui finirent par la tuer. Je maudis son manque de constance. La vie de Tommy et la mienne seraient obscurcies par son ombre.

C'est pourquoi je cachai la vérité à Tommy : la mort de sa mère et cette fraction de sang juif qu'il possède. C'est pourquoi aussi je ne l'enterrai pas dans ce cimetière. C'était ma vengeance pour ce qu'elle nous avait fait. La rancune a une énergie et une clarté qu'on ne trouve pas dans le chagrin, c'est pourquoi je persistai dans cette voie. Vengeance, rancune ? Je me sens écrasé par une tristesse si profonde que je pleurerais presque. Je ne cesse de me répéter que je dois croire, ne pas penser. Mais c'est inutile. Jamais auparavant Dieu ne m'avait paru aussi inhumain. Sa grandeur réside dans le fait que rien de ce qui est véritablement humain n'est à notre portée, dans le fait que nous sommes condamnés à vivre dans la douleur et dans le péché.

Emma jette une fleur sur le cercueil de son fils, déjà recouvert de terre. Nos regards se croisent. Elle baisse les paupières et les relève, comme si elle agitait la main pour des adieux. C'est l'heure de rentrer. Je veux voir Alma, Tommy, Lola. J'ai l'impression d'être resté dehors trop longtemps.

31. ♐

A mon avis, papa garde souvent le silence parce que dire un truc simple aux autres est parfois terriblement compliqué. En tout cas, moi, c'est pour cette raison que je préfère ne pas parler.

En classe, aujourd'hui, on a lu un poète qui s'appelle Vicente Huidobro.

J'ai découvert que les mots servent à exprimer et à comprendre des sujets qu'il serait impossible d'aborder autrement. Par exemple :

Je pense à eux, aux morts. A ceux que j'ai vus tomber. A ceux qui sont gravés dans mon âme. A ceux qui tombent encore sous mes regards.

Quand le professeur de lettres nous a lu ce poème, mon cœur a bondi. Je n'aurais jamais imaginé qu'il puisse exister un lieu, très loin au tréfonds de notre corps, où nous serions tous égaux. Sinon, comment expliquer que M. Huidobro, qui est mort il y a soixante ans, parle de ce qui m'arrive à moi ?

Mais l'essentiel est d'avoir découvert qu'avec les mots il bâtissait des étoiles, des chapelles, des kaléidoscopes, des flèches… Voilà pourquoi j'ai finalement décidé d'agir. Je vais fabriquer ma propre Boîte aux Lettres, où j'emprisonnerai les messages pour toujours.

BOÎTE AUX LETTRES DE **TOMMY**

Poz twa à coté dune peluch el é de la tail et mm + gde ke ta bite ki é + petite ke tn doi de pié pov minaabl..... Ahhhhhhh povr tete 2 pain suC haha

Pti conar de.. merd va tfair **foutr** retourn a té, mere kit m telmt ami !!!!! **POVR** minabl haha

Ta ri1 a fair retourn Cé pié ki st T sémnt

pov twa a coté dune **Peluch** el é de la tail et mm + gde ke ta bite ki é + petite ke

poz con ki vo pa **1 clou**... poz

32. ♒

Je m'assieds sur l'accoudoir du canapé et je me laisse glisser vers Leo. Je le regarde consulter ses notes pour un article qu'il doit envoyer bientôt. Il fronce les sourcils et tire deux traits. Il passe son bras par-dessus mon épaule et me serre contre lui.

— Je ne sais pas ce que je vais faire sans toi quand je retournerai à Bogotá, dit-il avec un éclat dans le regard. – Un coin de son visage sourit.

Il me demande d'apaiser ses démons et de l'aider à entrer en contact avec le lieu où se trouvent les histoires. Je fais une grimace pour manifester mon incrédulité et nous éclatons de rire. Aucun de nous deux n'ignore qu'il écrit – sans l'aide de personne – des romans qui lui ont valu du prestige et une certaine aisance. Je m'écarte et me pelotonne, les genoux dans mes bras. Leo reprend ses papiers.

Je n'y peux rien, mais cette époque future que Leo vient d'évoquer m'assombrit. Il y a un moment, quand nous étions nus sur le lit, il me parlait de sa vie. Une existence à la fois libre et perversement solitaire. J'ai tenté de capter ce vaste monde plein de bonnes aubaines. Mais, en épiant son expression intense qui n'arrivait pas à être complètement heureuse, j'ai perçu une certaine vacuité sous son air désinvolte.

Je lui ai demandé de me serrer contre lui. Il fallait que je sache si ce moment avait la consistance du réel, s'il n'était pas une de ces vagues anecdotes qui dans un avenir pas si lointain pourraient devenir la matière d'un de ses récits.

— Ecoute ça. "Télémaque chéri, toutes les îles se ressemblent entre elles quand on a erré si longtemps, quand la cervelle commence à s'égarer en comptant les vagues, quand les pupilles, saturées d'horizon, pleurent, et quand la chair des eaux blesse les oreilles." C'est un poème de Joseph Brodsky. – Il me parle avec cet éclair égrillard qui brille souvent dans son regard.

— L'espace d'un instant, j'ai cru que c'était toi qui l'avais écrit.

"Toutes les îles se ressemblent entre elles quand on a erré si longtemps." Essaierait-il de me dire que le moment est venu pour lui de s'installer ? Je n'ai pas l'intention de résoudre les devinettes de Leo. Ce que je vais faire de ma vie ne dépend pas de ce qu'il aura décidé de faire de la sienne.

Au-delà des hauts buildings éclairés, le bleu foncé du ciel prend une teinte orangée. L'atmosphère est paisible et mes sentiments deviennent aussi volatiles que l'air. Je suis assaillie par l'inquiétude. Je crains d'être capable de briser sans ménagements le monde de Lola, de Tommy, de Juan.

En fin de compte, après le deuxième verre, Juan peut obtenir de moi tout ce qu'il veut, et inversement. La différence réside dans des éléments apparemment sans importance, comme la façon qu'a Leo de se gratter la tête, de poser sa voix, de bouger les mains, de me toucher, de peser sur mon corps, de me prendre, de provoquer en moi une déflagration de plaisir.

Quand peu à peu la passion s'éteint, nous vivons de souvenirs, d'intentions, de loyautés et de sentiments qui possèdent autant sinon plus de valeur que l'ardeur à laquelle ils ont succédé. Il y a encore quelques semaines, comprendre cela me semblait être un signe de maturité, mais aujourd'hui je trouve que c'est une élégante boîte vide. Nous sommes le théâtre d'innombrables processus invisibles, des cellules meurent, d'autres naissent, certaines entreprises s'arrêtent et d'autres démarrent. Et soudain nous avons changé. Leo a réapparu dans ma vie au moment où un de ces processus internes tellement millimétriques allait se manifester. Peut-être n'est-il qu'une obsession, le mirage provoqué par ma nostalgie d'une vie différente, d'un nouveau départ. Dans cet air confus que je respire, ma seule certitude est que je ne suis pas capable de vivre dans une garenne, loin des émotions, de la chaleur d'un corps proche et aimé, entourée de boîtes vides.

— Leo, je peux te poser une question ?

Il pose ses papiers par terre et se tourne vers moi.

— Pourquoi trouve-t-on toutes les formes possibles de relations dans tes romans, y compris les plus inhumaines, mais jamais l'amour ?

— Ce n'est pas vrai. Dans *Bifurcations*, Pascual et Elisa tombent amoureux.

— Mais Elisa est malade. Elle ne peut recevoir l'amour de Pascual.

— L'amour n'est jamais donné de façon pure. Elisa le prend et le ressent, mais, vu ses handicaps, elle doit trouver sa propre façon de l'exprimer.

— Tu sais ce que je crois ? Je crois que tu essaies d'exiler le mot amour, tu l'échanges contre un discours sur le déracinement. Tu n'es pas le seul, d'ailleurs. Mais le pire, c'est que cette nouvelle rhétorique, qui n'a d'ailleurs rien de nouveau, au lieu d'être plus libre est liée à des patrons littéraires très stricts. Vraiment, je ne comprends pas.

— D'abord, je dois dire pour ma défense que je n'ai rien contre l'amour, et que même si ce que tu dis était vrai, je serais devant une bataille perdue. L'amour est un sentiment qui, même non formulé, continuerait d'exister. Deuxièmement, tu ne me fourres pas dans le bon sac. Je connais ce discours du découragement auquel tu te réfères, mais mes récits n'ont rien de commun avec lui, et je peux te le prouver dès demain si tu m'accompagnes à la conférence que je vais donner à l'université.

— J'ai lu tes romans, Leo, et toute ton éloquence est loin de me convaincre.

— Laisse-moi te persuader. J'aimerais beaucoup que tu viennes demain. Vraiment. J'ai peut-être changé... me dit-il avec un sourire non dépourvu de charme.

— Pour que je te voie déployer tes plumes de paon ?

— Pourquoi pas ? Peut-être qu'alors tu tomberais vaincue à mes pieds.

— Cela risque d'être difficile. J'ai passé l'âge de ce genre d'humiliations.

— Alors, pour qu'au moins tu acceptes de te montrer avec moi. Tu sais ce que j'aimerais ?

— Quoi ?

Ses yeux sont illuminés par une vague de candeur et de résolution.

— J'aimerais que nous allions au cinéma. J'ai lu dans le journal qu'on donne un film des frères Coen tout près d'ici. La séance est à huit heures et demie.

Il me regarde, il attend, il met les mains dans les poches de son pantalon et laisse les pouces dépasser ; geste qui, je suppose, prétend me communiquer son enthousiasme.

— Tu sais bien que je ne peux pas.

Ce n'est pas la première fois que Leo essaie de m'arracher à la maison de verre.

— Mais pourquoi tu te figures que partout nous allons tomber sur des connaissances ? demande-t-il avec brusquerie.

Il a une expression irritée qu'il essaie de dissimuler derrière un faux sourire.

— Cette ville est trop petite, je te l'ai déjà dit mille fois.

Je me lève et m'approche de la baie, les joues rouges de colère. Leo ne semble pas s'en apercevoir.

— Et tu crois que si nous allons au cinéma un mardi soir nous allons tomber sur quelqu'un, tu le crois vraiment ? demande-t-il sur le même ton léger.

J'essaie d'étouffer la colère qui monte en moi. Si avec Leo je reproduis les disputes que j'ai avec Juan, cette histoire va perdre le peu de sens qu'elle a encore.

— Je connais beaucoup de gens. Et puis l'autre jour tu m'as dit que, d'après Maugham, la passion ne s'épanouit pas dans son accomplissement, mais dans l'adversité.

— Ne triche pas, il ne parlait pas de l'impossibilité d'aller au cinéma. En tout cas, de quoi pourrait-on t'accuser ? De sortir avec un vieil ami ?

J'ai beau tout faire pour éviter une confrontation, Leo continue de me provoquer. Pourquoi ? Veut-il, lui aussi, terminer cette histoire avant qu'elle soit devenue insupportable pour tous les deux ? Je réponds encore, sans me départir de mon calme :

— En tout cas, je t'assure que ça ne sera pas leur interprétation.

— Alors on dira que tu as un amant. Et alors ? Soixante-dix pour cent des femmes mariées dans ce pays ont ou ont eu un amant.

Il fait demi-tour et ouvre les mains comme un prestidigitateur.

— Je ne suis pas un chiffre. Et tes chiffres sont une plaisanterie. Tu crois qu'il y a des sondages tous les ans sur cette question ?

— Je peux t'assurer que c'est comme ça. Je n'ai pas besoin de sondages officiels.

— Sûrement parce que tu as essayé plusieurs échantillons, c'est cela ?

— Ne sois pas maso, Alma. Ça n'a pas de sens.

Il esquisse un sourire et pose la main sur mon épaule d'un air las. Je le repousse et réponds d'une voix un peu perchée :

— C'est tout cela qui n'a pas de sens.

Je me domine de toutes mes forces. Leo ne me verra pas pleurer. Je laisse mon regard rebondir d'un mur à l'autre et se perdre du côté de la cime des arbres.

— Je ne sais pas, Alma. Simplement, je regrette parfois de ne pouvoir partager avec toi des choses que j'aime, comme un bon film ou un repas… Excuse-moi. C'est la frustration qui me fait parler comme ça.

Il a le regard d'une personne tiraillée par des émotions contradictoires. Il tend la main qui effleure ma taille, et dans un même mouvement la glisse sous ma blouse.

— Je suis vraiment désolé. La dernière des choses que je souhaite c'est qu'on s'embarque dans des disputes idiotes.

— Moi non plus je n'en veux pas.

Leo me serre contre lui et je m'abandonne. Mes articulations perdent toute consistance. Je suis une matière molle qui a besoin d'être hébergée pour ne pas se décomposer. Il sent ma reddition. M'embrasse. En nous séparant, nous regardons les lumières qui brillent de l'autre côté de la maison de verre.

— C'est l'heure. J'ai promis à Lola de l'aider à faire son devoir d'anglais.

Je prends mon sac et mon manteau. Avant de partir, je lui dis que demain après-midi j'ai une réunion au collège de Tommy et que je ne pourrai pas venir.

— C'est très bien.

— Tu me donnes la permission ?

— Non. Je me dis à moi-même que c'est très bien que tu t'en ailles, que rien de mal ne va m'arriver si je ne te vois pas demain.

Je détourne le regard avant lui et je déclare :

— Il ne va rien t'arriver de terrible, Leo, je peux te l'assurer.

33. ♐

A la récréation, un enfant des classes primaires qui a une tête pointue et les yeux écartés comme un mouton s'est intéressé à mon cerf-volant. J'ai ouvert la petite boîte et je lui ai permis de le toucher. Comme sa surface est lisse et brillante, l'enfant a affirmé que c'était du plastique. J'ai refermé la boîte et je me suis promis de ne plus jamais la rouvrir. Quelques minutes avant la sonnerie, j'ai vu le professeur de sciences dans le couloir. Je lui parle souvent des émissions scientifiques que je vois à la télé. Cette fois, je lui ai demandé :

— *Mister* Berley, c'est vrai que si un morceau de soleil de la taille d'une tête d'épingle tombait sur la terre, ça pourrait brûler tous les gens dans un rayon de cent soixante kilomètres ?

Mr Berley m'a répondu que, au lieu de penser à des atrocités, je ferais mieux d'imaginer des idées bénéfiques à l'humanité. Je lui ai expliqué que, lorsque j'apprends quelque chose, je ne peux plus prétendre que cette chose n'existe pas, et qu'on appelle ça *prendre conscience*. Il m'a regardé avec ses yeux couleur tournesol et m'a répondu que j'étais un peu philosophe. Sa remarque m'a plu. Comme c'est un homme âgé, je lui ai proposé de lui gratter le dos, mais il m'a remercié et proposé d'en reparler une autre fois.

Je mets la petite boîte du cerf-volant dans mon sac à dos et je file à la bibliothèque. On est vendredi. Trois heures de sport. Du temps pour faire des recherches sur Google. Dans le couloir, je croise deux camarades. Ils me regardent comme s'ils avaient quelque chose à me dire, mais ils poursuivent leur chemin en ricanant. Leurs regards pénètrent dans mon corps et se tortillent à l'intérieur comme des vers de terre.

A la bibliothèque, je tape Arnold Bulygin juif. Sur une page d'un journal, je trouve la lettre d'un lecteur ainsi intitulée : "La vérité sur Arnold Bulygin."

Quand j'ai lu dans la presse que c'était le vingtième anniversaire de la mort d'Arnold Bulygin, je me suis dit que suffisamment d'années s'étaient écoulées et que je pouvais enfin dire la vérité. Je l'ai connu quand j'étais petite, dans le quartier du Once où nous habitions tous les deux. Mes parents avaient un atelier où nous fabriquions les bougies du shabbat, et tous les vendredis Arnold venait les chercher pour sa famille, et il en profitait pour discuter longuement avec mon frère Miguel. Arnold était un garçon sérieux et il avait l'ambition de devenir un grand éducateur. Mon frère et moi, nous l'admirions. Un jour, sa famille a vendu la maison dans le Once et a disparu. Des années plus tard, nous avons appris l'existence du prestigieux collège de jeunes filles que les Bulygin avaient fondé à Belgrano, un des quartiers les plus chic de Buenos Aires. Mais ce qui a retenu notre attention, c'est que le collège s'appelait Santa Ana. Nous ne comprenions pas ce qui s'était passé. Les juifs peuvent émigrer au bout du monde, passer de la situation d'avocat à celle de fabricant de bougies, d'Ukrainien à Argentin.

Rien n'est définitif, mais nous sommes sûrs d'une chose, c'est que nous serons toujours juifs. Arnold Bulygin – ce jeune homme bien élevé et ambitieux – s'était marié avec une Américaine d'origine juive et avait fondé un brillant collège catholique. On dit qu'il a été heureux. Je le lui souhaite. S'il avait fondé un collège hébreu, il n'aurait pas fait fortune, et il n'aurait jamais été admis dans la société comme ce fut le cas pour lui et ses descendants. Mon frère a rencontré Arnold quelques années avant sa mort et il lui a demandé s'il se souvenait des moments passés ensemble dans le Once. Arnold l'a regardé, interloqué, et lui a répondu qu'il devait se tromper, car il n'avait jamais vécu là-bas. Telle est l'histoire d'Arnold Bulygin. C'est la vérité, elle surgit des profondeurs pour altérer la surface ordonnée des choses. J'espère qu'un de ses descendants, qui a peut-être perdu les traces de ses origines, comprendra certains traits de sa nature en lisant ces lignes, et les histoires qui lui étaient incompréhensibles acquerront peut-être alors un sens.

Sarah Ravskosky

J'ai l'impression que Sarah Ravskosky s'adresse directement à moi. Je suis un descendant d'Arnold Bulygin, il y a beaucoup d'histoires que j'ignore et autant d'autres qui me sont incompréhensibles. J'enregistre ce qu'elle a dit sur la vérité pour y revenir plus tard :

Découverte annexe. La vérité surgit des profondeurs pour altérer la surface ordonnée des choses.

Sixième découverte. Le grand-père de maman, mon bisaïeul, a caché qu'il était juif pour être accepté dans la société.

— Qu'est-ce que tu dis ? me demande Miss Patricia, la bibliothécaire.

— Excusez-moi, parfois je parle tout seul sans m'en rendre compte.

— Ne t'inquiète pas, ça arrive à tout le monde.

Quelque chose d'immense et moche s'éclaire dans ma tête. Je dois vite rentrer à la maison. Le reste de la journée de cours est un grand vide. Pas exactement, parce que je remplis une page de mon cahier de maths avec la phrase suivante : "Ma maman et moi, nous sommes juifs."

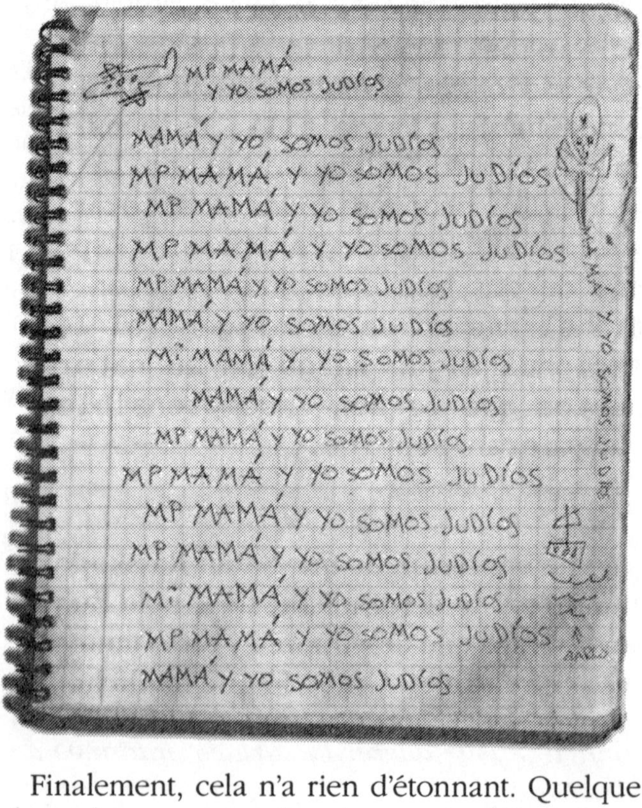

Finalement, cela n'a rien d'étonnant. Quelque chose de nouveau et de puissant m'unit à maman.

Arrivé à la maison, je m'enferme dans ma chambre. Je finis par trouver ce que je cherchais. C'est une conversation que j'ai recueillie il y a quelque temps, quand Alma et papa se parlaient encore. Je la réécoute et j'enregistre :

Découverte annexe. Alma a raconté à papa la chose suivante : quand elle a rencontré le grand-père pour la première fois, ce dernier lui a demandé si elle était juive. Elle a répondu par la négative, et le grand-père était tout content.

Mes camarades de classe m'ont dit qu'on coupait le pénis des juifs à leur naissance, pour les marquer. Ils m'ont dit aussi que les juifs étaient égoïstes et commerçants. Comme je suis circoncis, ils m'appellent "youpin", et quand ils me demandent de l'argent dans leurs e-mails, je n'ai pas d'autre solution que de leur en donner. J'enregistre :

Septième découverte. Je crois que le grand-père, comme mes camarades, n'aime pas les juifs.

Je transfère sur mon ordinateur les enregistrements de ces derniers jours et je sollicite de nouveau M. B. H. Nous appelons un radio-taxi de chez lui et c'est lui qui s'adresse directement à Yerfa. Il lui explique que nous voulons voir ensemble le dernier épisode d'*Avatar* à la télé, et que je vais rester tard chez lui. Quand le taxi s'arrête devant sa porte, on se frappe mutuellement les mains comme les jeunes qui sont *cool*. J'ai l'impression qu'il est aussi content que moi de pouvoir saluer quelqu'un de cette façon.

♐

Quand M. Milowsky m'ouvre sa porte, je lui dis :

— Monsieur Milowsky, vous aimeriez que je vous gratte le dos ?

— Ce serait formidable, dit-il avec un sourire aimable.

— Je vous ai aussi apporté un cadeau. Un kaléidoscope. C'est moi qui l'ai fait.

— C'est encore mieux.

Je le lui montre.

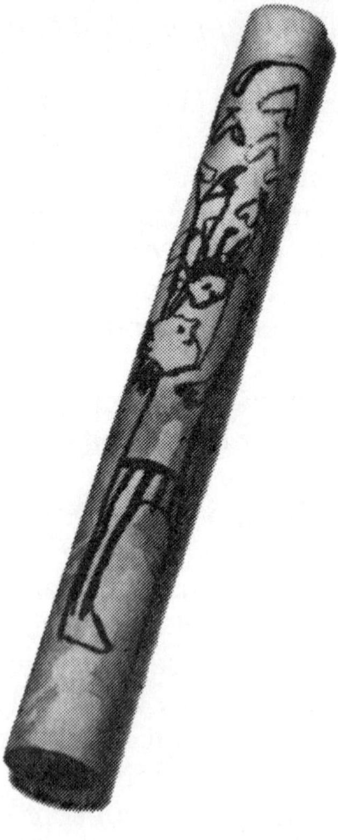

M. Milowsky regarde par l'orifice et voit sûrement un halo de lumière, parce que les kaléidoscopes que je fabrique ne sont pas des vrais. Il regarde aussi les dessins pendant un bon moment ; il retourne l'objet dans tous les sens, comme s'il s'agissait d'un objet tombé de l'espace. Il le déclare très intéressant et le met sur une étagère à côté de ses livres. Chez lui, il y a beaucoup de livres et de photos. Les livres ne remplissent pas seulement les étagères qui couvrent les murs, il y en a aussi des piles par terre, qui ressemblent à des tours sur le point de s'écrouler. Il n'y a pas d'autre meuble qu'une table de salle à manger, un fauteuil et un lampadaire allumé. Les fenêtres sont minuscules et la lumière extérieure a du mal à entrer. Comme s'il avait lu dans mes pensées, M. Milowsky précise :

— J'ai trop de livres, je le sais, c'est pourquoi il n'y a presque pas de meubles, pour leur faire de la place.

— Vous les avez tous lus ?

— Presque tous, il en reste quelques-uns, mais ma vue faiblit.

Il y a aussi beaucoup de photos de sa femme. Elle a de grandes oreilles et un sourire qui donne envie de continuer de la regarder. Je ne vais pas lui demander s'il l'aimait, car cela saute aux yeux.

— Tu es arrivé juste à temps, dit M. Milowsky.

— A temps pour quoi ?

— Il est sept heures vingt et une, l'heure d'allumer les bougies du shabbat. Dix-huit minutes exactement avant le coucher du soleil. Ce sont les femmes qui s'en chargent, mais dans cette maison il n'y a plus de femmes, et en les allumant je me sens plus proche d'Elena. Je suis sûr que Dieu ne va pas s'en offusquer.

M. Milowsky allume deux chandelles, écarte les bras, décrit trois mouvements circulaires vers l'intérieur, autour des bougies, et déclare :

בָּרוּךְ אַתָּה יְיָ אֱלֹהֵינוּ מֶלֶךְ הָעוֹלָם
אֲשֶׁר קִדְּשָׁנוּ בְּמִצְוֹתָיו וְצִוָּנוּ
לְהַדְלִיק נֵר שֶׁל שַׁבָּת: (אָמֵן)

— Voici ce que j'ai dit : Bénis sois-Tu Adonaï, notre Dieu, Roi de l'Univers, qui nous a sanctifié par Ses préceptes et nous a ordonné d'allumer les bougies du shabbat sacré. *Shabbat shalom*, Tomás Montes.

— *Shabbat shalom*, monsieur Milowsky.

— Tu t'es très bien débrouillé.

M. Milowsky me prend dans ses bras et m'embrasse sur la joue. J'ai une petite remontée de chagrin.

— Ça t'a plu.

Je hoche la tête, car il m'est difficile de parler avec le chagrin qui pointe à mon nez.

— Ta mère aimait bien allumer les bougies du shabbat.

— Qu'est-ce qu'elle aimait d'autre ?

— D'après Elena, elle adorait nager dans la piscine. Elle plongeait jusqu'au fond et nageait d'un bord à l'autre sans reprendre sa respiration.

— Moi aussi j'aime bien faire ça.

Au loin, j'entends une sirène. J'imagine qu'on emmène une personne mourante et qu'on va bientôt lui prendre son cœur. Je n'ai pas allumé mon Mp3 et je n'ai pas envie de le faire. Si j'enregistrais ce moment je m'en éloignerais, et ce que je veux c'est m'y plonger. Comme lorsque je suis dans l'eau. Je laisse s'écouler quelques minutes et je reprends :

— Monsieur Milowsky.

— Dis-moi.

— Maman s'est suicidée parce qu'elle était juive ?

— Qu'est-ce qui te fait penser une chose pareille ? Comment sais-tu que ta mère s'est suicidée ?

— Je l'ai entendu dire par quelqu'un.

— Quelqu'un en qui tu as confiance ?

— Je ne sais pas.

— Alors ne sois pas si sûr de ce que tu as entendu.

— Je sais que vous n'allez pas me dire que ma mère s'est suicidée, et je le comprends, parce que c'est une chose très dure à dire à un enfant de douze ans. Je vous propose de me répondre simplement si ça gênait maman d'être juive.

— Pour un enfant de douze ans, tu es plutôt perspicace.

— Qu'est-ce que ça veut dire, "perspicace" ?

— Intelligent.

— Alors ?

— Je n'ai pas assez connu ta mère. Je sais qu'avec Elena elles parlaient beaucoup de l'histoire du peuple juif, de nos coutumes et de nos rites. Je suis sûr que ça ne gênait pas ta mère d'être juive, au contraire. En revanche, je suis persuadé que son intérêt fut tardif ; c'est-à-dire quand elle est devenue une femme adulte.

Je pense à la famille d'Alacalufes qui a fui le monde au fond de la mer. On se tait tous les deux. Moi, parce que soudain je me sens très fatigué ; M. Milowsky, je ne saurais pas dire pourquoi. L'étiquette sur son front est écrite dans la langue du shabbat. Les bruits extérieurs se faufilent par les petites fenêtres : une radio, des coups de marteau, un aboiement. Les sons flottent dans la pièce, me rapprochent de M. Milowsky et de tout ce qui m'entoure.

— Tomás ! dit M. Milowsky. – Je relève la tête pour le regarder. – Tu ne m'as toujours pas gratté le dos.

Sur le chemin du retour, je me demande encore une fois qu'est-ce qui a pu rendre maman si malheureuse au point d'oublier de compter jusqu'à dix, et je pense que je ne le saurai jamais avec certitude parce que, au moins en ce qui me concerne, les choses invisibles sont celles qui me font le plus mal. Arrivé à la maison, j'enregistre :

Huitième découverte. L'élément de maman et le mien, c'est l'eau.

Pour la première fois depuis le début de cette recherche, je découvre quelque chose qui, au lieu de me faire du mal, me fait des chatouilles dans le cœur.

34. ♒

— Tu aimerais qu'on aille dîner quelque part ? dis-je à Juan, à la porte de son bureau.

— Tu aurais pu me prévenir que tu rentrais plus tôt. Yerfa m'a préparé un sandwich, répond-il sans quitter du regard l'écran de son ordinateur.

Il lève les yeux une seconde et les enterre de nouveau dans la lumière qui se reflète sur son visage. La pièce est plongée dans la pénombre paisible du crépuscule. Les ombres se répandent sur les couleurs crème et marron qui dominent.

— Tu en as pour longtemps ?

— Il faut que je réponde à quelques e-mails. Je vais monter.

Je m'approche, je lui passe la main dans le cou et l'embrasse sur le front. J'ai toujours admiré son aplomb ; pourtant, maintenant, j'aimerais détacher la matière qui protège ses pensées, le laisser exposé et nu.

— Je te laisse terminer.

Après avoir couché les enfants, leur avoir raconté une histoire et avoir accompagné Lola jusqu'au sommeil, je m'étends sur le lit. Juan est toujours dans son bureau. La lumière de la rue se faufile entre les feuilles des arbres. Juan attend peut-être que je sois endormie, désormais incapable d'affronter les inévitables servitudes de notre intimité. S'il en est ainsi, mes tentatives de rapprochement doivent provoquer chez lui un mépris grandissant. Le silence me colle au corps. Je disparais sous la couverture et ferme les yeux. Dans l'obscurité, l'image de Leo revient avec une force inhabituelle. Il m'a appelée le lendemain de notre dispute et je n'ai pas répondu. C'était il y a cinq jours et depuis je n'ai plus de nouvelles de lui. Notre histoire est faite d'une matière mouvante. La fatigue me tombe dessus. Je sombre dans le sommeil comme si quelqu'un me tirait par les pieds vers les profondeurs.

Le bruit de la porte me réveille.

— C'est toi ?

Je me demande combien de temps s'est écoulé.

— Pardon, mais les e-mails m'ont retenu plus que prévu. Dors ! me dit Juan en entrant dans la salle de bains.

Quand il se couche de l'autre côté du lit, je le prends dans mes bras et commence à remuer, à califourchon sur lui.

— Qu'est-ce que tu fais ? demande-t-il avec un demi-sourire.

— Rien.

Je continue, jusqu'à ce que je sente son érection sous mon ventre.

Il me renverse sur le lit et m'investit, au début avec précaution, puis avec sauvagerie. Je sens son ardeur, son désir. Dans un éclair de conscience, je perçois un élément inversé et pervers sous nos carapaces. Juan cherche en moi une chose qui est au-delà de moi, et qu'il ne trouve pas. Il se laisse retomber sur le côté, se retourne et éteint la lampe. Son être se comprime au point de ne plus rien laisser à découvert.

Seconde partie

LE TEMPS, L'EAU ET LA GUERRE

⌛ ♒ ♐

35. ♐

Papa m'a promis de passer par la tombe de maman avant qu'on rentre à Santiago. La semaine prochaine, c'est l'anniversaire de sa mort, et tous les ans autour de cette date nous allons au cimetière de Los Peumos où elle est enterrée.

Alma invente toujours des jeux pour nous distraire en route, mais cette fois elle n'a pas décollé les yeux de la vitre. Lola a de la chance, elle s'est endormie.

— Comment va Cristóbal Waisbluth ? demande Alma en sortant de la boîte à gants un mouchoir en papier pour se moucher.

— Bien, dit papa, et il accélère si brusquement que les pneus crissent sur le macadam.

Papa n'aime pas qu'on lui pose des questions sur ses patients. Il préfère les laisser bien tranquilles à la clinique. Je ne comprends pas pourquoi Alma aborde des sujets qui le mettent de mauvaise humeur. Lola se réveille et vomit sur le cadeau du grand-père. Papa s'arrête et nous descendons tous.

— Merde ! s'écrie papa, et il se passe les mains sur le visage.

Lola est tendue. Alma la change et nettoie la banquette arrière avec le journal du jour.

♐

Après avoir goûté aux entrées, Lola et mes cousins les plus jeunes s'en vont dans le jardin. Le statut de Lola est toujours le même, celui d'une "petite", ce qui la dispense de toute responsabilité. Par contre, moi je n'ai pas de situation bien définie. Je suis le "grandet" ou "encore un petit", en fonction des circonstances. Cette fois, je dois rester assis à table avec mes grands cousins jusqu'au bout, et écouter les conversations de mes oncles et tantes et de mon grand-père, toujours les mêmes chaque fois qu'ils se retrouvent. Ils parlent sans interruption, ouvrant ainsi les vannes par où se précipitent les silences noirs. J'ai branché mon Mp3. Mon cousin Rodrigo m'envoie un coup de pied sous la table. C'est le moment des récriminations contre la vie dans un pays aussi provincial que celui-ci. Au café, ils ont dressé l'inventaire des villes du monde qu'ils ont visitées et qu'ils comparent avec Santiago pour se sentir, à la fin de ces voyages imaginaires, plus misérables qu'ils ne l'étaient avant de commencer. Miguel et Julia sont rentrés de leur lune de miel il y a quelques jours, et ils chantent les merveilles de Paris.

— *Rien ne vaut le parc Arauco*, déclare tante Corina.

Elle a les joues rouges et enflées comme deux ballons sur le point d'éclater. Je me rappelle ses nichons flottant au milieu de la piscine.

— *Ne dis pas d'âneries !* coupe oncle Rodrigo avec un sourire qui ne sourit pas.

— *Mais personne n'a donc le sens de l'humour dans cette famille ?* s'écrie tante Corina.

Oncle Esteban, toujours la bouche pleine, agite sa tête d'autruche de haut en bas. Mon cousin m'envoie encore un coup de pied. Je me tourne vers la fenêtre. Au loin, je vois la volière. Le plus grand oiseau de mon grand-père est le paon, et le plus petit un colibri *zunzuncito*, qu'on appelle aussi l'elfe des abeilles. Le grand-père nourrit ses oiseaux chaque matin. Personne ne lui dit qu'il a plein de millet sur les revers de sa veste ; je me rappelle le conte de l'empereur. Chaque fois que j'essaie de le lui dire, quelqu'un m'interrompt. Je suis bien obligé de regarder les petites graines tomber peu à peu dans son assiette. La tarte arrive et nous chantons le bon anniversaire en anglais. Mon cousin me redonne un coup de pied. C'est le troisième. Cette fois, je lève les yeux vers le lustre en cristal à six bras dorés qui soutiennent l'aigle napoléonien. D'après le grand-père, c'est la lampe que l'empereur avait dans son bureau. Quand mon cousin me frappe une fois de plus, je pense que la seule façon d'éviter qu'il continue de martyriser mes tibias est d'attirer l'attention des adultes.

— *Grand-père !* – Tout le monde se tourne vers moi. – *Je voulais vous souhaiter un très heureux anniversaire.* – Papa et le grand-père me regardent ravis. Jamais auparavant je n'avais pris la parole à cette table. – *Je voulais aussi vous dire que j'ai une amie qui s'appelle Sarah. Elle est juive.*

— *Tommy !* me lance papa sur un ton qui n'a rien d'aimable.

— *Elle est née à Buenos Aires et elle a un accent merveilleux...* – Je traîne sur les syllabes en imitant l'accent argentin. – *Sa famille travaille en faisant des bougies pour shabbat. Vous savez ce que c'est, grand-père, le shabbat ?*

— *Toi, tu peux sûrement nous raconter ce que c'est*, me dit Alma.

— *Je ne crois pas que ce soit le moment*, déclare le grand-père et il fait un geste avec ses doigts osseux, on dirait du papier.

— *Parce qu'il s'agit des juifs ?*

Ma question rebondit entre les murs de la salle à manger et tout le monde reste muet. Je cherche une approbation dans le regard de papa, mais je n'y trouve qu'une expression contrariée. Si je ne le connaissais pas, je dirais qu'il a avalé un truc amer. Il se frotte le coude et serre les dents. Corina fait une drôle de grimace, comme si elle allait se mettre à pleurer. Le grand-père me regarde de haut, au bout de la table. J'aimerais lui dire que maman et moi sommes juifs, nous aussi, mais il faudrait que je lui explique tout depuis le début.

— *Tu dépasses les bornes, mon garçon. Prends garde, tu m'entends ?* crie le grand-père.

Son doigt est braqué sur mon nez, puis il regarde papa en secouant la tête. Personne ne parle. Je sens le froid des contes, quand soudain l'hiver arrive. Les rideaux de la salle résonnent comme si un écureuil s'y frottait. Tant le silence est absolu. Le grand-père reprend la parole :

— *Les enfants mal élevés comme toi n'interrompent pas les grandes personnes.*

— *Pardon.*

Mais apparemment personne ne m'a entendu, parce que tout le monde s'est remis à parler en même temps d'un autre sujet.

Quand le grand-père se lève, nous pouvons nous lever aussi. Avant que papa me rejoigne, je saute de ma chaise et je file au jardin. Lola et mes cousins ont disparu. Du côté de la volière. Les faisans chinois sont devant la porte fermée de la cage, côte à côte, raides et calmes. On dirait qu'ils attendent de voir la porte s'ouvrir pour aller se promener. Et c'est ce que je fais. J'ouvre la porte toute grande et les deux faisans chinois sortent prudemment, leur cou blanc très tendu. Au bout de quelques mètres, ils s'arrêtent et regardent derrière eux, sans ciller. Le faisan doré s'approche de la porte, hésite et franchit le seuil à son tour. Deux petits oiseaux à poitrail rouge s'envolent aussi. Le paon surgit, agitant sa queue longue et verdâtre. Un oiseau minuscule se cogne contre la grille, sans parvenir à sortir. Soudain, une bande prend son envol, passe au-dessus de ma tête et la cage se vide en quelques secondes.

36. ♒

Par la grande fenêtre du salon j'aperçois la mer et son immensité bleue, sillonnée de zones plus sombres.

— Le problème, c'est qu'elle vit dans un autre monde, elle ne se rend compte de rien.

C'est María Jesús qui parle, la seule sœur de Juan, qui aime à dire des banalités sur le ton grave et cérémonieux que l'on réserve d'ordinaire aux sujets essentiels. Elle me rappelle ma mère. Tout en parlant, elle ne cesse de se tourner vers le coin du salon où se trouve son fiancé. C'est la première fois depuis deux ans qu'elle amène quelqu'un dans la famille. Je n'ai jamais entendu parler ouvertement de sa dépression quand son mari l'a plaquée pour sa meilleure amie. Si par hasard quelqu'un laisse échapper un commentaire, celui-ci est toujours évasif, et je ne sais jamais si le ton est paternaliste, ironique, ou s'il représente simplement une forme de lâcheté. Les yeux de María Jesús s'éclairent et son visage prend une expression heureuse, pas très différente de la mienne quand je regarde Leo. Je lève mon verre de cognac et je trinque intérieurement. Aucune nouvelle de lui depuis six jours. Penser à lui me fait mal. Ce qui m'arrête maintenant, ce n'est pas la peur de perdre ce que j'ai, mais la conviction que, quoi qu'il arrive, je finirai par me retrouver face à la réalité et à ses misères. En poussant à l'extrême les mots de Tolstoï, on pourrait dire que les bonheurs ne sont pas seulement pareils, mais aussi imaginaires, et que les infortunes, au contraire, sont uniques et bien réelles.

— C'est un traitement qui dure dix-huit jours, une amie de Paula a perdu sept kilos. Le masseur est thaïlandais.

— Tu veux parler de Paula Vicuña ? Elle a eu des problèmes terribles avec son petit dernier, intervient une de mes belles-sœurs, dont la conversation est toujours centrée sur les malheurs d'autrui.

Leo. Une passion de plus, qui n'a d'autre destin que d'être vécue et de se consumer. Rien de nouveau sous le soleil. Des milliers de pages ont été écrites sur ce sujet : l'impossibilité de se concentrer sur autre chose que sur l'être désiré. Des images qui me secouent et qui ont une telle force que le tissu laborieux de mes pensées s'avère impuissant.

— Elle a payé plus de cinq mille dollars, mais je te jure que ça en vaut la peine. Si tu voyais comme elle a changé.

Derrière un grand pot plein de lis blancs, Juan suit la conversation de ses frères. Ils parlent de Wimbledon. Leurs propos me parviennent, pétris par la brise marine qui s'engouffre par une fenêtre ouverte, des syllabes rythmiques dépourvues de sens qui exacerbent mon impression d'irréalité.

Dans la poche de mon pantalon, mon portable sonne. Je regarde l'écran. C'est Leo. Je prends la communication sans dire un mot et je quitte la pièce. Je vais dans le jardin, le portable à l'oreille.

— Tu es là ? demande Leo.

La lumière du soleil tombant en piqué sur le gazon a un effet aveuglant. J'ai presque atteint le bois quand je réponds :

— Oui, je suis là, dans le jardin de mon beau-père, à quelques mètres de l'endroit où nous nous sommes retrouvés.

Je m'assieds dans l'herbe, à l'ombre d'un *peumo*. Ici, tout est humide et aromatique. Du gazon immaculé et des fontaines émane une stabilité oppressante.

— Excuse-moi. Je n'aurais pas dû te bousculer comme ça.

— Tu as raison. Tout cela est ridicule. Nous ne pouvons même pas marcher dans la rue ensemble, parce que je crève de peur, je sais que c'est irrationnel, mais c'est plus fort que moi. – Je parle sur un rythme précipité. – Et puis…

— Et puis quoi ?

— Je n'en peux plus de tout ça, Leo. Ce n'est pas ce que je veux…

— Tu m'as manqué, Alma. J'aimerais te voir.

— Tu ne m'as pas écoutée.

— Je ne t'ai pas manqué comme toi tu m'as manqué. Voilà pourquoi tu parles comme ça.

Je cherche dans sa voix les vestiges de l'ironie qui sont tellement visibles sur son visage.

— Qu'est-ce que tu en sais ?

— C'est la vérité. Alors, accepte ce que je vais te proposer.

— Qu'est-ce que tu complotes ?

— Je voudrais que nous allions dans un endroit où nous pourrons passer quelques jours ensemble. Tu peux raconter que tu pars en repérage avec Matías. Il m'a dit que vous y travailliez.

— Tu as pensé à tout.

— Et tu me réponds quoi ?

— Je ne sais pas.

Je me tourne vers la volière et je m'aperçois qu'elle est vide.

— La semaine prochaine, je rentre à Bogotá. Je ne peux plus différer mon retour. J'ai besoin de te voir.

Un frisson me parcourt la nuque, les épaules.

— Tu me proposes des adieux ?

— On peut l'interpréter comme ça. Tu vois la mer, de l'endroit où tu es ?

Je suis étonnée de sa capacité à détourner les conversations. J'ai l'impression d'être dans un train qui file à toute vitesse, je peux continuer de regarder par une fenêtre ou dire : "Maintenant !" et sauter.

37. ♐

— *Oui, je la vois. Il y a la mer à l'endroit où tu as l'intention de m'emmener ?*

[...]

— *Non, je n'ai pas dit oui, je pose juste la question.*

[...]

— *Moi aussi je veux te voir.*

Alma se lève et fait quelques pas dans ma direction. Il y a un moment que j'écoute leur conversation. Je suis accroupi, caché derrière un arbre. Elle me regarde sans parler. Je sais qu'elle rembobine ses paroles, et elle n'a pas besoin de remonter très loin pour se rendre compte qu'elle en a trop dit.

— *Il faut que je raccroche*, dit-elle, et elle remet son appareil dans la poche de son pantalon. *Tu ne devrais pas écouter les conversations des grands. Ça ne se fait pas, et tu le sais très bien !* me lance-t-elle, furieuse.

— *Ce n'est pas ma faute si tu ne m'as pas vu. Je n'étais pas caché. J'étais là.*

— *Et qu'est-ce que tu faisais ?*

Sa voix est plus calme, mais je sais qu'elle réfrène son envie de me pendre haut et court.

— *Rien.*

— *Tu as ton Mp3 ?*

Son regard essaie d'entrer dans ma tête. Alors, je la baisse et je me mets à dessiner dans l'herbe avec le talon de mes espadrilles.

— *Comme toujours.*

Elle ne me demande pas si j'ai enregistré sa conversation. Elle s'assied à côté de moi. Je la regarde du coin de l'œil et je vois qu'elle se gratte la tête. On voit la mer entre les branches. On fait semblant tous les deux de la regarder avec attention.

Le temps passe. Je ne sais pas combien. Peu m'importe. Plus vite arrivera le moment de partir, mieux ce sera. Alma prend ses cheveux à pleines mains et passe la main dans l'herbe avec insistance, comme si elle avait perdu quelque chose. Soudain, elle me dit :

— *Je t'aime beaucoup, Tommy.*

Elle sait que ses paroles seront enregistrées pour toujours sur mon Mp3. Je réponds sur le ton moqueur que papa prend parfois quand il est en colère :

— *Ouais. Papa dit exactement pareil. Qu'il m'aime beaucoup.*

— *Tu es la personne qu'il aime le plus.*

— *Ça, c'est le plus gros mensonge du monde. Plus gros que la montagne la plus haute, plus gros que le télescope le plus grand du monde.*

— *Tu veux parler du télescope* ALMA. *Alors tu te trompes lourdement, Tommy. Je te jure.*

Elle est toute pâle.

— *Tu n'as pas besoin de jurer, de toute façon, je ne te croirai pas.*

Et je m'enfuis. Je l'entends crier :

— *Tommy, Tommy, s'il te plaît, ne t'en va pas !*

Je me retourne sans cesser de courir en direction de la maison. Alma est debout au milieu de la colline. Je m'arrête pour lire ses mains :

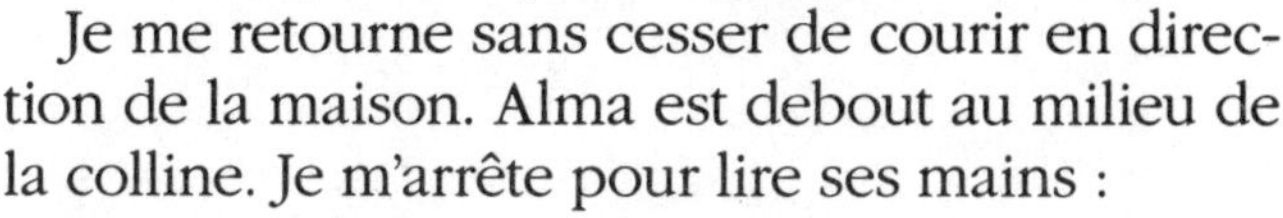

S'IL TE PLAÎT, CROIS-MOI.

Je sors mon Mp3 et j'enregistre :

Cette femme est une autre Alma et je ne la connais pas.

Je finis par m'arrêter. Mon cœur bat très fort. Je regarde en l'air, vers la cime des arbres, et j'aperçois un des oiseaux au poitrail rouge du grand-père. D'un moment à l'autre, quelqu'un va réaliser que la volière est vide. Mes cousins jouent sur la terrasse. On entend une mélodie à la flûte. Les fenêtres de la maison renvoient des lumières jaunâtres. On dirait qu'elles sont la proie des flammes.

38. ⌛

Je crois entrevoir par la fenêtre un oiseau très rare que mon père a rapporté d'Indonésie. Je me demande où Tommy a pu passer. Il s'est évaporé au moment où on quittait la table. Cette fois, il a dépassé les limites tolérables et je vais devoir être plus sévère. D'où a-t-il bien pu sortir cette amie juive ? Quelle mouche l'a piqué d'affronter ainsi le grand-père ?

Il est impossible qu'il ait gardé un lien avec son origine. Dans la famille, nous avons décidé d'oublier cette histoire. J'étais incapable de lui donner une éducation juive, qui aurait creusé un fossé entre ses cousins, le reste de sa famille et lui. Une source de douleur qui se serait ajoutée à celles qu'il a déjà.

Je vois Alma se diriger vers le fond du jardin d'un pas désinvolte. Une femme si différente – sous tous les aspects – des épouses de mes frères, avec ses bijoux sonores et ses petits rires qui n'éclatent jamais par crainte de tomber au mauvais moment, et qui s'estompent d'un coup, au contact d'un regard.

Quand j'ai rencontré Alma, je me rappelle avoir pensé que rien dans ma vie n'avait cette originalité, cette façon de regarder le monde en toute liberté. J'ai imaginé qu'à ses côtés resurgirait le désir voilé de vivre plus près d'un romantisme qui m'a toujours paru réservé aux autres. Je ne suis pas sûr d'avoir réussi, mais j'ai la certitude qu'un beau jour je me suis retrouvé marié avec une femme que j'aimais, père de deux enfants, et la vie familiale, conjointement avec mon travail, m'a de nouveau entièrement absorbé.

— Le vieux Zañartu est sur la paille, affirme mon frère Rodrigo.

— Il s'est fait rouler comme un vrai gland ; il était évident que ces types n'avaient nullement l'intention de le payer, s'exclame Esteban.

Papa s'insurge. Il trouve que c'est un manque de goût de dire des gros mots et de parler affaires en présence des femmes. Baltazar, le vieux domestique, fait circuler une nouvelle tournée de liqueurs.

Quand Alma m'a demandé des nouvelles de Cristóbal, dans la voiture, j'ai menti. Je ne pourrais pas résister à un regard de compassion de sa part. Je sais qu'elle attend le moment de me montrer que je ne suis pas infaillible. Et elle aurait raison. Je ne peux éluder la mort ni protéger les personnes qui comptent pour moi. En cachant la vérité sur Cristóbal, j'ai d'abord défendu le refuge que j'ai édifié pour ma famille. Un refuge où la mort et les calamités n'ont pas leur place.

Un groupe d'enfants fait irruption dans le salon. Parmi eux, avec son expression coquine, il y a Lola. Je cherche Tommy, en vain.

— Grand-père, on a un cadeau pour vous, annonce un des enfants, c'est une pièce de théâtre que nous avons préparée pour vous sur la terrasse.

— Mais c'est merveilleux, s'exclame papa.

Il lève sa canne fièrement et nous sortons tous en file indienne derrière lui. Une image qui me remet en mémoire quatre petits frères marchant derrière les pas fermes de mon père, se demandant avec crainte ce qui pourrait nous arriver si nous ne suivions pas ses préceptes.

Les autres enfants nous attendent sur la terrasse. Ils ont construit des arbres en carton, autour d'un autre plus petit, d'une couleur jaune qui brille sous la lumière. Chaque arbre est tenu par un garçon ou une fille qui affiche un air sérieux. Lola, derrière l'un d'eux, me fait des grimaces. Un enfant interprète à la flûte une mélodie désaccordée. Le petit Rodrigo s'avance et prend la parole :

— Nous avons choisi l'histoire d'un président des Etats-Unis, parce que nous savons que le grand-père aime beaucoup ce pays.

Il sort quelques feuillets de sa poche et commence sa lecture.

Quelques adultes éclatent de rire. Papa se contente d'un sourire moqueur. Je regarde du côté du jardin, toujours à la recherche de Tommy. J'aperçois un paon sous les arbres. Le petit Rodrigo lit :

— Le papa de George Washington était un homme très riche et il avait rapporté du Japon un cerisier dont les fleurs et les fruits étaient enviés par tout le monde.

Un de mes neveux, en short et chapeau de paille, se promène au milieu des arbres en carton avec un autre garçon qui s'est dessiné des moustaches.

— Il planta son unique cerisier devant sa fenêtre, où il pourrait le voir quand il fleurirait.

Tout en l'écoutant, j'entrevois la pénombre de la chambre de Soledad à Aguas Claras, où ma mémoire s'enfonce à la recherche d'un souvenir solide auquel me raccrocher. Mais tout ce que j'y trouve m'est inconnu. Ses yeux vides, son sourire vide, ses gestes vides. Nous avions grandi ensemble, et depuis peu je réalisais que je la connaissais à peine. Après sa mort, la seule façon de quitter cette roue qui tournait avec ses interrogations avait été de sauter à l'extérieur. Je n'allais pas laisser Soledad devenir une obsession, un remords stérile. Cependant, en dépit de mes efforts, les souvenirs me poursuivaient et me rattrapaient. Longtemps après, Soledad continuait d'apparaître dans les lieux les plus inattendus. Je la voyais presser le pas dans la rue, apparaître à la fenêtre d'un restaurant, toujours elle, avec ses cheveux foncés, me laissant une sensation d'inachevé.

— Pour son anniversaire, George Washington reçut de son père sa première hache. Tout content, l'enfant sortit pour l'essayer.

L'enfant en short renverse les arbres à coups de hache. Les enfants tombent l'un après l'autre. Au moment où Alma s'assied à côté de moi, Lola est abattue. Elle est par terre et nous regarde d'un air inconsolable. Alma lui dit quelque chose avec les mains, dans le langage des sourds-muets, et elle rassemble ses cheveux en chignon. Son corps dégage une énergie intense.

— Sans le faire exprès, George Washington renversa le cerisier adoré de son père.

L'arbre jaune est abattu et la fillette qui le tient heurte Lola, qui est déjà tombée.

— Tu te souviens de l'arbre ? me demande Alma. – Je la regarde sans répondre. – Tu ne t'en souviens pas ? répète-t-elle, et il y a sur son visage une expression implorante.

Alma me prend la main. Je sais exactement à quoi elle fait allusion. Au soir où, interprétant un arbre dans une pièce de théâtre, elle avait découvert que sa mère avait un amant. Mais je ne veux pas partager ses souvenirs, et je ne veux pas qu'elle touche aux miens. Si elle croit qu'un geste peut annuler son éloignement et ses absences de ces derniers temps, elle se trompe. Je me surprends moi-même quand je lui réponds : “Non, je ne m’en souviens pas”, avec une froideur absolue. Alma retire sa main et se prend les coudes, regardant devant elle, sans broncher. Je lui demande alors :

— Tu as vu Tommy ?

Elle secoue la tête.

— Mais tu étais avec lui il y a un moment.

Alma continue de dire non et elle se comprime les yeux.

39. ♐

— *En trouvant son cerisier cassé, le père convoqua tous les péons de l'hacienda pour découvrir le coupable. Alors qu'ils étaient tous rassemblés devant lui, morts de peur, le petit George fit un pas en avant et avoua qu'il avait coupé le cerisier.*

C'est curieux, mais, pendant qu'ils répétaient cette histoire idiote, je faisais une bêtise pas très différente de celle du petit Washington. Ils n'ont pas idée de ce que cela peut représenter. Papa et Alma sont ensemble, assis devant. Je les observe de ma cachette, derrière la palissade qui protège la terrasse du vent.

— *Le père se fâcha et menaça de le punir, mais il comprit que George avait été courageux en avouant sa faute et il décida de lui pardonner. Selon lui, rien n'était plus important que d'avouer résolument la vérité.*

Sarah Ravskosky, dans sa lettre, avait dit que la vérité triomphait toujours, quoi qu'on fasse. L'ennui, c'est que chacun croit que la sienne est la seule ou la plus brillante, autour de laquelle tournent toutes les autres vérités.

Quand je leur dirai que j'ai ouvert la cage parce que je trouvais dommage que les oiseaux du grand-père n'aient jamais volé en toute liberté, ils penseront que je mens. Le grand-père dira que c'est la faute de papa qui ne sait pas me faire obéir, et ce sera sa vérité. Alma pensera que j'ai agi par dépit après l'avoir entendue, et ce sera sa vérité. Papa pensera que je fais cela et que je raconte des bêtises à table parce que je n'ai pas d'amis, parce que je passe mon temps à m'ennuyer et parce que j'ai besoin de me faire remarquer, et ce sera sa vérité.

Un vol d'oiseaux traverse la terrasse en rase-mottes. Tous lèvent la tête. Un autre vol remonte en cercles concentriques au-dessus d'eux. Ce sont les oiseaux du grand-père. Ils ont l'air désorientés. Ils ne veulent pas partir, ils ne veulent pas de la liberté que je leur ai donnée. Peut-être qu'eux aussi ont leur vérité.

Le grand-père brandit sa canne-épée et un de mes cousins s'écrie : "Ce sont les oiseaux de la volière !" En me tournant vers le parc, je constate que le paon et les faisans chinois n'ont pas voulu s'enfuir non plus. Ils marchent tranquillement dans l'herbe sans trop s'éloigner, comme s'ils étaient encore à l'intérieur de leur cage. Tout le monde se précipite vers la volière, le grand-père en tête. Derrière des buissons, je vois Black, un des chiens du grand-père, qui tient un faisan dans la gueule. Devant toute cette agitation, Black s'enfuit en courant, l'oiseau moribond entre ses crocs. Une tante crie, comme si c'était elle qu'on massacrait. Le grand-père donne des ordres dans une langue incompréhensible. Je sors de ma cachette et m'avance vers l'endroit où ils sont tous réunis, devant la porte grande ouverte de la volière. Tante Corina a ses chaussures à la main. Alma est la première à me voir. Elle me regarde, les yeux écarquillés. Comme j'aimerais qu'elle soit l'autre Alma, afin de pouvoir lui donner la main. Le grand-père entre dans la cage vide et s'exclame :

— *Mais quel malheur !*

Papa s'approche de moi :

— *Ah, te voilà, toi ! Où étais-tu passé ?*

Je ne réponds pas, parce que nous regardons tous à l'intérieur de la cage, où se trouve le grand-père.

— *Qu'on m'appelle Baltazar, il me faut le millet !* vocifère-t-il en courant dans tous les sens.

Un groupe part vers la maison pour alerter Baltazar, tandis que les autres entrent dans la volière pour tenir compagnie au grand-père. Mon cousin Jaime se détache du groupe et s'avance vers moi. Il me regarde fixement et esquisse une grimace. J'ai du mal à respirer. Il a dû me voir quand j'ouvrais la cage. Sera-t-il capable de prendre la parole devant tous les adultes et de me dénoncer ? Qui est le plus courageux ? Qui va sauter le premier ? Je le regarde sans dire un mot, Jaime maintient son sourire. "Tu es fichu, pauvre bestiole", me disent ses yeux. Je fais cinq pas. Je suis devant le grand-père.

— *Grand-père, c'est moi qui ai ouvert la cage.*

Le grand-père me regarde comme on regarde les inconnus quand ils vous adressent la parole.

— *Ne dis pas d'âneries, gamin.* – Parfois, avec tous ces cousins, il oublie nos prénoms.

— *C'est la vérité. C'est moi qui ai ouvert la cage.*

— *Comment as-tu osé faire une chose pareille ? Tu es fou ? Cet enfant est absolument fou !* hurle-t-il. *Aussi fou que sa mère !*

Les adultes restent muets. Le grand-père continue :

— *C'est ta faute, Juan. Jamais tu ne lui as donné une éducation comme il faut. Tu le traites comme s'il était un imbécile, et tu vois le résultat ? Le voilà !* – Il montre avec sa canne ma poitrine et les taches de sang laissées par le faisan mort. – *Tu n'as pas la trempe d'affronter ce que tu avais à vivre. C'est un malheur. Et maintenant, partez tous, partez, la fête est finie.*

Au lieu de répondre, papa reste muet. Les adultes, suivis des enfants, quittent la cage lentement. Certains s'approchent du grand-père pour lui dire au revoir, mais lui, sans cesser de regarder l'intérieur de la cage vide, les repousse d'un geste. Alma essaie de me prendre par la main, mais je me dérobe.

Je me dirige vers l'endroit où les voitures sont garées. Celle de papa est ouverte. J'y monte et je me blottis dans un coin. J'ai une douleur dans la poitrine, comme si on m'avait mis un ballon de football sous les côtes. A quoi ça sert de dire la vérité ? L'histoire du petit Washington est une farce. Je crois avoir enfin compris. Les personnes mentent, parce que la vérité démolit tout, comme les ouragans des Etats-Unis. J'enregistre :

Neuvième découverte. Le grand-père a raison, papa est un homme faible et moi je suis fou, comme maman, voilà pourquoi je ne peux pas compter jusqu'à dix avant de blesser les autres.

♐

Au retour, papa se concentre sur la route, il ne nous parle pas. De temps en temps, il appuie un peu plus sur l'accélérateur. Je laisse le vent entrer par la fenêtre ouverte et me fouetter le visage. Papa déboîte brusquement et double un camion. Alma lui demande de se calmer, elle lui dit que nous allons finir au cimetière. Papa, sans réduire sa vitesse, lui crie de ne pas être hystérique, qu'il ne va rien nous arriver. Je suis tenté de lui dire que demain j'ai besoin d'être vivant pour mon contrôle d'anglais, mais je renonce.

— Juan, je t'en prie, supplie Alma.

Papa continue d'accélérer. Alma réagit comme moi. Elle ouvre la fenêtre. Derrière ses mèches soulevées par le vent, je vois son visage et je me rends compte qu'elle pleure. Une fois de plus, papa et Alma se disputent par ma faute. Si je pouvais intervenir pour qu'Alma ne nous quitte pas, je le ferais à l'instant même. N'importe quoi. Papa est la moitié vivante de mes êtres les plus proches, ce qui m'empêche de le détester comme je le voudrais. Je sors de la poche de ma veste le dessin que j'ai fait pour le grand-père et je le jette par la fenêtre.

Au loin, la mer est immense et bleue. J'imagine qu'elle tient toujours compagnie à maman et que ses rumeurs la bercent. Il y a un bateau à l'horizon. Je monte à l'échelle de corde pendue à la proue et je prends le large.

40. ♒

Pendant que je regarde l'esplanade déserte filer devant mes yeux, Leo tend le bras par-dessus le siège et me prend par l'épaule.

— Tu vas bien ?

Il a un air satisfait qui éveille en moi des sensations contradictoires. Je partage sa joie et en même temps je ne peux m'empêcher d'y voir la légèreté de ses sentiments.

— Oui, oui, je vais bien.

J'enlève mes sandales. Sur le siège arrière de mon 4X4 sont éparpillés la sacoche de son ordinateur et une bonne dizaine de livres.

— Tu t'es préparé comme si nous allions passer un mois à la plage !

Leo tord le nez et part d'un éclat de rire qui me gagne :

— Sans doute parce que j'ai très envie de rester longtemps avec toi.

A mesure que nous quittons la ville torride et approchons de la côte, la lumière vire au gris, avec quelques éclaboussures de soleil jaunâtre. Un petit avion vrombit dans les hauteurs, je pense à Juan. Leo met un CD. Le rythme du jazz inonde l'intérieur du véhicule.

Dans deux jours tout aura disparu : Leo, le sentiment qu'il éveille en moi, notre passion, le cabanon qui nous attend au bord de la mer. Après son départ je retrouverai la sagesse et mettrai toute mon énergie à récupérer ce qui m'est propre. J'essaie d'imposer cette pensée à celles qui m'assiègent. A celles qui me soufflent que je ressentirai un grand vide lorsque Leo sera à Bogotá. Parfois, j'y arrive, surtout quand je me rappelle les moments heureux passés auprès de Juan, quand je vois Lola et Tommy, quand j'aborde des sujets aussi concrets que nos prochaines vacances – que nous avons déjà programmées – sur une plage des Caraïbes. Leo devine mes sentiments ; je m'en aperçois à sa façon de se mordiller les lèvres et au soupir qui s'ensuit.

— Ça va être formidable. Tu vas voir. L'endroit est superbe, je suis tombé dessus par hasard il y a deux ans, en accompagnant des amis qui voulaient acheter une maison.

Il me dévisage avec des yeux qui semblent davantage repliés sur lui-même que tournés vers l'extérieur. Je m'attarde sur son harmonieuse constitution, ses grandes mains, ses extrémités pas trop épaisses mais néanmoins solides, son nez tordu, son grand front lisse. Je pose la main sur sa cuisse nue, je la glisse dans le short et reviens en arrière. Le contact de sa peau m'excite et me redonne courage. Je ne vais pas bouder le charme de sa présence. Je ne vais pas non plus chercher à en savoir plus sur la nature de ses sentiments à mon égard. Les réponses à ces questions ne sont jamais satisfaisantes. C'est pourtant l'illusion dont j'ai besoin. Celle que cherchent tous les êtres humains quand ils envisagent de renoncer à leur vie. Une certitude, si minuscule et mouvante soit-elle. Et c'est la question qu'on ne peut pas poser à un homme dans le genre de Leo, laconique, dévergondé, ironique, légèrement pervers et copieusement sceptique.

— Quelle est la question qu'il ne faut jamais poser à un amant ?

— Voyons, voyons ? Disons : Qu'est-ce que tu es prêt à faire pour moi ? hasarde-t-il.

— Exact.

— Tu veux me la poser ?

Une fissure s'est ouverte en lui, par laquelle j'entrevois un Leo dubitatif et craintif.

— Et toi, tu veux me la poser ?

— Moi ? Non.

Il a retrouvé son expression habituelle, ironique et impénétrable. J'enchaîne :

— Moi non plus.

Leo ralentit, gare la voiture au bord de la route et ouvre la portière. Je ne sais pas ce qu'il veut.

— Descends.

J'obéis. Nous sommes face à face, il a les mains sur mes épaules. Un tourbillon d'air vif provoqué par les automobiles qui passent à pleine vitesse soulève nos vêtements. Mes cheveux balaient nos deux visages, s'interposent entre nous, mais au fond de ses pupilles je vois les coquillages minuscules fixés sur moi. Il me serre dans ses bras. Ce n'est pas une promesse, me dis-je, mais tout juste un être qui se faufile dans le rêve de l'autre.

— Je veux que nous vivions ensemble, me souffle-t-il à l'oreille.

Sur le coup, ses propos me surprennent, puis m'émeuvent. C'est ce que je voulais, ce que j'attendais : un geste qui m'attire vers son rivage.

— Répète ce que tu viens de me dire.

— Je veux que nous vivions ensemble, je veux voir comment tu t'occupes de tes affaires, je veux partager ma vie avec toi.

— Où ?

Je ne sais pas très bien pourquoi je pose cette question, peut-être pour me glisser dans le monde réel, pour donner de la consistance à une vie qui me semble inimaginable.

— Je ne sais pas. Où tu voudras. Ici, à Bogotá, à Paris, à Barcelone, peu m'importe, dit-il en haussant les épaules.

— Quand nous nous sommes disputés l'autre jour, je pensais que je ne te reverrais plus.

— J'ai eu la même impression.

— Alors ?

— Ces huit jours sans te voir m'ont été insupportables, Alma.

Il me regarde comme s'il croyait me connaître à fond.

— Tu n'as pas peur qu'on réalise au premier virage que tout cela est une épouvantable erreur ?

— Non. Je sais que ça n'en est pas une.

Il a un regard serein.

— Comment peux-tu en être aussi sûr ?

— Parce que je t'aime.

— Ces mots ne figurent pas dans ton lexique, réponds-je avec assurance.

— Par chance, en dépit de tous nos efforts, ni la vulgarité ni la méchanceté ne peuvent tout anéantir. Et je te promets que ces mots expriment assez précisément ce que j'éprouve pour toi.

— Et ta liberté ?

— Je n'ai pas de raison de la perdre, réplique-t-il avec un sourire déluré.

Je me détache de lui.

— Dis-moi que tu plaisantes.

— Bien sûr que je plaisante. Sur ce dernier point. Mais, pour tout le reste, je suis on ne peut plus sérieux.

Il s'agrippe à mes bras. Je suis prise d'un léger vertige. Je sens son émotion et en même temps l'inconfort que lui produit un instant comme celui-ci, non conçu pour l'ironie.

— Tu m'as écouté ?
— Oui, je t'ai écouté.
— Et alors ?
En souriant, je l'embrasse et enfouis mon visage au creux de son épaule. Le vent souffle mais je n'ai pas froid. Je dis dans un murmure :
— Il était convenu que nous allions nous séparer.

41. ♐

Alma est partie il y a deux jours. Elle a dit à papa que c'était pour son travail, mais je sais qu'elle est à la plage avec l'homme qui l'a ramenée en taxi. Lola est chez Maná, et papa n'a presque pas mis les pieds à la maison. Depuis l'anniversaire du grand-père, nous nous parlons à peine. Il est toujours en colère, à juste raison. Sur les quarante-cinq oiseaux de la cage, seuls vingt sont revenus.

A peine rentré de l'école, je m'enferme dans ma chambre. Yerfa croit que je suis malade et elle m'apporte le dîner. Je n'ai pas faim. Je mange le minimum et je jette le reste dans les cabinets. Quand j'entends Yerfa descendre l'escalier, je cache la tête sous la couette et je vais retrouver Kájef. Nous sillonnons la mer démontée dans son canoë, et nous nous arrêtons au milieu de l'océan. Dans l'obscurité, le ciel a un éclat étrange, comme s'il était éclairé par un gigantesque projecteur. Kájef se lève et écarte les bras. Il me sourit. On voit qu'il est grand et fort, s'il n'était pas mon ami, je penserais qu'il s'agit d'un dieu. "Toi aussi, tu peux le faire", dit-il. Je me mets debout à côté de lui et je plane, les bras écartés ; je retiens ma respiration, mais je n'ai pas peur. Le vent m'effleure et murmure à mon oreille. Soudain le canoë se met à tanguer, je m'accroche au bord, mais notre embarcation chavire et nous basculons tous les deux. Kájef disparaît dans la mer. Moi, je flotte. J'ai l'impression d'avoir déjà vécu cela. Mais quand ? QUAND ? Je me mets en boule et le souvenir devient encore plus dense, j'entends un fracas et une voix qui me parle. J'essaie de la saisir entre mes doigts pour qu'elle ne parte pas, je serre les poings, mais je n'y arrive pas, le fil de ma mémoire se rompt, le souvenir coule dans l'eau noire du fond de l'océan, avec Kájef. Je suis pris d'un sentiment de panique, je claque des dents, je veux crier, mais je sais que c'est inutile. Je repousse la couette et saute du lit. La nuit tombe.

♐

Papa frappe à ma porte quand il revient de la clinique. Il me gronde parce que je me suis enfermé à clé. Avant de lui ouvrir, je branche mon Mp3 et je le cache derrière un livre. Nous nous asseyons sur mon lit : il a les jambes écartées et les coudes sur les genoux, moi à côté de lui, j'ai les genoux très serrés et les mains posées dessus. Nous regardons tous les deux par la fenêtre. Il ne dit rien et j'attends. Il a l'air fatigué. Soudain il prend la parole :

— *Ecoute, Tommy, je sais que c'est difficile de ne pas pouvoir se comporter comme les autres enfants, que c'est difficile d'être différent. Je ne devrais peut-être pas te le dire, mais je crois que tu es assez grand, maintenant, et qu'il est bon que tu le saches. Pour moi, ça n'a pas été facile non plus. Tu sais pourquoi ? Parce que je t'aime beaucoup et que je vis tout ce qui t'arrive comme si ça m'arrivait. Tu vois ce que je veux dire ?*

J'acquiesce d'un mouvement de tête.

— *Alors, quand tu fais une bêtise, par exemple libérer les oiseaux de ton grand-père, je suis doublement affecté, parce que je me sens responsable. Avant de commettre pareille idiotie, pense à ton père, pense au mal que tu me fais, ça te coupera l'envie. Tu crois que c'est possible ?*

J'acquiesce encore et je change de position, parce que je commence à avoir mal aux jambes, à force de les coller l'une contre l'autre.

— *Yerfa m'a raconté que tu persistes, avec ton petit copain imaginaire. Je te l'ai dit mille fois, Tommy, ce n'est pas bon pour toi. C'est très bien d'imaginer, mais pas que les choses que tu imagines soient plus importantes que la réalité. Je sais que c'est amusant de créer ses propres jeux, d'avoir son monde, mais c'est dans la réalité que tu te nourris, que tu entres en relation avec les autres... Tu imagines ce qui se passerait si nous vivions toujours dans un monde imaginaire ?*

Je suis sûr que papa n'aimerait pas apprendre que pendant un bon bout de temps j'ai suivi mes camarades comme une ombre. Ça m'était égal qu'ils ne me parlent pas, moi non plus je n'aurais pas su quoi leur dire. Jusqu'à l'apparition des messages. Dans le premier, ils m'avouaient que je leur faisais de la peine, que c'était la seule raison pour laquelle ils me laissaient les suivre. J'ai laissé tomber. Je n'avais plus besoin d'eux.

Papa n'élève pas la voix. Il parle calmement, modulant chaque syllabe. Il sait se contrôler. Moi aussi, je me suis entraîné. Papa a honte de mon corps, il a honte que je sois comme je suis, que je ne joue pas au football, que j'aie peur des espaces fermés, que j'aie des réactions stupides. Et comme il croit que je suis une part de lui, il essaie de dominer cette part comme il essaie de se dominer lui-même. Mais ce qu'il veut est impossible, parce qu'il n'est pas moi. S'il pouvait le comprendre, il ne m'aurait pas tenu ce genre de propos, car ce que je fais est une partie de moi, je ne peux pas changer ça. Pas parce que je suis un peu philosophe, comme dit Mr Berley, mais tout simplement parce qu'on n'y peut rien. Ce "ça" me suit partout et pour l'extirper il faudrait expulser mon être de moi-même. Avant de quitter ma chambre, il se retourne et me lance :

— *On est d'accord, champion ?*

— *On est d'accord.*

Je ne lui ai jamais avoué que je déteste ce mot, "champion". Champion de quoi ? C'est comme s'il parlait à un autre enfant, comme s'il ne me voyait pas.

♐

Il faut que je dorme. Mais je suis hanté par le souvenir du corps de Kájef disparaissant dans la mer. Je sors la photo de maman du coffret d'Architout. Son visage est divisé en deux : d'un côté, la blessure, de l'autre une lumière. Ce doit être le reflet du papier que je tiens dans la main. On dirait que sur son visage se mêlent les bonnes et les mauvaises choses. En regardant attentivement, je découvre un détail que je n'avais encore jamais remarqué : maman tient dans la main le dessin d'un enfant. Et ce dessin n'a pu être fait que par moi. C'est soudain une évidence ! Je suis quelque part dans la moitié éclairée de son visage. Mon cœur commence à battre follement. Je ferme les yeux. L'image de maman – jusqu'à présent étrangère – se fraie un passage dans les couloirs que j'ai en moi et atteint un territoire caché, où se trouvent les souvenirs véritables. L'espace est tiède et n'a pas d'images. Je n'ai pas besoin de preuves. C'est l'étreinte de maman. Je plonge en elle, comme dans la piscine. Sa tête m'enveloppe et me transporte.

Dehors, la nuit est immobile. J'aspire une grande bouffée d'air et j'essaie de calmer mon cœur. De nouveau je regarde le rayonnement du visage de maman et j'entends un murmure me parcourir le corps. Soudain tout s'ordonne dans ma tête. J'enregistre :

Dixième découverte. Maman savait que c'était "ça" qui faisait de moi ce que je suis, et que c'était "ça" qu'elle aimait en moi. Il n'y avait personne au monde que maman aime autant que moi, et personne au monde ne m'aime comme elle m'a aimé et il n'y a rien dans l'univers que j'aime plus que maman.

Je me recouche. Je m'accroche fermement à mon oreiller et je m'enfonce dans le sommeil. Je descends doucement dans un ascenseur jusqu'au fond de la mer. Le silence est absolu, mais je n'ai pas peur. Presqu'à l'aube, avant que Yerfa frappe à ma porte pour me réveiller, je transfère les derniers enregistrements sur mon ordinateur et je prépare mon sac. Je dois emporter des vêtements pour me changer. Et de l'argent. Ces derniers mois j'en ai économisé assez. Et aussi une veste et un bonnet de laine pour me couvrir les oreilles. Je prends mon Mp3, le taille-crayon Swiss Army que papa m'a offert pour mon anniversaire et la photo de maman.

42. ♒

Je me réveille tôt et je me colle contre Leo. Son torse nu est plus fin que celui de Juan. Dans cette position, le visage enfoncé sous les draps, il me rappelle un enfant à mi-chemin sur sa route d'homme. Hier après-midi, après l'avoir accueilli avec un enthousiasme débordant, la propriétaire lui a demandé des nouvelles d'une femme prénommée Inés. Un geste de Leo – que je n'ai pas vu – a dû la dissuader d'insister. Je n'avais pas pensé que je pouvais ne pas être la première femme que Leo amène dans ce cabanon, et découvrir cette certitude m'a pincé le cœur. Voilà pourquoi, au moment d'y entrer, je lui ai demandé de changer de place le lit, la table, le fauteuil, et même le miroir ovale. L'émotion puissante que j'avais ressentie en entendant sa proposition s'est muée en colère, et très vite en désillusion. Comment avais-je pu, quelques instants plus tôt, envisager de vivre avec un homme qui ne s'est jamais engagé avec personne d'autre qu'avec lui-même, et qui s'en vante ? Ce que j'ai compris – quelques secondes plus tard – c'est que ni Leo ni moi n'avons atteint le fond, et nos émotions sont bien précaires, si la question d'une inconnue peut me projeter dans une spirale de conjectures destructrices. Quand nous avons fini de changer les meubles de place, nous avons fait l'amour.

Dans ce nouvel agencement, le lit est près de la porte, et l'air qui s'engouffre par une fente me gèle le nez. Je me lève silencieusement pour ne pas réveiller Leo. J'enfile un pull par-dessus mon pyjama et je mets mes sandales. J'ai promis à Lola de l'appeler avant qu'elle parte à l'école. Elle est chez ma mère. Bien qu'elles soient ravies d'être ensemble, je ne la lui confie pas souvent. Ma mère a si peu de bon sens que c'en est parfois inquiétant. Mais cette fois je n'ai pas eu la force de confier les deux enfants à Juan. Ou alors, c'était un acte beaucoup plus décisif, une façon d'entamer le partage des eaux.

Dehors, il fait froid. Devant le cabanon s'étend la mer argentée, noyée de brume tout au fond. Sur la plage déserte, une pancarte blanche proclame en lettres rouges :

BAIGNADE AUTORISÉE

Le vent est pénétrant. Je monte dans mon 4X4 et compose le numéro de Maná. C'est Lola qui décroche, elle devait attendre devant l'appareil.

— Maman, où tu es ?

— Sur une plage froide, très froide.

— Maná dit qu'elle viendra me chercher à l'école et que nous irons dans une ferme où il y a des animaux.

Leo apparaît sur le seuil, une couverture sur les épaules. Il regarde en direction de la plage, il me cherche. Il se prend les coudes et sautille. Je frappe à la vitre pour qu'il me voie.

— C'est formidable, mais n'oublie pas tes devoirs.

Une vague de tendresse m'envahit en regardant Leo, sans défense devant le froid et peut-être l'idée que j'aborde dans une phase de remords. Il avance de quelques mètres vers la plage. Même ainsi, avec la couverture sur les épaules, j'aime sa façon de marcher, la pause à la fois indolente et puissante qu'il instaure entre chacun de ses pas.

— Ah, maman, tu es toujours aussi embêtante ! Tu ne peux pas te détendre un peu ?

— Mais je suis une maman, Lola, et c'est pour toujours. Je t'aime, ma chérie, et porte-toi bien.

— Oui, maman, dit Lola qui éclate de rire, car nous savons toutes les deux que ce "oui, maman" si sage signifie exactement le contraire.

Leo se retourne et me voit. Il agite la main pour que j'aille à sa rencontre. Je saute de la voiture. Son sourire matinal m'ensorcelle. Je l'embrasse et lui propose de rentrer prendre le délicieux petit-déjeuner que j'ai l'intention de lui préparer.

43. ♐

Par la fenêtre du bus, je vois défiler les montagnes, les prés, les maisonnettes en bois, les arbres secs, les arbres touffus, les publicités annonçant des paradis, les panneaux de signalisation, deux enfants à bicyclette, six vaches, un chien, des poteaux, encore des poteaux. Je veux les compter, mais ils passent trop vite et ça me donne le tournis. Je regarde le ciel et je pense que c'est un très long ruban gris. Mais comme il n'y a rien à compter dans le ciel, je commence à avoir peur et j'ai envie de rentrer à la maison. Alors, je me rappelle pourquoi je suis ici.

J'incline le dossier et j'écoute sur mon Mp3 l'opéra rock *Tommy* qu'Alma m'a offert. Je me sens mieux dès les premiers accords. Nous traversons un village endormi. Je pense aux gens qui sont dans leur maison, et que je ne connaîtrai jamais. Je chante doucement :

— *See me. Feel me. Touch me. Heal me.*

Ça n'a pas été très compliqué d'aller à la gare. Quand le car de ramassage m'a déposé devant le collège, j'ai attendu qu'il disparaisse, j'ai fait demi-tour jusqu'à l'arrêt qui est sur la place. Il y a deux jours, j'avais remarqué un bus qui s'y arrêtait avant de continuer vers la gare routière. Une fois là, je suis d'abord allé dans les toilettes, pour enlever mon uniforme que j'ai mis dans mon sac et enfiler un jeans. Comme ça, personne ne verra que j'ai fait l'école buissonnière.

Mais maintenant que je suis arrivé à Los Peumos, je suis perdu. C'est un endroit de la ville que je ne connais pas. Je devine que je suis à Los Altos, où vit la famille de Baltazar. Des passagers sortent rapidement, d'autres restent devant le car, ils attendent leurs bagages et retrouvent les gens qui sont venus les chercher. Un groupe d'enfants embrasse une femme qui a les cheveux blancs et une longue cape grise. Son visage est plein de rides qui se tordent quand elle sourit, comme un accordéon. Les cris des enfants rebondissent sur le macadam. Je reste debout, sans bouger, mon sac par terre. Les passagers s'éloignent un à un, la tête enfouie dans leur manteau, comme des tortues. La femme au sourire en accordéon est toujours devant le car. Elle se tourne vers moi et sourit. Ses rides se réjouissent avec elle. Son regard est si profond et si soudain que je ne sais où me mettre. Elle penche la tête et hausse les sourcils. On dirait qu'elle me dit : Alors, tu viens ? Je mets mon sac en bandoulière et je m'en vais. En direction de la mer.

44. ♒

Leo écrit sur son ordinateur. En écoutant le bruit régulier des touches, je crois entendre les pas de ses pensées. Je regarde ses livres et ses papiers – entassés sur l'unique table du cabanon – et je me laisse gagner par l'illusion de stabilité qu'ils répandent. Moi aussi, j'ai apporté mes lectures, je me suis attelée aux nouvelles d'Alice Munro. Un léger crachin ne parvient pas à cacher la ligne lumineuse de l'horizon. Le vent fait vibrer la fenêtre au bout de ses doigts. Je regarde les gouttes qui tombent, brillantes sous les fulgurances fuyantes du soleil. Leo lève la tête, nos regards se croisent. Je sens que nos pensées convergent, l'avidité dans ses yeux le confirme. Nous sourions et je me replonge dans ma lecture. L'air du cabanon est chaud et légèrement salé. J'aime faire attendre le désir, en sachant qu'un seul geste suffit pour provoquer la rencontre. J'aime regarder Leo avec juste assez de recul pour le toucher en tendant la main. Je peux aussi simplement dissoudre mon monde. Un seul mot suffit, et tout sera fini. Maintenant, je comprends pourquoi j'ai laissé Lola chez ma mère.

Je pense à Pauline – l'héroïne d'une nouvelle d'Alice Munro – qui reçoit un appel de son jeune amant tourmenté, installé dans un motel proche du lieu où elle passe ses vacances en famille. Une situation émouvante et forte : pendant qu'elle lui parle, elle tient sa plus jeune fille dans ses bras ; l'autre, un peu plus grande, tourne autour du téléphone en braillant parce qu'elle veut un chocolat. La même histoire racontée de mille façons.

Même ainsi, une part de moi est persuadée que mon histoire est unique, particulière, et une autre part de moi se fait un plaisir de me rappeler que la passion a précisément la caractéristique trompeuse de persuader celui qui l'éprouve d'être une exception.

Un oiseau se cogne au carreau de la fenêtre. Nous sursautons tous les deux, nous le voyons se relever et s'envoler.

A mon insu, en laissant Lola chez Maná j'ai coupé le lien qui me rattachait à la maison où j'avais construit une vie avec Juan. Notre vie. Je ferme les yeux et j'imagine que, comme Pauline quelques heures après l'appel de son amant, plus rien de ce que contient cette maison et ce monde ne m'appartient, la seule chose que je possède désormais est ce désir que je ressens et, à ma grande surprise, je n'ai aucune envie de le crier sur les toits. Au contraire, une paix immense m'envahit, comme si enfin la trêve était instaurée sur le champ de bataille. J'ai sauté du train en marche, et les contusions sont insignifiantes au regard du saut que je viens de faire. La proximité de Leo minimise les plaies. Elle me pousse même à croire que ma vie future – près ou loin de lui – sera, dans l'ensemble, différente et meilleure. Leo a ranimé le désir en moi, pas de retour en arrière possible, la nostalgie de cette appétence retrouvée rendrait la vie avec Juan insupportable. Ce n'est pas seulement son éloignement. Dans mon obstination à fuir le chaos de ma mère, j'ai consacré tous mes efforts à faire de notre union une institution. Et insidieusement j'ai tué la nature imprévisible de l'amour qui nous unissait.

La chaleur du poêle à bois atténue la peur. Leo me regarde encore. Mon expression doit l'inquiéter. Il se lève et me caresse le visage. Je ne bouge pas. La passion a l'art de transformer n'importe quoi en raison impérative et déterminante de renoncer au monde. J'esquisse un sourire et je me dis : "Si Leo est à côté de moi, tout ira bien."

— Tu veux parler ?

Je secoue la tête. Je ne peux pas lui décrire les allées et venues de mes pensées sans au moins esquisser une réponse à sa proposition.

— Ne t'inquiète pas, je sais que c'est beaucoup plus difficile pour toi que pour moi. Je n'ai rien à quitter, dit-il en souriant tranquillement. Et puis c'est l'heure d'un bon thé bien chaud. Nous ne sommes pas là pour nous maltraiter, n'est-ce pas ?

Il me saisit le menton et m'oblige à le regarder. Puis il prend la théière que nous avons mise sur le poêle à bois et il prépare deux tasses de thé. La première gorgée me réchauffe la gorge. A l'intérieur du cabanon, les ombres s'étendent comme des gazes obscures. Nous restons silencieux. Nous savons tous les deux que parfois les mots éteignent cette chaleur fragile et profonde qui enflamme les personnes.

45. ♐

Après bien des détours, je suis arrivé sur la colline, face à la mer où se trouve le cimetière. Le vent siffle très fort et les nuages s'agglutinent dans le ciel. Les premières tombes sont entourées de grilles blanches, de fleurs séchées et de tourbillons de vent. Ce sont les tombes des enfants. J'avance dans les allées bordées de sépultures quand soudain j'aperçois au loin l'arbre de maman. Je presse le pas. De toutes les tombes de la famille, celle de maman est la plus proche du petit sentier qui descend vers la mer. Quand je la vois, mon cœur se met à battre très fort, comme si quelqu'un me frappait la poitrine de l'intérieur. J'AI RÉUSSI.

— Bon anniversaire, maman, lui dis-je à haute voix.

Je m'installe dans la jardinière en pierre qui borde sa sépulture et je regarde le ciel à travers l'épaisse frondaison. Je ramasse le pot de fleurs bleu abandonné dans un coin, je le lave au robinet et le remplis d'eau. Comme je n'ai pas apporté de fleurs, je parcours les tombes en prélevant une fleur par-ci, une fleur par-là, afin que mon larcin passe inaperçu.

J'entends des voix qui proviennent d'un autre endroit du cimetière. Une grosse femme en pantalon rose se dirige vers moi d'un pas rapide. Un enfant qui a l'air de s'ennuyer la suit dans l'allée, à quelques mètres d'elle. Je me plaque contre une pierre tombale blanche pour ne pas être découvert. Je ne sais pas pourquoi je me cache. Je suis simplement un enfant qui vient voir la tombe de sa mère. Après cette réflexion, je sors de ma cachette et continue mon chemin, la tête haute. Je pose les fleurs sur la surface lisse de la tombe de maman et je les introduis une à une dans le pot bleu. Ensuite, je sors sa photographie de mon sac et je l'appuie contre le pot, face à la mer. La brume empêche de distinguer l'horizon, mais on voit l'éclat agité des vagues fouettant les rochers.

C'est le moment de s'occuper du butin raflé ce matin dans la cuisine. Dans le frigo, j'ai pris un lait chocolaté et un yaourt ; dans la réserve, un sachet de céréales et un de chips. Je décide de manger les chips et le yaourt. Le vent est de plus en plus froid. Je mets mon bonnet de laine et ma veste.

Quand je suis rassasié, je m'étends dans l'herbe, le long de la tombe. La mer reflète la couleur plombée du ciel et s'agite comme la peau d'un animal inquiet. Sur la photographie, maman me regarde.

— Je ne sais pas si tu t'en es rendu compte, mais je suis arrivé tout seul jusqu'ici. Je crois que pendant le voyage j'ai pris quelques centimètres, j'ai l'impression que j'ai grandi. Je voulais te demander plusieurs choses, mais cette fois elles sont plus importantes que d'habitude. S'il te plaît, ne laisse pas Alma partir avec cet homme, et occupe-toi bien de Lola, même si elle m'embête toujours, et fais en sorte que M. B. H. soit l'ami que j'attendais.

Les vagues se hérissent et inondent les rochers de leur écume. A un moment donné, j'ai l'impression de voir une grosse baleine blanche. Le temps passe, lentement. Peu à peu j'entre dans un monde sans fond, où il n'y a ni chips, ni yaourts, ni grosses dames en pantalon rose, ni connards qui envoient des messages, ni ouragans qui détruisent des villes, ni désespérés qui se jettent dans la mer. Où la mort n'existe pas. Un vol d'oiseaux trace des lignes dans le ciel et s'éloigne vers la pleine mer jusqu'à devenir invisible. Je me demande pourquoi ils dessinent ces formes. Ce sont peut-être des messages secrets pour les savants. J'aimerais beaucoup être un savant, un jour. Je prends mon sac et le passe à l'épaule. J'immobilise la photo de maman avec un caillou contre la pierre tombale et je vérifie que ses yeux regardent bien la mer.

Je descends le sentier abrupt et empierré qui mène aux rochers. Sur mon passage, les galets se détachent. Si je n'y prenais pas garde, je pourrais débouler jusqu'en bas. Voilà pourquoi je descends très, très lentement, regardant prudemment où je pose le pied à chaque pas. Je respire avec force et une bouffée d'air très pur me remplit les poumons. Quand je m'arrête, je regarde les oiseaux qui sillonnent le ciel avec leurs messages. Je tends l'oreille à leurs cris stridents et lointains. J'entends des voix d'enfants. En haut de la falaise, pas très loin de l'endroit où se trouve maman, j'aperçois la femme au visage en accordéon. Les enfants courent autour d'elle. Elle lève la main. Je ne peux pas voir son sourire, mas je sais qu'il est là, avec ses centaines de rides qui sourient aussi pour moi. J'aimerais que maman, si elle était vivante, soit comme elle. Je descends toujours, les yeux fixés sur le sentier. Quand j'arrive aux brisants, je suis épuisé. La femme et les enfants ont disparu. Je monte sur un rocher et je souffle un peu. La mer est agitée, les vagues sont de plus en plus hautes, plus vigoureuses. Je pose mon sac et j'avance de quelques mètres sur un rocher lisse et noir qui surplombe l'eau, comme une grande terrasse suspendue. Je regarde le ciel, jusqu'à ce que le soleil se mette à descendre au milieu des lambeaux de nuages noirs. Je lève les bras comme me l'a enseigné Kájef et je ferme les yeux. Je vois le sourire de la femme, je vois le côté lumineux du visage de maman, je me vois, grand et souriant dans ses yeux brillants, je vois une barque au milieu de l'océan, je vois ce qui ne reviendra pas, je vois des centaines d'oiseaux prenant leur envol, je vois l'impact, les fers tordus au-dessus de ma tête, le visage ensanglanté de maman, j'entends son cri, je vois mon cœur battre faiblement sous mes côtes, je vois Kájef au fond de la mer, son corps qui s'agite, comme celui d'un poisson. J'ai tout cela à l'intérieur de moi, je suis tout cela.

46. ⌛

C'est Yerfa au téléphone. Il y a une heure que le car qui ramène Tommy de l'école est passé.

— J'ai appelé le chauffeur sur son portable et il m'a dit que Tommy n'était pas là quand les enfants sont sortis, précise Yerfa.

— Comment est-ce possible, il a bien pris le car ce matin ?

— C'est ce que je lui ai dit. Il m'a répondu qu'il a attendu un bon moment, mais qu'il était obligé de partir.

J'appelle le collège. On me passe la vie scolaire. Au bout d'un moment, le surveillant général me dit qu'il a consulté le carnet d'appel et que Tommy est marqué absent. Je réplique que c'est impossible. Tommy est allé ce matin à l'école, comme tous les jours.

— Son professeur est parti, mais je vais essayer de la joindre pour avoir des précisions, m'explique-t-il.

Je rappelle Yerfa et lui demande de chercher la liste des numéros de téléphone de ses camarades de classe. Tommy a dû allez chez l'un d'eux – peut-être pour faire un devoir – et il a oublié de nous prévenir.

Entre-temps, je reçois un patient. Quand j'ai fini, je rappelle le collège. Le surveillant a laissé un numéro de portable à la loge pour moi. Je parle au concierge. Celui-ci me dit qu'il a eu le professeur et qu'en effet Tommy n'est pas venu en cours aujourd'hui.

— Etes-vous en train de me dire que vous l'avez perdu en chemin, entre la maison et l'école ? Parce que je peux vous assurer qu'il a pris le car de ramassage ce matin, "son" car – j'y mets tout le poids de mon ironie. C'est très grave. Vous vous en rendez compte ? Très grave.

— Je m'en rends compte. J'appelle tout de suite le directeur. En attendant, je vous suggère d'appeler le professeur. Elle pourra vous fournir d'autres informations sur Tommy. On ne sait jamais, il a peut-être fait l'école buissonnière…

— J'ai du mal à croire cela de la part de Tommy, dis-je avec l'envie de crier une bordée de jurons.

Je garde mon calme. Inutile d'engueuler le surveillant. Il me donne le numéro de téléphone du professeur. Il est sept heures du soir. Si Tommy n'est pas arrivé ce matin à l'école, il y a onze heures qu'il a disparu. C'est beaucoup, pour un enfant de douze ans. J'appelle Maná. Lola passe quelques jours chez elle. Je lui demande si elle a des nouvelles de Tommy.

— Après avoir parlé avec toi hier soir, Lola l'a appelé et ils ont discuté un petit moment.

— Elle ne t'a rien dit de particulier ?

— Rien. A vrai dire, je ne lui ai rien demandé. Pourquoi ?

— Oh, pour rien.

— Tu es sûr ?

— Mais oui, ne t'inquiète pas. – Je mens pour ne pas l'affoler. – Il faut que je raccroche. Un patient qui m'attend. Embrasse Lola et dis-lui que je l'appellerai demain sans faute.

Je compose le numéro d'Alma. Elle ne répond pas. Je sens monter une inquiétude que j'ai du mal à supporter. J'appelle mon cousin Pedro Ortúzar sur son portable. Nous ne sommes pas de grands amis, mais il connaît bien le ministre de l'Intérieur. Un mot de lui peut déclencher les recherches en cas de disparition. Je tombe sur le répondeur. Je lui demande de me rappeler d'urgence. En prononçant le mot "urgence" je sens une pression étouffante.

Je dis à Carola, ma secrétaire, d'appeler tous les hôpitaux et dispensaires. J'attends et j'essaie de penser. Plus tard, Carola m'informe qu'elle a appelé partout et qu'il n'y a pas trace de Tommy, mais qu'il manque encore quelques services médicaux de la périphérie. J'appelle le bureau de Pedro au Parlement. Sa secrétaire me dit qu'il est en séance. Je la prie, je la supplie d'aller le chercher, car il s'agit d'un problème grave. J'attends, les coudes sur mon bureau. J'entends des voix dans le couloir. Tout ce qui arrive de l'autre côté de la porte me semble insignifiant. Mon téléphone sonne, c'est Pedro. Je lui explique la situation. Pedro s'inquiète, il a un fils du même âge que Tommy.

— J'appelle immédiatement le général des carabiniers. Je crois que c'est le mieux.

— Merci, Pedro.

Il précise qu'un lieutenant passera chez moi pour avoir d'autres informations.

— Ne t'inquiète pas. Je te rappelle dès que je sais quelque chose. Détends-toi, on va le retrouver, tu vas voir…

J'essaie de dire quelque chose, mais j'ai la gorge nouée et je ne peux articuler un mot. Tu vas voir… tu vas voir… Sa voix continue de résonner en moi. Avant de partir, je demande à Carola de ne pas parler de cette histoire au personnel de la clinique. Il s'agit très vraisemblablement d'une erreur. En disant cela, j'espère qu'il en est ainsi.

En chemin, je compose encore le numéro d'Alma. Elle ne répond pas. A l'endroit où elle se trouve, elle n'a sans doute pas de couverture. Si Tommy a décidé de sa propre autorité de ne pas se rendre à l'école, comme l'a suggéré le surveillant, il devait avoir une raison, mais laquelle ? Il a peut-être eu des problèmes avec ses copains, mais qui sont ses copains ? Est-ce que je lui connais un seul ami ? Il doit en avoir, je ne suis pas au courant, tout simplement.

C'est la fin de la journée, l'heure où les ombres de la dernière heure du soir tournent à la nuit. Je ne peux m'empêcher de sursauter. Où est mon fils ? Et si quelqu'un l'avait enlevé pour de l'argent ? Je laisse la voiture dehors, au cas où il faudrait repartir. Je regarde le jardin. Sa vision me calme. Les haies, entre les parterres de fleurs, indiquent un sentier qui converge vers la porte principale. Tommy doit être quelque part dans un endroit auquel je n'ai pas encore pensé.

Yerfa m'attend à la porte. Elle a les yeux rouges. Nous nous asseyons à la table de la cuisine. Je lui demande si elle a remarqué une attitude inhabituelle chez Tommy. Elle me raconte qu'il était sans appétit et abattu, qu'il y a deux semaines il est parti à bicyclette et est revenu après la tombée de la nuit. Elle n'en a rien dit, parce que Tommy lui avait raconté qu'il était chez le voisin. Je me garde bien de lui demander pourquoi elle ne m'en a pas parlé. Ce n'est pas le moment de faire des reproches à Yerfa.

— Il vous a raconté où il était allé ?

Je parle sur un ton posé.

Tommy n'est sans doute pas parti très loin. Chaque fois que nous sommes sortis à bicyclette ensemble, sa résistance vasculaire a très vite été affectée.

— Il n'a pas voulu me le dire.

Je m'enferme dans mon bureau. Le silence rend l'absence de Tommy douloureusement réelle. J'appelle Cristián, l'enfant qui habite dans la maison voisine. Je lui demande s'il a vu Tommy, s'il lui a confié quelque chose de particulier. Il me répond qu'il est sans nouvelles de lui depuis plusieurs jours. Yerfa frappe à ma porte.

— Ce sont les carabiniers, monsieur Juan, m'annonce-t-elle d'une voix affolée, comme si nous étions deux délinquants qu'on venait arrêter.

Deux hommes entrent dans la pièce. Ils ont enlevé leur casquette. L'un d'eux, manifestement le plus gradé, me tend la main et se présente comme le lieutenant Sergio Ríos. Il est brun, jambes arquées et nez aquilin, et il a un air hautain. L'autre, en revanche, a la taille large et molle, et le regard compatissant d'un père de famille. Je les invite à s'asseoir. Le lieutenant pose les questions, je réponds, le subalterne prend des notes. Derrière ses manières sèches et précises, je peux deviner le monde d'où il vient. Un monde de bagarres, de bravades et de menaces physiques. De temps en temps, le subalterne relève la tête de son carnet et, sans abandonner sa position d'auditeur, semble s'excuser pour le manque de courtoisie de son supérieur.

— Il nous faudra une photo de l'enfant, dit le lieutenant. Il faudra aussi voir sa chambre.

Il a parlé tout le temps de "l'enfant". Sur le palier, je m'arrête devant un dessin de Tommy : le labyrinthe du Minotaure. Tommy a fait des dizaines de dessins représentant l'histoire de Thésée, mais celui-ci est le préféré d'Alma, car il y appelle le fil d'Ariane "le fil qui tire l'amour".

— C'est mon fils qui l'a fait.

Je le leur montre en sachant pertinemment qu'ils s'en moquent éperdument.

Le lieutenant se racle la gorge et nous continuons de monter. Nous entrons dans la chambre de Tommy. J'allume. Les hommes vont et viennent, inspectent ces cinq mètres carrés. La présence de ces deux étrangers dans la chambre de mon fils me donne une insoutenable impression de malheur. Ils ouvrent son armoire, flairent ses tiroirs, ses cahiers, prennent ses jouets avec un mélange de dédain et de fausse curiosité.

— Il manque quelque chose ? demande le subalterne.

Je regarde autour de moi.

— Rien.

Il veut savoir comment il était habillé.

— Il portait l'uniforme de l'école. La dernière fois que nous l'avons vu, ce matin, il partait à l'école.

— J'ai besoin d'une description détaillée de l'uniforme.

— Je peux vous donner une photo de lui, que nous avons prise cette année lors d'une fête scolaire.

Avant de redescendre, je passe dans ma chambre et je prends la photo de Tommy sur ma table de chevet. Au moment de partir, le lieutenant Ríos spécifie :

— C'est un ordre d'en haut. Avec cette photo, toutes nos unités vont se mettre en alerte pour rechercher votre fils. Bonne nuit.

Le subalterne prend congé avec une poignée de main et un sourire vaincu. Aucun des deux hommes n'a un mot d'encouragement. L'expérience leur a sûrement appris à les éviter.

Je rappelle mon cousin Pedro. Je lui dis que les carabiniers viennent de passer.

— Ecoute, ne bouge pas, tu as compris ? On va le retrouver d'un moment à l'autre, c'est certain.

De toute façon, ils vont chercher dans les hôpitaux et les dispensaires au cas où il y aurait eu un accident. A tout hasard. Le major avec qui j'ai parlé m'a dit que cela arrivait souvent. Les enfants y vont parce qu'ils ont un petit problème, mais ils n'y restent pas longtemps. C'est une façon d'attirer l'attention.

Je le remercie et je raccroche. J'aurais aimé lui parler plus longtemps. Sa voix me redonne confiance, et j'ai ainsi l'illusion que je ne suis pas seul dans cette affaire. J'appelle Alma, j'entends sa sonnerie à mon oreille. Comme j'aimerais qu'elle soit là.

Je devrais prévenir mon père ou un de mes frères, mais ils ne peuvent pas grand-chose, hormis s'agiter comme moi. D'ailleurs, je ne saurais pas quoi leur dire. Que Tommy a fait une fugue ? Où pourrait-il aller, alors qu'il n'a jamais quitté la maison tout seul ? Peut-être qu'un psychopathe l'a enlevé et qu'il est dans une cave où il va passer les vingt prochaines années de sa vie si on ne le retrouve pas ? Je me lève, le souffle oppressé. Dehors, les branches touffues du chêne craquent sous les poussées de la brise. Je me rassieds et j'examine la liste que Yerfa m'a donnée. Il est neuf heures moins le quart. Je peux encore parler avec quelques-uns de ses camarades. J'appelle d'abord son professeur. Je lui demande si Tommy a eu des problèmes à l'école.

— Oh, à part ses absences, il m'a l'air plutôt bien, normal, toujours un peu en retrait, comme vous savez, mais pas plus que d'habitude.

— Ses absences ?

— Ces derniers temps, il a été souvent absent. Mais il a toujours apporté un mot d'excuse signé par sa mère.

Tommy a peut-être pris froid, c'est fréquent, et Alma n'a pas voulu m'inquiéter. Ça arrive souvent que je parte avant Tommy. Je veux savoir s'il fréquente un ami en particulier. Elle me dit qu'il n'a pas d'amis. Cela n'a rien de surprenant, mais j'en suis quand même attristé. Elle me demande de la tenir au courant. Yerfa m'attend dans le couloir. Je lui demande de me parler des absences de Tommy. Elle me dit qu'il y a plusieurs mois qu'il n'a pas manqué l'école. Je lui répète ce que m'a dit son professeur. Yerfa insiste : Tommy est allé régulièrement à l'école. Je remarque sa nervosité, la peur ancestrale d'être accusée. Je sais qu'elle dit la vérité.

— Essayez de dormir, Yerfa. Nous verrons demain.

Je monte l'escalier en rappelant Alma. Plusieurs fois. Composer son numéro me rapproche d'elle.

J'éteins les lumières. Mes pas résonnent dans le couloir où galopent souvent Lola et Tommy. Quand je ferme la porte de ma chambre, le silence retombe, implacable. Un silence qui absorbe tout ce qui m'entoure, tout ce que je croyais immuable.

Il est neuf heures et demie. Je m'assieds au bord du lit. Sur ma table de nuit, le téléphone s'est drapé dans un voile de mutisme, comme s'il devinait l'anxiété qu'on peut avoir quand on le regarde dans la pénombre. Cette immobilité me tue. Si quelqu'un avait enlevé Tommy et voulait une rançon, il m'aurait déjà contacté. J'allume la télévision avec la commande à distance. Je regarde les informations. Je ne supporte ni les voix ni le monde qui font irruption sur l'écran. Je coupe le son. Sur la surface froide du verre, les images deviennent silencieuses. Un aveugle parcourt les rues de la ville avec un chien policier. J'essaie de penser à un sujet précis, mais ma cervelle fonctionne de travers. Je vais à la fenêtre. Dans mon jardin, soigneusement éclairé par les paysagistes, le printemps explose. Je le déteste, je déteste son exubérance calculée et l'illusion de bonheur qu'il renvoie.

⌛

Je ne dors pas, j'ai du mal à respirer, je me retourne dans tous les sens dans le lit. Les images défilent en désordre dans ma tête, me labourent le cerveau, me secouent. Je sèche mes mains en sueur, et le front. J'ai l'impression d'être plongé dans un puits de goudron.

Je me rappelle quand, pour la énième fois, j'ai surpris Tommy qui se cachait en enregistrant nos conversations. Je lui ai lancé deux ou trois injures, je lui ai tiré l'oreille et je l'ai enfermé dans sa chambre. Je l'ai entendu pleurer derrière la porte, mais j'ai résisté à la tentation de le consoler. Le lendemain, plus calme, je suis entré. Etendu sur le lit, Tommy faisait voler son avion rouge au-dessus de sa tête. Dehors, c'était l'agitation estivale, on entendait les cris des enfants qui jouaient dans le jardin voisin. J'aurais voulu que Tommy soit avec eux, et j'imaginais qu'il en avait envie aussi. Je lui ai demandé pourquoi il enregistrait les conversations des autres. Il m'a regardé avec méfiance sans répondre. J'attendais. Il a fini par me dire qu'il le faisait pour trouver l'ordre invisible des choses.

— Je n'enregistre pas seulement ce que disent les autres. J'enregistre aussi ma propre voix, des idées, ce genre de choses. Quand je les énonce tout haut, je les fais exister.

Ses propos m'ont impressionné. Mais je n'ai pas cédé. Je devais empêcher Tommy de s'immiscer dans les conversations des adultes. Saluer sa lucidité, c'était lui donner ma bénédiction. En débitant une fois de plus mon discours sur le respect de l'intimité, je n'ai pas eu le courage de le regarder dans les yeux. J'ai continué de parler avec sévérité, en marchant de long en large, les mains croisées derrière le dos. Je me suis dit plus tard que j'aurais pu être plus conciliant. Voilà pourquoi, dans notre conversation d'hier, j'ai fait l'effort d'être honnête. Je lui ai exprimé la peine que me cause son comportement. Je me suis montré vulnérable. J'ai cru que nous étions d'accord, que nous avions atteint un degré de plus dans notre intimité, que, en lui montrant mes sentiments, je serais plus convaincant qu'avec des arguments éthiques et intellectuels. J'ai peut-être commis une erreur, mais laquelle ?

Si Alma était là, elle m'aiderait à comprendre. Alma. Il y a longtemps que je n'avais pas eu besoin d'elle à ce point. J'ai l'impression d'avoir fait un voyage auprès d'elle, mais sans elle. Partout où nous sommes allés, nous nous sommes retrouvés de plus en plus seuls, de plus en plus abandonnés. Cette longue nuit se moque de mes tentatives de feindre que tout va bien, qu'Alma ne s'éloigne pas, que Tommy n'a pas fait une fugue, que nous sommes une famille heureuse. J'essaie de prier, de demander à Dieu qu'enfin Tommy réapparaisse, mais je me rends compte que j'ai perdu le dernier lambeau de foi. On essaie de dominer le chagrin et on finit par blesser quelqu'un d'autre, car rien n'est statique, car la fameuse Vertu est un gros mensonge, au nom duquel nous devenons intransigeants et inhumains. Alors, je demande à Soledad, où qu'elle soit, de l'aider à revenir.

⧗

Je me réveille en pleine confusion, trempé de sueur. Je sens un vide, comme si un voleur était entré dans mon propre corps et m'avait dérobé une chose essentielle. A mon oreille sonne un téléphone inexistant. Mes vêtements sont trempés, mes muscles noués ; j'ai l'impression d'avoir dormi au fond d'un trou. Je suis soulagé de me voir dans un lit, mais à la seconde suivante me revient le souvenir de Tommy. Je me lève brusquement et me précipite dans sa chambre. Dans mon état d'halluciné, j'imagine que je vais le trouver en train de dormir. Je m'allonge sur son lit.

Avec un peu de recul, je vois un individu couché, les mains lui couvrent le visage, et un tubercule grossit dans son estomac. Il est évident que j'aurais pu m'y prendre autrement. On peut toujours. Et il ne s'agit pas d'un problème de culpabilité, mais de survie. Je coulais, aux côtés de Soledad. Ma seule façon de ne pas sombrer a été de me cacher dans mon repaire. C'est là que j'ai passé toutes ces années ; comme les survivants d'une guerre qui, ignorant que la paix été signée, restent au fond de leur refuge souterrain. J'ai attendu que passent le temps, Alma et la vie. Je me rappelle la main d'Alma prenant la mienne lors du spectacle théâtral des enfants. Elle me donnait une chance de sortir de ma cachette, de protester contre ses absences continuelles, de lui exprimer combien elle me manquait ; en somme, de la retenir à mes côtés.

Je contemple l'ordre maniaque de Tommy, ses jouets alignés sur les étagères, ses avions, ses soldats galactiques, les motos miniatures, les crayons en rang sur la table, son ordinateur. Tommy y passe des heures. Je l'allume. L'écran s'éclaire, mais il me faut un mot de passe pour y entrer. J'essaie son nom, sa date de naissance, le nom de son ami imaginaire, comment s'appelle-t-il, Koja, Kafa, j'essaie plusieurs combinaisons, mais en vain. Impossible d'y entrer.

Le téléphone sonne. Je cours le décrocher dans ma chambre, je glisse et je me fais mal au coude. C'est mon cousin Pedro. Il me demande si j'ai des nouvelles de Tommy. Sa voix a des accents inquiets. Il me dit qu'il a parlé au général des carabiniers et qu'il n'y a aucune trace de lui. Au moins il n'est pas mort, me dis-je.

— Tu as dormi ?

Il a pris une inflexion plus douce et plus personnelle.

— Un peu.

— Juan, tu as appelé ton père ?

— Comment sais-tu que je ne l'ai pas fait ?

— Je m'en doutais. Très vraisemblablement Tommy est quelque part, sain et sauf, mais de toute façon la famille doit être mise au courant.

— Tu as raison.

Quelques secondes après avoir raccroché, mon portable sonne. Je vois le nom d'Alma sur l'écran. J'entends sa voix :

— Juan ! J'ai vingt-deux appels de toi. J'ai laissé mon téléphone dans la voiture hier soir et je viens seulement de m'en apercevoir. Que se passe-t-il ?

J'écoute son intonation, à la fois soyeuse et enfantine.

— Oui.

J'ai du mal à lui parler, maintenant qu'enfin je l'entends si proche de moi. Ma peau est retournée à l'envers, et ses terminaisons nerveuses à vif. Elle s'impatiente :

— Que s'est-il passé ?

Son timbre vient de loin et se précipite vers moi. Sans m'en rendre compte, je ferme les yeux et j'absorbe la chaleur qu'elle m'apporte.

— Parle, tu me fais peur.

— Tommy a disparu.

Je n'ai pas l'impression d'avoir prononcé ces mots qui ont retenti à mes oreilles de façon persistante ces dernières heures. Elle crie presque dans le téléphone :

— Mais comment peut-il avoir disparu ?

Je lui explique pas à pas ce qui est arrivé, depuis que Yerfa m'a appelé à la clinique. J'ai beau essayer de garder mon calme, ma voix a des accents désespérés. Elle m'interrompt parfois pour avoir un détail. Et elle se tait, comme si elle était ailleurs, j'imagine qu'elle pose la main sur son téléphone pour que je ne l'entende pas pleurer. Peu à peu, le poids que j'ai sur la poitrine devient plus léger. En nommant les derniers événements à l'intention d'Alma, ceux-ci deviennent plus réels et en même temps moins péremptoires. Je sais que pour elle la disparition de Tommy est aussi violente que pour moi, que personne d'autre n'éprouve ce que nous éprouvons tous les deux pour lui. Et cette certitude m'unit à elle plus que jamais.

— Je pars immédiatement. J'en ai pour deux heures environ.

— Je t'attends, dis-je d'une voix brisée.

Je suis soulagé. Comme si la personne qui me serrait à la gorge avait soudain décidé de relâcher sa pression.

Quelques secondes après avoir raccroché, je la rappelle. Je lui parle des absences de Tommy. Toute information peut nous être utile.

— Je n'ai signé aucun mot depuis au moins cinq mois, Juan.

— Alors, il a fait des faux.

— Je ne vois pas d'autre explication.

— Voilà qui change tout.

— Attends-moi, ensemble nous verrons…

— Alma, je sais que ces derniers temps je m'y suis pris de travers…

— Nous en reparlerons plus tard. Ce sont des affaires qui ne regardent que nous deux.

— Nous avons tant de choses à nous dire.

— On se voit bientôt.

— Je t'aime.

Alma a raccroché avant d'avoir pu entendre mes derniers mots. Je me promets de les lui répéter quand je la tiendrai dans mes bras.

47. ♒

Dans le lit, les couvertures remontées jusqu'au nez, Leo se réveille à peine. Je suis sur le seuil et je le regarde, mon portable à la main.

— Pourquoi tu es levée ?

Il bat des paupières désespérément pour essayer d'ouvrir les yeux.

— Tommy a disparu. Il a sans doute fait une fugue. Il faut que j'y aille, Leo.

— Qu'est-ce que tu dis ?

— Que je dois y aller.

Et je tourne la tête pour éviter son regard inquisiteur. Une peur funeste s'est nichée au creux de l'estomac.

— Comment cela, n'étiez-vous pas une famille heureuse ? lance-t-il avec ce mélange de supériorité et de moquerie que j'ai entendu des dizaines de fois, mais je n'avais jamais imaginé que je pourrais en être la victime.

L'amant bienveillant concentre ses traits sur moi. Une épine dont je ne sais comment me protéger. Je me retourne et je sors mon sac de l'armoire. Je l'entends dans mon dos :

— Excuse-moi, parfois je dis n'importe quoi. – Il se lève, passe son bras autour de mes épaules et m'attire contre lui. – J'aurais tant aimé faire la grasse matinée avec toi. – Il m'embrasse. – C'est arrivé quand ?

— Hier. Il n'est pas arrivé à l'école. Juan m'a appelée toute la soirée. J'ai laissé le portable dans le 4X4 hier matin, quand j'ai parlé à Lola. Je ne comprends pas, je ne l'oublie jamais. Quand je me suis réveillée, c'est la première chose à laquelle j'ai pensé, que je n'avais pas mon portable. Et il y avait tous ses appels. Pauvre Juan.

En disant cela, je me rends compte que ces dernières semaines j'avais oublié qu'il pouvait m'émouvoir.

— Maintenant, il faut que je m'en aille, dis-je en me libérant de son étreinte.

Je m'habille. Leo enfile son jeans, un T-shirt, et il s'assied sur le lit. Il m'observe. Je vais à la salle de bains et je laisse la porte entrouverte. En me lavant les dents je le vois dans la glace. Il a les coudes sur les genoux, le regard fixé sur la seule fenêtre du cabanon. En m'attardant sur son visage, je remarque une ombre d'inquiétude dans la courbe de ses lèvres.

— Tu veux que je vienne avec toi ?

— Je ne sais pas. Comme tu veux.

— Non. Comme tu veux, toi.

Je passe la tête à la porte.

— Je ne sais vraiment pas.

Je crois être honnête en prononçant ces mots. Une partie de moi souhaite que Leo ne se pose même pas cette question, qu'il reste à mes côtés avec une volonté de fer, à l'épreuve de tout, y compris contre mon propre avis, que son besoin d'être avec moi soit plus fort que tout, tandis que l'autre partie veut faire les cent cinquante kilomètres du voyage de retour en pensant à Tommy, en me le rappelant, en ressassant seule la culpabilité qui me revient dans cette affaire.

— Quand tu arriveras chez toi, je ne te serai sans doute pas d'une grande utilité. A moins que tu ne veuilles que je conduise, et qu'ainsi tu sois plus tranquille, propose-t-il en relevant la tête vers moi.

Son regard me traverse.

— Ce n'est pas nécessaire, Leo, et tu as raison. Une fois là-bas, il n'y a rien que tu puisses faire. Il n'y a pas de raison que tu gâches ces journées.

Leo tourne la tête et se frotte le menton. Après ce premier jour au bord de la route, nous n'avons plus reparlé de sa proposition. Je suppose qu'il attendait que je réagisse. Je pensais que nous en parlerions aujourd'hui. J'ajoute :

— Tu peux écrire.

— Certainement.

Je le vois s'étendre sur le lit. Son T-shirt gris se détache sur les draps. Autour de moi, tout semble se vider.

Quand je suis prête à partir, Leo prend mon sac. Je m'accroche à son bras et nous allons ensemble jusqu'à la voiture, comme deux amis. C'est une matinée claire. Quelques rares nuages passent lentement au-dessus de nos têtes. La brise est si douce et l'atmosphère si sereine que mes tribulations semblent appartenir à un autre monde. Leo me serre contre lui. Je sens sa raideur. Je pense à Tommy et un frisson me parcourt.

48. ⌛

Après avoir pris ma douche et mon petit-déjeuner, je m'enferme dans mon bureau. J'appelle la clinique et je demande à Carola d'annuler mes consultations du jour. Je compose le numéro de papa. Je lui raconte ce qui se passe. Il est encore furieux à cause des oiseaux, mais derrière son style lapidaire pointe l'émotion. Il me pose des questions sur les recherches, sur des détails qui m'auraient échappé. Il va prévenir mes frères, me dit-il. Quand je raccroche, le silence retombe. Je tourne en rond. J'attends. Le temps passe sur moi avec le pouvoir destructif d'un tank. Mes frères appellent, l'un après l'autre, bouleversés.

Je retourne dans la chambre de Tommy. Je m'assieds sur son lit, à l'endroit même où, deux soirs plus tôt, nous avons eu une conversation. Que s'est-il passé entre-temps ? J'ai peur et je sais que je n'y peux rien. Je me rappelle toutes les fois où je suis entré dans sa chambre et où je l'ai trouvé, les yeux fixés sur cette même fenêtre.

Je rallume son ordinateur. De nouveau j'essaie son prénom, nos noms, je tape des dates importantes, quelques-uns de ses jeux, j'écris : Minotaure, Thésée, Ariane, fil, Alma, Soledad. Ça y est, j'ai trouvé le mot de passe. Je suis entré. Comment n'y ai-je pas pensé plus tôt ! J'ouvre son dossier documents. J'en trouve un qui s'intitule *Boîtes aux*

Lettres de Tommy. C'est un carré composé de phrases. En les lisant, je découvre que c'est une ribambelle d'insultes. Mon Dieu ! A la façon dont ils sont rédigés, on dirait des messages envoyés par e-mail, très certainement par un de ses camarades. Depuis combien de temps Tommy supporte-t-il ça ? C'est sûrement la raison de sa fugue. Je continue mon exploration. Je découvre un dossier qui est intitulé Mp3. Il y a plusieurs fichiers à l'intérieur, mais il y en a un qui retient mon attention : DIX DÉCOUVERTES SUR MAMAN. Je l'ouvre. J'entends ma propre voix.

— *Carmen, comme je suis content de te voir !*

— *Il y a des années qu'on ne s'est pas vus.*

— *Cinq, six ?*

— *Au moins.*

C'est le mariage de Miguel. Il y a une pause. Tommy a sûrement fait un montage de l'enregistrement.

— *En tout cas, heureusement que Juan s'est remarié ; la maladie de Soledad a été tellement triste et foudroyante !*

— *La maladie ? C'est incroyable la quantité de mensonges qu'on peut nous faire avaler.*

— *Des mensonges ? Quels mensonges ?*

— *Ah, mon Dieu, j'aurais dû me taire ! Désolée. De grâce, ne me posez plus de questions.*

— *Tu ne peux pas nous laisser comme ça.*

— *Soledad n'est pas morte de maladie. Elle s'est suicidée.*

— *Quoi ? Elle n'est pas morte d'une rupture d'anévrisme ?*

— *C'est ce qu'on a raconté pour éviter le scandale, mais Soledad s'est suicidée, je peux te le signer des deux mains.*

— *C'est un des secrets les mieux gardés de la famille Montes.*

Tout commence à s'éclaircir et à s'obscurcir en même temps. Je ferme les yeux. Je ne peux pas croire que Tommy ait vécu ces dernières semaines avec toute cette angoisse. Je secoue la tête violemment et respire à fond plusieurs fois. Dans le silence de sa chambre, je voudrais par-dessus tout serrer mon fils dans mes bras. L'enregistrement continue :

— *Comme tu as changé, Alma ! Tu es vraiment ravissante.*

C'est la voix d'un homme qui ne me dit rien.

— *Lui, c'est Tommy.*

— *Salut, Tommy, moi je suis Leo, un vieil ami de ta mère.*

"Le secret le mieux gardé", me dis-je intérieurement avec sarcasme.

Cette fois, c'est Tommy qui parle :

— *Je crois que papa pense à maman, quand il a le regard dans le vide et qu'il n'a l'air d'écouter personne.*

J'appuie très fort mes doigts contre mes paupières. Je ne me sens pas très bien. Tommy continue :

— *Un, se pendre. Deux, avaler de la mort-aux-rats. Trois, se tirer une balle dans la tête, la bouche ou le cœur. Quatre, se faire écraser par une voiture.*

C'est de cette façon que Soledad s'est ôté la vie. Je me rappelle son crâne ouvert par l'impact, ses poings serrés. Je me lève et fais quelques pas pour chasser cette image. La veille au soir, je lui avais promis de passer la prendre dans l'après-midi et de l'amener à la maison. Nous dînerions ensemble "comme au bon vieux temps" et je la ramènerais à Aguas Claras. Nous avions essayé plusieurs fois, mais, quelques minutes avant de partir, Soledad avait toujours renoncé. Son incapacité à se tenir, son manque de constance, sa faiblesse éveillaient ma compassion, mais m'exaspéraient aussi. Dire une fois de plus à Tommy que maman était encore malade, à l'hôpital, qu'elle lui envoyait tout son amour, qu'elle viendrait bientôt à la maison ; les mêmes phrases, la même expression déçue sur son visage d'enfant. J'oubliai. J'oubliai que Soledad m'attendait. Elle sortit par la porte principale, son sac à l'épaule. Elle traversa la rue à l'instant précis où un camion passait à toute vitesse. Il n'y eut personne, parmi les nombreux témoins, pour infirmer que Soledad s'était jetée délibérément sous ses roues. Deux jours plus tard, le docteur m'avoua que, dans la thérapie du matin même, Soledad, de façon voilée, le lui avait annoncé. Que je ne sois pas venu au rendez-vous dont nous étions convenus était sans rapport avec son acte. Je voulus le croire. La connaissance de cette minuscule vérité ne me soulagea absolument pas. Après cela, j'essayai de sillonner la douleur comme on traverse une région infernale, de me durcir, de me rendre plus fort, j'espérais que le voyage m'apprendrait quelque chose. Ce fut la seule façon que je trouvai de donner un sens à sa mort.

Neuf années se sont écoulées, et tout ce que j'ai pu apprendre m'est maintenant parfaitement inutile. Où est la force que j'ai cru construire au fil du temps ? Je suis aussi désemparé qu'alors. Peut-être n'apprend-on rien de la douleur, on se contente de la sillonner, inlassablement, dans la solitude. J'aurais dû être là pour celle de Tommy ! Je sens une urgence irrésistible, une envie de prendre les jambes à mon cou, de casser quelque chose, de crier… J'entends sa voix posée et un peu aphone ; il prononce chaque mot avec précaution :

— *Cinq, aller au fond de la piscine et respirer jusqu'à ce que les poumons soient plein d'eau.*

Six, se jeter du haut d'un immeuble ou d'un arbre. Sept, se boucher le nez et la bouche jusqu'à étouffement. Huit, ne plus manger et ne plus boire. Neuf, se couper les veines aux poignets. Dix, s'endormir dans la neige. Onze, mettre la tête dans le four en ouvrant le gaz.

Tommy continue. Sa voix, si vivante, rend son absence encore plus douloureuse.

— *Deuxième découverte. Le grand-père de maman est le fondateur d'un collège pour jeunes filles à Buenos Aires du nom de Santa Ana.*

Je ne sais pas comment il trouvé cela, mais c'est vrai.

— *Découverte annexe. Avec les amis on partage les mensonges.*

Je ne sais pas d'où il sort cette découverte annexe, mais il a aussi trouvé une vérité.

— *Je ne sais pas ce que ta mère me trouvait. Elle était beaucoup plus intelligente que moi. Elle passait me prendre en voiture et on allait se balader. Pas dans les endroits que les femmes comme nous avaient coutume de fréquenter. Nous allions dans le quartier des universités, à Macul, parce qu'elle avait fait des études d'histoire de l'art. Soledad était très cultivée. On s'installait dans un bar qui s'appelait* Las Terrazas, *on prenait un café et on fumait, on reprenait un café et on fumait encore. C'était tout. Mais ça nous rendait heureuses.*

C'est la voix de Corina. Je les revois encore quittant la maison avec entrain.

— *Ah, les salauds...*

— *Qui ça, ma tante ?*

Je sais qui sont les salauds. Nous tous. Nous tous qui avons vécu confortablement installés dans nos cuirasses de politesse et de décence, entourés de faussetés qui nous protègent du mal.

— *Troisième découverte. Comme le frêne, maman avait un dragon dans ses racines et, en dépit de ses efforts pour le vaincre, c'est le dragon qui a fini par remporter la bataille.*

— *Quatrième découverte. D'après M. Milowsky, maman était juive et moi aussi.*

Mais qui est ce M. Milowsky ? Où était Tommy, quand je le croyais dans sa chambre, isolé de tout ?

— *Cinquième découverte. Maman est morte dans la rue, devant Aguas Claras.*

Pendant les quelques secondes que je consacre à reconstituer cette horrible image dans la petite tête de Tommy, pendant ces quelques secondes je me sens fier de voir qu'il est allé si loin.

— *Découverte annexe. La vérité surgit des profondeurs pour altérer la surface ordonnée des choses.*

Mon Dieu. J'ai peur de ses découvertes, de sa lucidité, des idées qui lui ont traversé l'esprit, de ses sentiments profonds et complexes que je n'ai jamais vus.

— *Sixième découverte. Le grand-père de maman, mon bisaïeul, a caché qu'il était juif pour être accepté dans la société.*

— *Découverte annexe. Alma a raconté à papa la chose suivante : quand elle a rencontré le grand-père pour la première fois, ce dernier lui a demandé si elle était juive. Elle a répondu par la négative, et le grand-père était tout content.*

C'était peut-être l'occasion de tirer la vérité des profondeurs où elle était.

— *Septième découverte. Je crois que le grand-père, comme mes camarades, n'aime pas les juifs.*

— *Huitième découverte. L'élément de maman et le mien, c'est l'eau.*

— *Grand-père ! Je voulais vous souhaiter un très heureux anniversaire. Je voulais aussi vous dire que j'ai une amie qui s'appelle Sarah. Elle est juive. Elle est née à Buenos Aires et elle a un accent merveilleux. Sa famille travaille en faisant des bougies pour shabbat. Vous savez ce que c'est, grand-père, le shabbat ?*

— *Toi, tu peux sûrement nous raconter ce que c'est.*

— *Je ne crois pas que ce soit le moment.*

— *Parce qu'il s'agit des juifs ?*

— *Tu dépasses les bornes, mon garçon. Prends garde, tu m'entends ?*

— *Oui, je suis là, dans le jardin de mon beau-père, à quelques mètres de l'endroit où nous nous sommes retrouvés.* – Maintenant, c'est Alma qui parle. – *Tu as raison. Tout cela est ridicule. Nous ne pouvons même pas marcher dans la rue ensemble, parce que je crève de peur, je sais que c'est irrationnel, mais c'est plus fort que moi... Et puis... Je n'en peux plus de tout ça, Leo. Ce n'est pas ce que je veux... Tu ne m'as pas écoutée... Qu'est-ce que tu en sais... Qu'est-ce que tu complotes ?... Tu as pensé à tout... Je ne sais pas... Tu me proposes des adieux ?... Oui, je la vois. Il y a la mer à l'endroit où tu as l'intention de m'emmener ?... Non, je n'ai pas dit oui, je pose juste la question... Moi aussi je veux te voir... Il faut que je raccroche... Tu ne devrais pas écouter les conversations des grands. Ça ne se fait pas, et tu le sais très bien !*

— *Ce n'est pas ma faute si tu ne m'as pas vu. Je n'étais pas caché. J'étais là.*

— *Et qu'est-ce que tu faisais ?*

— *Rien.*

— *Je t'aime beaucoup, Tommy.*

— *Cette femme est une autre Alma et je ne la connais pas.*

Moi non plus, je ne connais pas cette femme. Les yeux me brûlent. Soudain, tout ce qui m'entoure

– le bureau de Tommy, ses avions, le jardin, le bruit rafraîchissant des points d'arrosage en action, et même moi – me semble confus et insensé.

— *Grand-père, c'est moi qui ai ouvert la cage.*

— *Ne dis pas d'âneries, gamin.*

— *C'est la vérité. C'est moi qui ai ouvert la cage.*

— *Comment as-tu osé faire une chose pareille ? Tu es fou ? Cet enfant est absolument fou ! Aussi fou que sa mère ! C'est ta faute, Juan. Jamais tu ne lui as donné une éducation comme il faut. Tu le traites comme s'il était un imbécile, et tu vois le résultat ? Le voilà ! Tu n'as pas la trempe d'affronter ce que tu avais à vivre. C'est un malheur. Et maintenant, partez tous, partez, la fête est finie.*

— *Neuvième découverte. Le grand-père a raison, papa est un homme faible et moi je suis fou, comme maman, voilà pourquoi je ne peux pas compter jusqu'à dix avant de blesser les autres.*

Bien sûr qu'il a raison. Je suis un homme faible, incapable d'empêcher son fils de ressentir ce qu'il ressent, un homme qui n'a pas le courage de s'opposer à son père et d'éviter le naufrage du monde qu'il a construit avec tant d'application.

— *Yerfa m'a raconté que tu persistes, avec ton petit copain imaginaire. Je te l'ai dit mille fois, Tommy, ce n'est pas bon pour toi. C'est très bien d'imaginer, mais pas que les choses que tu imagines soient plus importantes que la réalité. Je sais que c'est amusant de créer ses propres jeux, d'avoir son monde, mais c'est dans la réalité que tu te nourris, que tu entres en relation avec les autres… Tu imagines ce qui se passerait si nous vivions toujours dans un monde imaginaire ?*

De quelle réalité suis-je en train de lui parler ? La sienne est devenue soudain immensément plus réelle que la mienne.

— Dixième découverte. Maman savait que c'était "ça" qui faisait de moi ce que je suis, et que c'était "ça" qu'elle aimait en moi. Il n'y avait personne au monde que maman aime autant que moi, et personne au monde ne m'aime comme elle m'a aimé et il n'y a rien dans l'univers que j'aime plus que maman.

Moi aussi j'aime ça de toi, Tommy, dis-je à haute voix. Et il n'y a personne au monde que j'aime autant que toi. Tu peux me croire. Si seulement tu pouvais m'entendre !

49. ♒

Les deux mains crispées sur le volant, je ne quitte pas la route des yeux. Je pense à Tommy, à ses jeux silencieux, à sa démarche désarticulée, à ses questions, aux vingt-deux appels manqués de Juan.

J'arrive en ville. Le ciel est d'un gris uniforme. Je prends l'autoroute et je rentre sous terre. Il est onze heures cinq. Où Tommy a-t-il passé la nuit ? Et s'il a eu un accident ? Une douleur presque insoutenable me tenaille. Tommy a dû remarquer mon éloignement, mon attitude renfermée. Je ne sais pas ce qu'il a pu entendre de ma conversation avec Leo, mais, vu l'attitude qu'il a eue ce jour-là, il est évident qu'il a compris ce qui se passait. J'essaie de me rappeler les moments que j'ai passés avec lui ces derniers jours, d'évoquer ses expressions, ses mots.

S'il était devant moi, je sauterais sur mes pieds, je le serrerais dans mes bras et je lui dirais que nous avions épouvantablement failli nous perdre, mais que, quoi qu'il arrive entre son père et moi, nous sommes toujours là, que nous pouvons encore monter ses enregistrements, apprendre l'alphabet à deux mains, partager d'autres secrets. Je lui dirais que je l'aime et que mon amour est beaucoup plus grand que le radiotélescope qui porte mon prénom. Mais Tommy est loin, je ne peux pas lui dire tout ça, et je le regrette tellement.

L'autoroute remonte en surface. Je regarde le ciel, les mouettes suivent le tracé de la rivière en direction de la montagne qu'on distingue dans la brume. Il y a encore deux heures, j'étais décidée à sortir en rampant de ma vieille peau, comme un serpent, et si j'hésite maintenant c'est parce que je pressens que, après être passée sur les pierres coupantes pour m'en défaire, ma peau gardera ses plaies et ses blessures. J'entends un klaxon. Plongée dans mes pensées, je n'avais pas vu le feu passer au vert. Je démarre.

Même si je n'ai pas de mal à imaginer une vie aux côtés de Leo, un élément nouveau affleure à ma conscience : l'impression de fuir une chose que je ne vais pas tarder à retrouver. Les crises sont peut-être liées aux affaires qui vont de travers et que nous cachons ou reléguons pour ne pas les affronter. J'ai voulu m'échapper, il n'y a pas de mal à ça, mais pour m'en débarrasser je devrais peut-être tordre le cou à mes fantômes, à la distance, au silence.

Comme c'est étrange, il y a à peine quelques heures, rien ne laissait prévoir une telle évolution. Les pensées, comme le désir, peuvent vous mener n'importe où. Mais, comme dans la passion, je suis présente, liée à ce que je suis et à ce qui m'entoure. J'imagine Tommy, Juan, Lola. Je vois leurs visages, prodigieusement réels dans les détails, et les boîtes vides commencent à se remplir d'une émotion puissante et vive.

J'appuie sur l'accélérateur. J'arrive bientôt devant chez moi. J'ouvre la portière. J'ai l'impression d'être partie il y a un siècle, tant il y a eu de bouleversements ces derniers jours, ces dernières heures. Sous la lumière ambrée de l'entrée, on n'entend aucun bruit.

Comme si je rembobinais un film, je remonte dans le temps, à la recherche des sentiments qui m'ont uni à Juan, et je découvre qu'ils sont là, meurtris mais encore vivants. Je vois clairement apparaître sa première image, l'homme sûr de lui, à l'allure tranquille, qui a sauvé Edith. En dépit de ses traits éteints, Juan transmettait une force et une assurance qui inondaient l'espace et nous apaisaient. Je me le rappelle quand il regardait mon ventre de deux mois, je me rappelle son étreinte qui prenait en compte et accueillait cet être interposé entre nous.

Je me dirige vers son bureau. Dans les pots, les fleurs sont fanées et leur parfum rance flotte dans le couloir. J'ouvre. Juan, assis dans son fauteuil pivotant, face à la fenêtre, a le téléphone à l'oreille. En m'entendant rentrer, il se retourne. Je veux l'embrasser, mais le mépris dessiné sur son visage me paralyse. Je ne comprends pas. Néanmoins, je m'approche de lui. Il se lève et me fait signe d'attendre. Il me tourne le dos et continue sa conversation. Il y a dans l'air une odeur douceâtre et lourde. La lumière du soleil faseye sur les dos des livres de la bibliothèque.

— Merci. Je te tiendrai au courant, conclut-il avant de raccrocher. Salut. J'allais partir.

Il me lance un regard déconcerté, mais efface aussitôt cette expression sous un rictus hâtif.

— Tu as appris quelque chose ?

— Non, rien encore. Je vais chez mon père.

— Alors, allons-y.

— Ce n'est pas nécessaire. Je préfère que tu restes ici.

— Je vais avec toi, Juan.

— Je veux y aller seul.

Il parle sur un ton irrité.

— Pourquoi ?

— Comment cela, pourquoi ? J'ai passé la nuit ici à me creuser la cervelle, à me dire qu'il est peut-être arrivé quelque chose à *mon* fils, et je suis parfaitement capable de continuer tout seul.

Il marche de long en large avec une ardeur sombre, d'un revers de la main, il s'essuie violemment la bouche. Ses yeux brillent d'un éclat fébrile, comme s'il était malade. L'agressivité est sa façon de lutter contre les émotions qu'il ne sait comment maîtriser. Je l'ai vu réagir ainsi des centaines de fois, et chaque fois je me suis éloignée un peu plus de lui. Mais pas aujourd'hui. Cette fois, je peux voir son cœur, comme s'il s'était détaché de son thorax.

— Je regrette. Je veux t'accompagner… Pardonne-moi, dis-je. – Et en prononçant ces derniers mots, ma voix sonne faux.

— De quoi devrais-je te pardonner ?

Il a interrompu ses allées et venues. Il me regarde droit dans les yeux, avec un air d'inquisiteur menaçant. Ses paupières rougissent.

— De ne pas avoir été là quand tu avais besoin de moi, d'avoir laissé mon portable dans la voiture, d'arriver en retard…

Juan part d'un éclat de rire sinistre et dit :

— Oublie cela.

Il me repousse d'un geste, fait demi-tour et sort.

Je le suis. Juan monte au premier, entre dans notre chambre et referme la porte derrière lui. Je descends à la cuisine voir Yerfa. Je prends un café en l'attendant. Yerfa prie dans un murmure persistant. Je prends le bol à deux mains et l'approche de ma poitrine. Je pense à la solitude de Tommy, à sa déception. Je n'aurais jamais imaginé que je pouvais blesser quelqu'un que j'aime à ce point.

Je finis mon café, dis au revoir à Yerfa et vais attendre Juan dehors. Je m'approche de lui quand il arrive. J'ai envie de lui caresser le visage, de soulager son inquiétude, mais avant même d'esquisser le geste je me fige devant son expression mordante et en même temps absente, comme si une idée s'était emparée de son être. Nous sommes face à face, immobiles. Je rassemble mes forces, je tends la main et j'effleure sa joue. Juan plisse les yeux et me regarde, de la même façon qu'on observe en pleine lumière l'intérieur d'une chambre étrangère. Je suis balayée par une rafale de peur. Si soudaine que je n'ai pas le temps de réagir. Juan me saisit le poignet et le serre avec force. C'est douloureux. Pendant quelques secondes, je pense qu'il ne va pas si mal, au moins son indifférence est rompue. Il me lâche et, ses yeux débordant de violence toujours braqués sur moi, il s'exclame :

— Ne me touche pas ! Tu m'entends ? N'essaie plus de me toucher.

— Qu'est-ce que je t'ai fait ?

Je lui ai parlé sans le regarder. Ma voix s'est éteinte. Juan ne répond pas. Je répète avec force :

— Qu'est-ce que je t'ai fait ?

Je sens encore le contact de ses mains féroces.

— Tu n'as pas besoin de continuer à me mentir. Je sais.

Ses paroles contiennent une colère immense et obscure.

— Tu sais quoi ?

Juan ne répond pas. Ma cervelle se met à fonctionner à toute vitesse, fouillant, tressant, plongeant dans les sentiers de ma mémoire et remontant jusqu'à l'enregistrement de Tommy à Los Peumos. A un moment donné, Juan a dû l'écouter. Il ne parle toujours pas, ne me regarde pas, muré. Je ne le lui reproche pas. Comment le pourrais-je ?

— Ça n'en vaut pas la peine, Alma, pas maintenant. Je n'ai pas la tête à ça. Il faut que je retrouve Tommy, dit-il en se dirigeant vers sa voiture.

Je le suis. Je monte et je m'installe à côté de lui. Je presse mes yeux. Je ne peux pas pleurer. Ce serait inutile. Et brusquement, sous l'impulsion d'un sentiment qui me comprime la poitrine, je lance :

— Ne me laisse pas à l'écart. J'ai besoin de voir Tommy, j'ai besoin de savoir où il se trouve, comment il va.

— Pour quoi faire ?

Il porte la main à son front. Je sais qu'il regrette d'avoir ouvert une brèche dans sa forteresse.

— C'est aussi mon fils.

— Ah non, Alma, je t'en prie. Arrête. Je ne veux pas te parler, je ne veux pas être à côté de toi, ta présence me répugne, la seule chose dont j'ai besoin pour le moment c'est de rassembler mon énergie pour retrouver Tommy, dit-il, et il émet un grognement exaspéré.

— Entendu. Mais laisse-moi venir avec toi. Je te le demande.

Il ne dit rien, il n'a toujours pas démarré. Il a les deux mains sur le volant et le regard fixé sur la rue déserte. Soudain, il soupire et sans quitter le trottoir des yeux je l'entends prendre la parole.

— Même si nous ne traversions pas tous ces événements, je veux dire la disparition de Tommy, je ne te poserais aucune question. Je ne veux pas savoir. J'espère que je suis clair. Je ne suis pas ce genre d'homme.

Il parle sur un ton totalement neutre. Il s'adresse à moi comme à une inconnue.

— Et quel genre d'homme tu es ?

— Ça, c'est un sujet qui dorénavant n'a plus aucune importance pour toi, déclare-t-il sèchement.

Le fait que Juan ne me dise pas en face ce que nous savons tous les deux, que je suis responsable de la disparition de son fils, au lieu de me soulager déclenche une telle angoisse en moi que j'en ai presque le souffle coupé. Comme j'aimerais pouvoir lui parler ! Je comprends soudain le sens de la confession. C'est une façon de libérer les sentiments auxquels on ne peut résister. Dans les secondes de mutisme qui suivent, quelque chose se désintègre dans un coin de l'automobile. Je regarde furtivement le profil buté de Juan et je découvre son amour mort.

— Je te demande de sortir d'ici. Tu n'as rien à faire dans cette histoire. Plus maintenant, insiste-t-il.

Il a une expression solitaire et hermétique.

J'ouvre la portière et je descends. Juan démarre et disparaît de ma vue quelques instants plus tard.

50. ⌛

Je ne vais pas chez mon père ; en réalité, je ne vais nulle part. Je me contente de rouler sans but. Je suis incapable de tenir en place, ou de m'adresser à un être humain, tant que ce maudit portable n'aura pas sonné pour qu'on me dise que Tommy va bien. Et à mesure que j'avance, les rues, les gens perdent toute consistance et tout sens, comme si je voyais le monde aux rayons X et découvrais qu'il n'y a absolument rien derrière leur silhouette visible. Une écorce sans sève. Le monde et les hommes vides. Mon portable sonne. Je regarde l'écran. C'est un numéro que je n'ai pas enregistré. Mon pouls s'accélère.

— Vous êtes bien don Juan Montes ?

— Oui.

— Bonjour. Je suis le lieutenant Ríos, j'étais chez vous hier soir.

— Oui. Bonjour.

— Veuillez m'excuser, don Juan, je vais aller droit au but. On a trouvé le corps d'un enfant sur la côte, à environ deux kilomètres au nord de Los Peumos. D'après les précisions du caporal chargé de la zone, il s'agit d'un enfant d'à peine huit ans, ce qui ne correspondrait pas à votre fils.

— Mon fils a la stature d'un enfant de huit ans, dis-je. – Ma voix sort à peine de la gorge.

— Il n'a pas non plus d'uniforme scolaire. Votre fils en portait un, poursuit le lieutenant Ríos.

Dans un filet de voix, je demande :

— Comment est-il habillé ?

— Un jeans et une polaire rouge. Il n'a pas de chaussures. L'eau a dû les lui arracher. Nous avons envoyé par Internet la photo que vous nous avez donnée, mais l'enfant a le visage défiguré par le coup qu'il a reçu en tombant, et son identité n'a pas pu être confirmée.

Je murmure en écho :

— A Los Peumos se trouvent la maison de son grand-père et la tombe de sa mère.

Le militaire poursuit sans m'écouter :

— D'après mes informations, les enfants du village font l'école buissonnière dans ce coin. Il s'agit d'un endroit dangereux et ce n'est pas le premier accident. C'est sans doute un enfant du quartier, mais comme la journée de cours n'est pas finie, personne n'a lancé un avis de disparition. Il y a deux mois, le corps d'une fillette est resté à la morgue très longtemps sans que personne ne la réclame. C'est le caporal responsable qui m'en a informé. Je vous le dis pour que vous ne soyez pas trop convaincu qu'il s'agit vraiment de votre fils. Tomás ? C'est bien ça ? Bon, je voulais vous demander d'y aller. Pour lever tous les doutes.

— Où est-il ?

— En ce moment, le corps est transféré à l'hôpital San Benito de Los Peumos.

— Comment l'avez-vous trouvé ?

— Don Juan, ne vous affolez pas, il est plus que probable qu'il ne s'agit pas de votre fils.

— Plus que probable, dis-je sans la moindre conviction.

Tout en parlant, j'ai pris la direction de l'aérodrome.

— Quand vous arriverez à l'hôpital San Benito, demandez le caporal Rojas. Il vous y attendra.

— J'y serai dans quarante minutes.

Je raccroche et je file à toute vitesse dans les rues encombrées de Santiago. Je double une Mazda et une Fiat, à un carrefour je passe à l'orange à la seconde où il passe au rouge, je double un camion de livraison, un car de ramassage scolaire. Je continue, je continue, et quelque part au fond de mon être, dans un endroit lointain et immobile, je vois s'agiter une ville qui m'est étrangère.

J'ouvre l'alimentation d'essence, j'allume les moteurs, je vais en bout de piste, je reçois l'autorisation de décoller, je tire le manche en arrière, mon avion se cabre et quelques secondes plus tard je suis en l'air. Au-dessus des arbres et des toits, l'éclat du ciel dérive vers les cimes jaunes. Je traverse un front de nuages bas et j'émerge dans une frange de lumière. Au sud, quelques nuages festonnés de gris. Je traverse le ciel à vitesse constante. Le moteur émet un son monocorde qui pulvérise le temps. L'altitude fonctionne comme une anesthésie locale.

Et alors dans ma tête apparaît un enfant. C'est forcément un produit de mon imagination, car il est impossible que Tommy soit assis dans le fauteuil du copilote. Pourtant, tout en lui est réel : son regard somnolent et en même temps pénétrant posé sur moi, ses mains aux doigts fins, sa peau blanche, ses pieds qui pendent du siège trop haut, et ce geste, si typique de lui, de se gratter la tête pour se donner du courage quand il s'apprête à parler. Mais Tommy ne va pas me parler, car Tommy est l'enfant qu'on a trouvé à Los Peumos.

J'aimerais tomber en piqué et m'écraser dans la mer. Personne ne va me dire que la souffrance et la mer font consubstantiellement partie de la vie, personne ne va me démontrer que sans elles l'existence est incomplète. Tommy est mort, mort… et cela n'a aucun sens.

Un cri se fraie un chemin dans mon œsophage. C'est un hurlement d'une tonalité bizarre, profonde, qui explose et me transperce de la tête aux pieds et persiste à vibrer avec toute son intensité. De mon corps a émergé un être dont la matière est informe et malmenée, qui a peur et qui est seul.

51. ♒

Pendant qu'elle prépare le café, Maná m'observe avec une de ses abominables expressions de sage. En allant chez elle, je l'ai appelée pour lui raconter la disparition de Tommy. Le reste, je ne peux pas le lui dire. Cela reviendrait à rendre les armes. Elle ne me demande pas non plus pourquoi je suis ici au lieu d'être avec Juan à la recherche de Tommy. Assise à la table de sa cuisine, j'attends l'heure d'aller chercher Lola à l'école. Je veux embrasser ma fille. J'ai le sac qu'elle a apporté chez Maná sur mes genoux. Son pyjama à pommes dépasse de la fermeture éclair entrouverte. J'ai envie de le prendre et d'y plonger le nez, mais je me retiens.

La table est encombrée de boîtes pleines de petites perles avec lesquelles Maná brode un personnage : torse humain, tête de coq et deux serpents à la place des jambes. Je balaie du regard tous ses recoins, ses meubles en bois qui renferment des dizaines de paniers et de récipients. J'essaie d'imaginer leurs histoires, mais c'est inutile, je n'arrive pas à me sortir Tommy de la tête. Maná s'assied à côté de moi. Elle remplit deux tasses de café et étale ensuite un tissu brodé sur ses genoux.

— C'est Abraxas. Une déité qui unit le divin et le démoniaque. Tu sais pourquoi je la brode ?

Je secoue la tête.

— Pour ne pas oublier un principe de base : accepter les ténèbres en moi si je veux atteindre un minimum de paix. C'était un des grands thèmes de Jung, m'explique-t-elle.

Elle s'arrête en voyant que je l'écoute à peine.

Tommy m'avait dit un jour que Maná lui rappelait les bonnes sorcières. Je voulus savoir à quoi il pensait, et il me répondit que c'étaient celles qui pouvaient aussi bien faire le bien que le mal, un pouvoir qui les rendait doublement puissantes. Maná prend des petites perles dorées et les enfile sur une aiguille. Ses mouvements sont lents et attentifs. Les nuages matinaux se dissipent et des trouées bleues apparaissent ici et là. De temps en temps, Maná lève les yeux de son ouvrage et m'observe. Je m'attarde sur ses cheveux blancs, sur les rides qui cernent ses yeux et qui, au lieu de les flétrir, leur donnent une apparence détendue. On dirait qu'elle les a volontairement laissées s'installer sur son visage. Je ne l'avais pas remarqué, mais Maná est dépourvue de cette aura de résignation que diffusent le plus souvent les femmes pleines de rides qui ont la peau relâchée, comme elle. Nous entendons l'écho d'une voiture, au loin. Le reste est silence. La paix de sa cuisine et de son monde.

C'est alors que la chose arrive. La maison d'eau s'effondre. Je n'ai plus d'endroit où me cacher. J'éclate en sanglots, le corps secoué de convulsions. Je me plie en deux et j'enfouis mon visage dans mes mains. Je pleure, penchée en avant, chassant le venin de mon corps. Ma mère m'entoure et m'attire contre sa poitrine. J'entends son cœur dans mon oreille. Je ne sais combien de temps je reste ainsi, gémissant dans ses bras, avant de me décoller de sa chemise mouillée. Je relève la tête et passe les mains sur mon visage.

— J'ai tout fichu en l'air, dis-je dans un murmure.

— Ça, c'est impossible. Regarde le mal que je me suis donné pour tout fiche en l'air, et pourtant tu es là.

— J'y suis arrivée. J'ai fait tout ce que j'ai pu pour être différente de toi. J'avais juré de ne jamais blesser personne comme tu m'as blessée.

Maná croise les mains, les serre l'une contre l'autre et les porte à ses lèvres.

— J'ai tout construit en parfaite connaissance de cause. J'ai pensé que j'y arriverais...

J'ai un geste découragé et ma voix s'éteint.

Maná respire à fond. Jamais auparavant je ne l'avais affrontée de cette façon. Me détacher de son influence, c'était aussi ignorer sa part de responsabilité dans ma vie.

— Alma, parfois... murmure-t-elle, et elle laisse sa phrase en suspens.

Elle regarde par la fenêtre sans respirer et pousse ensuite un soupir qui remplit l'espace.

— On a beau faire tout ce qu'on peut, il arrive que la vie nous passe dessus, reprend-elle. Nos conduites et nos sentiments ne nous appartiennent pas entièrement. Ils sont aussi déterminés par ce que les autres nous donnent ou nous prennent, par ce qu'ils nous cachent, ce qu'ils nous disent, par notre histoire. Tant de choses...

— Si je pouvais te croire, je surmonterais cette foutue culpabilité, mais la douleur, comment soulages-tu la douleur ?

— Il y a un espace, un espace infime, qui nous appartient. C'est là que réside notre essence. C'est lui qui nous fait ce que nous sommes, qui nous permet de changer le cours de notre route. Comme les voiles des frégates. Parfois, il suffit d'un mouvement imperceptible pour changer les choses.

Elle a adopté un ton prudent et prophétique qui me met les nerfs en pelote.

— Pas de chance, parce que j'ai aussi brûlé les voiles.

— Ah, ça m'étonnerait ! Les voiles sont indestructibles. Elles continuent même de battre au vent après notre mort, dans le souvenir des gens qui t'ont aimé.

Je n'en reviens pas, qu'elle puisse dire de telles âneries, et moi d'écouter ses métaphores à quatre sous. Je me mets à crier :

— Maná, pendant que Juan souffrait le martyre à cause de la disparition de Tommy, moi j'étais avec un mec. Voilà de quoi je te parle. Pas de tes conneries de voiles et de petits bateaux. Tu comprends ? Pendant qu'il n'arrêtait pas de m'appeler, moi j'étais à la plage, heureuse, en train de baiser. Tommy s'en est rendu compte, c'est pour ça qu'il s'est enfui. Juan aussi le sait. Tu comprends ? C'est de ce merdier dont je te parle.

Je détourne les yeux pour maîtriser le tourbillon de rage et de peur qui m'assaille. Maná baisse la tête et presse mes doigts. J'essaie de me calmer. Je m'essuie le nez avec le dos de la main et je respire.

— Si Tommy s'est enfui, la raison n'est pas là, en tout cas ce n'est pas la seule, dit-elle avec prudence.

— Comment peux-tu en être aussi sûre ? dis-je avec appréhension.

— Parce que les choses ne sont jamais aussi simples. Elles ne sont jamais isolées. Tommy est un garçon très sensible, et on ne peut pas dire que son père l'aide beaucoup sur ce point, de plus il était victime d'agressions à l'école.

— Comment tu le sais ?

— Je le sais parce que la mère d'un de ses camarades, à qui je donne des cours de méditation, m'en a parlé. Il semble qu'un des enfants a eu des remords et a raconté l'histoire à sa mère, c'est comme ça que plusieurs parents ont été mis au courant, dont la femme que je connais.

— Pourquoi tu ne m'en as pas parlé ?

— Je l'ai appris il y a deux jours, j'attendais le bon moment pour te le dire.

— Tout le monde est au courant, sauf nous.

— Tommy ne veut surtout pas que vous le sachiez. C'est terriblement humiliant.

— Et qu'est-ce que tu sais d'autre ? dis-je avec un certain ressentiment.

— Que les situations ne sont jamais ce qu'elles ont l'air d'être. Du moins pas entièrement. Que nous faisons ce que nous pouvons, même si parfois c'est insuffisant.

Ses yeux se plissent, comme si elle allait pleurer.

— A quoi penses-tu précisément ?

— Ce que je vais te dire est une façon de me racheter. C'est clair ? Je veux que tu puisses analyser les choses d'un autre point de vue, c'est tout. Tu te rappelles le billet pour Barcelone ? D'où crois-tu qu'il est sorti ?

— Toi ?

Maná hoche la tête. Soudain, je me rappelle la carte postale d'Edith qui est arrivée chez elle. C'est Maná qui a donné mes coordonnées à Edith et qui lui a demandé de m'engager. Elle avait dû la rencontrer lors d'une de ses équipées avant d'épouser mon père. Mon voyage et Edith, les deux grands miracles qui m'ont sauvé la vie et que j'attribuais à mes propres forces, elle en est la responsable. Une fine trame de soutiens qu'elle tissait dans mon dos. Il ne manquait plus que Juan. Juan était arrivé au restaurant parce qu'on avait glissé mon nom et un article du journal *El País* dans son billet.

J'ai le vague souvenir d'avoir entendu Maná dire qu'elle avait travaillé dans une agence de voyages. Je le lui demande.

— Un temps, en effet. Mais il y a des années de cela.

— Alors tu as envoyé Juan au restaurant d'Edith.

Maná secoue la tête négativement et baisse les yeux pour prendre une perle. Je sais qu'elle ment. Hier seulement, les révélations de ma mère m'auraient sapée à la base. Mais quelle importance aujourd'hui, si Tommy a disparu ?

— Ce que nous avons fait ou pas, le bien et le mal que tu as hérité de nous, c'est l'héritage que nous te laissons. Maintenant, c'est ton tour.

— Je ne peux cesser de penser à Tommy, je ne peux m'empêcher de penser qu'il souffre peut-être, et je ne sais pas où il est. Je ne sais pas comment faire, *maman*... dis-je en prononçant le mot imprononçable.

— Moi non plus, je ne sais pas. Là, nous sommes seules, Alma. Tu ne sais pas combien j'aimerais...

Son menton tremble et les larmes coulent sur ses joues. Pourtant, elle ne cache pas son visage. Elle pleure sur moi. C'est sans doute un de ces changements de cap dont elle me parle. En dépit de ses certitudes, Maná a moins peur que moi des ironies de la vie et des questions sans réponse.

Nous regardons toutes les deux le rectangle de ciel qu'on aperçoit par sa fenêtre. Apparemment, c'est de là que vient le pardon, sans le tralala des grandes révélations, en se faufilant discrètement par les fenêtres des cuisines.

52. ⌛

Le froid m'envahit dans cette pièce sans fenêtre. J'attends le caporal Rojas. Le monde extérieur est loin. Mon père, mes frères, mes patients, la clinique ; toute cette vie minutieuse chargée de rites qui semblaient indispensables. Une question me prend au dépourvu avec une telle clarté que j'en tremble : "Pourquoi as-tu lâché les oiseaux ?"

L'idée ne m'avait pas effleuré que Tommy avait peut-être une raison de le faire. J'aurais dû la lui demander. Ecouter ce qu'il avait à me dire. Au lieu de ce sermon que je lui ai débité dans sa chambre, nous aurions pu nous asseoir et discuter tranquillement. Sa réponse ne m'aurait peut-être pas convenu, elle m'aurait peut-être fait mal ou mis en colère, et je n'aurais pas quitté sa chambre avec la satisfaction du devoir accompli, mais maintenant je me rappellerais ce moment non comme un épisode parmi d'autres de l'éducation modèle de mon fils, ni comme une conversation parmi d'autres, mais comme un moment simple et essentiel.

Mon portable sonne. C'est Yerfa.

— Don Juan, je viens de trouver un mot de Tommy.

— Qui dit quoi ?

— Il dit : Ne vous inquiétez pas pour moi, je suis allé voir maman à Los Peumos, aujourd'hui c'est l'anniversaire de sa mort. Je reviens par le car de six heures. Je vous embrasse tous. Tommy.

— Vous l'avez trouvé où ?

— Dans la réserve, quand je suis allée chercher du riz pour le déjeuner.

— Dans la réserve ?

— Oui, exactement. Je ne comprends pas pourquoi il l'a si bien caché.

— Pour qu'on ne le retrouve pas trop vite.

— Mais alors, où est-il, don Juan, où est mon petit ?

— On va le retrouver, soyez tranquille.

Le caporal Rojas ouvre la porte et lance des coups d'œil à droite et à gauche ; on dirait qu'il entre en terrain ennemi.

— Merci Yerfa. Je vous rappelle plus tard.

Rojas tend la main et serre la mienne avec énergie. Je sens le contact de sa peau âpre. Même s'il porte son uniforme avec négligence, c'est un homme d'une certaine correction dans ses manières. Nous empruntons un couloir encombré de gens qui attendent qu'on s'occupe d'eux. Un garçon blessé au visage me lance un regard de défi. Nous avançons sans dire un mot. La chambre mortuaire est tout au bout.

⌛

Le caporal tourne la tête. Je n'ai pas de mal à reconnaître Tommy dans ce corps détruit. Je regarde les pommettes fendues de mon fils, ses lèvres déchirées, ses yeux ouverts et contusionnés, son thorax et ses bras enflés. Un pied s'est détaché du corps et ne tient plus à la jambe que par le cartilage. L'os de la hanche a crevé sa peau blanche. Ses oreilles, en revanche, sont intactes, le cou aussi, clair et lisse. Ses cheveux de jais brillent encore.

Je glisse les doigts sur le contour de son corps glacé. Quelqu'un rit derrière la porte. Mes lèvres tremblent, et de ma gorge s'échappe un gémissement que j'étouffe prestement.

— Vous vous sentez bien ? me demande l'homme qui a soulevé le drap blanc.

— Vous pouvez le recouvrir, réponds-je.

53. ♒

— Qu'est-ce que tu as, maman ? me demande Lola. – Elle fronce le nez et hausse les épaules.

Nous sommes dans sa chambre et je la regarde remettre en place les jouets qu'elle avait emportés chez ma mère. Tommy a disparu depuis trente-quatre heures. En arrivant, Lola a demandé où il était et je lui ai répondu qu'il était parti avec Juan. Elle a regretté de ne pas avoir été là pour les accompagner. De retour à la maison, je me sens comme un soldat solitaire, dissimulé derrière un arbuste, attendant que quelque chose arrive. Je prends Lola par la taille et la renverse sur le lit.

— Voilà ce que j'ai, envie de te manger toute crue, comme un petit cochon.

— Mais maman, je ne suis pas un petit cochon ! proteste-t-elle en s'accrochant à moi.

— Si, tu en es un !

Je l'embrasse dans le cou, cet endroit si doux où perdure sa première enfance.

— Non, non, je n'en suis pas un, je suis un lapin, rappelle-toi, dit-elle, fermement accrochée à mon torse.

— Je le sais, mais les lapins c'est moins bon.

Nous roulons sur le lit, étroitement embrassées. Nous arrivons au bord et repartons du côté opposé ; les mouvements sont de plus en plus rapides, jusqu'au moment où nous tombons par terre, soudées l'une à l'autre. Elle ouvre les yeux d'un air coquin et rit en imitant les personnages des dessins animés : des sons hachés et aigus qui nous font rire deux fois plus.

Je m'étonne d'être capable de rire de la sorte et d'éprouver en même temps ce que j'éprouve. Je me rappelle avoir joué ainsi avec Tommy quand il était plus petit. Si Juan nous surprenait, il me conseillait d'être prudente et il refermait la porte. Je pense qu'il aurait aimé en faire autant, mais il ne connaissait pas la voie qui mène à ces embrassades sans raison. Tommy a grandi, et tous les deux ont définitivement raté cette expérience. Juan et moi, nous sommes peut-être coincés à notre insu dans ce que Maná a appelé "l'héritage". Il est une part de nous dont nous avons du mal à nous détacher, même si elle nous blesse, et qui définit notre existence dans des proportions si grandes que nous préférons l'ignorer. A peine l'avons-nous entrevue que l'instinct referme la porte – comme Juan en me voyant collée au corps de son fils – et nous croyons que c'est nous qui avons décidé de la refermer. Je serre encore plus fort Lola contre moi.

Je me rappelle le serpent qui, après être passé sur les pierres coupantes pour se détacher de sa peau, découvre que les plaies n'ont pas disparu. Je suis très surprise de ne pas y avoir pensé plus tôt : leur guérison n'est pas un exercice solitaire, elle ne concerne pas que moi. C'est devenu tellement évident que j'ai envie de le crier sur les toits.

— On va rester par terre toute la vie ? demande Lola.

Mon portable sonne dans mon sac. Je me relève et je le cherche frénétiquement. L'écran affiche le nom de Leo. J'ai l'impression qu'un temps infini s'est écoulé depuis que je l'ai quitté ce matin. Lola s'assied sur le lit et fixe sur moi ses yeux noirs, consciente de mon anxiété.

— Tu m'attends ? C'est un appel important du bureau.

La bouche ouverte, elle me fait une grimace, l'air de dire : “Depuis quand tu te justifies pour un appel téléphonique ?”

J'entre dans ma chambre. Je vois mon sac de voyage entrouvert par terre. Le reste de la pièce a un aspect soigné, comme si on m'avait exilée pendant mon absence.

— Alma, tu es là ?

— Oui.

— On a retrouvé Tommy ?

— Non.

Leo reste silencieux quelques instants. En bruit de fond, on entend rugir une automobile.

— Je suis désolé.

— C'est horrible, Leo.

— Tu es chez toi, n'est-ce pas ?

— Comment tu le sais ?

— Je suis dehors, devant ton 4X4.

L'arbre touffu devant ma fenêtre m'empêche de le voir.

— Pourquoi es-tu revenu à Santiago ?

— Ça ne rimait à rien que je reste là-bas. Je veux te parler.

— Ce n'est pas facile pour moi de sortir maintenant.

Leo ne dit rien. Je me rends compte qu'il ne va pas renoncer.

— Attends-moi, j'arrive.

Sur le seuil, je vois Leo sur le trottoir d'en face. Sa présence, si proche de mon monde, me fait un choc. J'ouvre la portière et je lui lance :

— Viens, monte avant que le scandale éclate.

Leo traverse la rue et monte d'un bond. Pendant que je m'éloigne à toute vitesse de mon quartier, Leo pose sa main sur ma cuisse. Nous n'échangeons pas un mot. Je ressens une fatigue dévastatrice. Je roule sans but précis, évitant les grandes avenues. J'ouvre la fenêtre, l'atmosphère est douce.

— On peut aller quelque part ? lâche-t-il sur un ton brusque.

Je serais incapable d'entrer dans un lieu public et de voir que la vie des autres suit son cours, alors que Tommy est dans un endroit que j'ignore. Je m'arrête au premier carrefour, nous laissons la voiture et nous partons à pied. C'est une rue bordée de maisons coquettes, quelques-unes ne sont même pas encore habitées. Au bout, on aperçoit une avenue flanquée de palmiers transplantés et de bâtiments obscurs. L'après-midi qui s'évapore a la texture de la maison de verre : celle d'un monde fictif suspendu dans le temps. Un monde auquel je n'appartiens pas. Je me décide à prendre la parole :

— Il s'est passé tant de choses depuis ce matin.

— J'imagine, admet Leo. – Je sens que sa voix est prudente.

Nous marchons sans nous toucher. La paix autour de nous devient épaisse, comme un bâillon.

— Je suis désolée, Leo. – Je remarque l'ombre marquée qui traverse son visage. – Je suis vraiment désolée.

— Tu n'es pas obligée de décider maintenant, je peux attendre.

Je suis touchée par son air dévasté et humble.

— Je ne suis pas pressé, ajoute-t-il.

Je me serre fort contre lui. Leo m'embrasse, le contact de sa peau me blesse. C'est insupportable. Je m'écarte.

— C'est la culpabilité, n'est-ce pas ?

— Non, ce n'est pas la culpabilité. Je vais très certainement le regretter. Quand tu seras à Bogotá, avec une autre femme, je serai toute seule.

Je ne peux pas lui expliquer ce qui s'est passé avec Juan.

— Tu te rappelles ce que tu m'as dit quand nous nous sommes retrouvés au mariage de Julia ?

— Non.

— Tu m'as dit que tu te contentais de ne pas te sentir seule. On dirait que tu as changé d'avis.

— Non, je le pense toujours.

— Est-ce que tu te sentirais seule avec moi, par hasard ?

Les journées partagées avec Leo me semblent lointaines, on dirait même qu'elles appartiennent à quelqu'un d'autre.

— Réponds-moi, est-ce que tu te sens seule avec moi ?

— Parfois.

— Et avec Juan ?

— Presque toujours.

— Alors ?

— Ne ressens-tu pas la même chose, ne m'as-tu pas demandé qu'on vive ensemble, parce que tu en as assez de cette solitude et que tu espères qu'ensemble nous pourrons peut-être la neutraliser ? N'est-ce pas toi qui m'as dit que c'était le désespoir qui rapprochait les gens ? Tu l'as posé très clairement le premier soir où nous nous sommes retrouvés ensemble, pour éviter tout malentendu.

— J'ai changé d'avis. Et tu sais pourquoi ? Parce que avec toi je ne me sens pas désespéré. Je pensais que tu éprouvais la même chose. Mais je crois que je me suis trompé.

Nous arrivons près des palmiers. Tout cela ne signifie rien, tant que Tommy n'a pas été retrouvé. Pourtant je continue de parler.

— Bientôt, nous allons être encore plus seuls. Après avoir essayé et avoir raté, nous allons être beaucoup plus seuls.

— Ecoute, Alma, les événements en soi ne signifient pas grand-chose, ils sont aussi heureux ou tristes que ceux qui ne surviennent jamais. La seule différence, c'est que, lorsqu'ils surviennent, nous pouvons leur donner un sens. Voilà ce que je te propose, de donner à cela un sens pour nous deux.

Notre dialogue ressemble à une pantomime, à une caricature de la réalité. J'ai subitement envie de partir en courant.

— Un sens…

— Exactement, affirme Leo. – Un sourire se glisse au coin de ses lèvres.

— Excuse-moi, mais pour le moment je n'en vois aucun, je ne sais même pas ce que je fais ici. Tommy a disparu, quelque chose de terrible lui est peut-être arrivé, je me demande où il se trouve, et je te jure que je suis incapable de penser à autre chose qu'à lui.

Le silence s'installe.

— Je comprends.

— Tout a changé, Leo, dis-je en tremblant.

— De façon définitive ?

L'obscurité escalade le ciel et m'enfonce. Nous n'avons plus rien à partager. Leo me prend la main et la serre dans la sienne, comme s'il voulait manifester un sentiment à la fois immense et ultime.

54. ⌛

Je regarde la photographie de Soledad, maintenue par un caillou contre la pierre tombale. Ses yeux noirs sont tournés vers la mer, vers l'endroit où Tommy a dû tomber. C'est lui qui l'a mise ici. Derrière son visage mangé par les bleus, Soledad a une expression pacifique, lumineuse. Dans la fente de ses yeux, ses pupilles brillent. Une rafale se faufile dans les tissus compacts de mon corps. Je pleure. En bas, les vagues se brisent contre les rochers. Je vois Tommy et, dans son regard habile qui me transperce et m'ouvre, je crois distinguer un homme indifférent aux objets extérieurs, un homme qui a une vague perception de la réalité, entre deux éclairs de conscience. Toutes mes certitudes s'évanouissent, y compris celle que j'énonce en ce moment. Tommy. Je me rappelle son dessin du Minotaure, le dessin qui m'a toujours paru trop féminin. Je le vois avec autant de précision que s'il était sous mes yeux. J'entre dans le labyrinthe. Je m'enfonce dans ses passages, ceux de la conscience de Tommy, son vaste monde dans lequel je n'ai jamais eu le cran d'entrer, par sottise, par crainte de rencontrer sa douleur, le souvenir de sa mère essayant de se suicider. Comme mes efforts ont été vains, et faux ! Je l'ai laissé seul dans son labyrinthe, et lui, à sa manière, il a trouvé la sortie.

Je dois rentrer. Mais comment ? Je me tourne vers la mer. Les eaux grisâtres fouettent les rochers, et dans le ciel les nuages se répandent comme une tache d'encre. Je me rappelle que j'ai mon portable sur moi. Je prends une photo de l'eau, une autre encore, et une autre, cherchant à capter sa fulgurance insaisissable. L'eau qui a emporté mon Tommy. En figeant les instants, je pourrai peut-être trouver la rainure, le minuscule halo de lumière qui indique la sortie du labyrinthe.

Je pense à Alma. Mieux qu'une pensée, c'est son image qui apparaît, comme si elle avait attendu le moment de se rendre visible. Je me rappelle les mots de Tommy. Il n'y a personne d'autre au monde à qui je puisse dire qu'il est mort, que j'ai vu son corps détruit et que quelque chose meurt en moi en cet instant précis ; il n'y a personne d'autre au monde à qui je puisse avouer que jamais je n'ai eu aussi peur.

Je compose le numéro de son portable. J'entends aussitôt sa voix :

— Juan ? Juan, Juan… répète-t-elle avec anxiété.

— Tommy est mort.

Je suis pris d'une sensation d'irréalité, comme si cela arrivait ailleurs, à un autre homme.

— Il est mort dans la mer, devant la tombe de Soledad.

Alma ne répond pas. Le silence nous enveloppe, un silence au fond duquel bourdonnent nos respirations. Je sais qu'elle pleure, qu'elle ferme les yeux en espérant échapper à l'horreur qui la domine. Je fais comme elle.

— Juan, où es-tu ?

Sa voix est timide. Ses mots semblent avancer sur une toile qui à tout moment risque de se déchirer.

— Au cimetière de Los Peumos.

— Tu es avec qui ?

— Seul.

— Juan, tu m'attends, hein ? Tu m'attends ?

Je me remets à pleurer. Je ne cherche pas à étouffer mes sanglots.

— Voilà ce que nous allons faire. Toi tu m'attends, et pendant ce temps nous parlons. D'accord ?

Je réponds que oui, que je suis d'accord.

— Je ne vais pas raccrocher avant de t'avoir rejoint, tu m'entends ? Je sors. Je monte dans mon 4X4 et je démarre. Je ne te quitte pas, Juan. Je ne te lâche pas. Maintenant, je vais brancher l'écouteur, comme ça on pourra continuer de se parler, attends une seconde. Voilà.

Je sais qu'elle a sa fenêtre ouverte et que le vent soulève ses cheveux roux.

— Pendant que je conduis, tu peux me raconter quelque chose pour que je ne m'endorme pas. Ce que tu voudras.

Je sais qu'elle n'arrête pas de se passer le dos de la main sur le nez, qu'elle a une expression têtue et qu'elle écrase l'accélérateur.

— Mais si tu ne veux pas parler, ça ne fait rien…

Je crois la voir se mordre les lèvres jusqu'à la douleur.

— Alma, dis-je enfin, c'est toi le fil.

— De quoi parles-tu ? Moi, je suis un fil ? Pas plus ? Un misérable fil ?

Je l'entends rire ; c'est un rire rauque.

— Tu es tout cela. Tu es le fil que m'a laissé Tommy pour sortir du labyrinthe, parce que, tout seul, je n'y arrive pas. Tu t'en souviens ?

REMERCIEMENTS

A Carlos et à mes amis de toujours, pour leurs conseils et leur soutien inconditionnel.

A Carola Schutte et à Andrés Guelfenbein, pour avoir trouvé les dessins de Tommy.

A Carmen Martín Gaite, qui partageait avec Alma ses idées sur la littérature.

A Vicente Huidobro, pour les vers de "Je pense à eux les morts" que j'ai trouvés dans *Últimos poemas.*

Et à Jorge Aguiló, chirurgien, pour m'avoir fait partager ses connaissances.

TABLE

OUVRAGE RÉALISÉ
PAR L'ATELIER GRAPHIQUE ACTES SUD
ACHEVÉ D'IMPRIMER
SUR ROTO-PAGE
EN DÉCEMBRE 2009
PAR L'IMPRIMERIE FLOCH
A MAYENNE
POUR LE COMPTE DES ÉDITIONS
ACTES SUD
LE MÉJAN
PLACE NINA-BERBEROVA
13200 ARLES

DÉPÔT LÉGAL
1re ÉDITION : JANVIER 2010
N° impr. : 75286
(Imprimé en France)